本书为教育部人文社会科学研究2011年度青年基金"地狱观念与中古文学"（11YJCZH012）项目成果、山西省高校2014年度重点学科建设专项资金"佛教与中古文学研究"（20141011）项目成果

本书得到山西省重点扶持学科或建设项目资助

陈龙 ◎ 著

地狱观念与中古文学

中国社会科学出版社

图书在版编目(CIP)数据

地狱观念与中古文学/陈龙著.—北京：中国社会科学出版社，2016.11
ISBN 978-7-5161-8957-3

Ⅰ.①地… Ⅱ.①陈… Ⅲ.①中国文学—古典文学研究 Ⅳ.①I206.2

中国版本图书馆 CIP 数据核字(2016)第 226682 号

出 版 人	赵剑英
责任编辑	王 琪
责任校对	胡新芳
责任印制	王 超

出　　版	中国社会科学出版社
社　　址	北京鼓楼西大街甲 158 号
邮　　编	100720
网　　址	http://www.csspw.cn
发 行 部	010-84083685
门 市 部	010-84029450
经　　销	新华书店及其他书店
印　　刷	北京君升印刷有限公司
装　　订	廊坊市广阳区广增装订厂
版　　次	2016 年 11 月第 1 版
印　　次	2016 年 11 月第 1 次印刷
开　　本	710×1000　1/16
印　　张	15.5
插　　页	2
字　　数	220 千字
定　　价	58.00 元

凡购买中国社会科学出版社图书，如有质量问题请与本社营销中心联系调换
电话：010-84083683
版权所有　侵权必究

序

地狱（naraka；niraya），是诸多人为宗教（artificial religion）共有的特征之一。目前，被公认为宗教中最早的祆教（Zoroastrianism；古伊朗语：Zarathushtraism）就有了地狱观念。同时或稍后的古代印度婆罗门教（Brahmanism）不仅有地狱观念，还创立了轮回（saṃsāra）学说。佛教创立后，吸收了婆罗门教的地狱和轮回观念，提出了"六道（趣）"（ṣaḍ-gati）[①] 学说，并认为"六道"是可以轮回的，而轮回的前提是由"业"（karman）决定的，而"业"的道德的价值判断则是由"识"（vijñāna）来催生。"识"既有"种子"（bīja）之义，又具有分析、判断的能力，因此，在"六道"轮回中，"识"起着关键的作用。六道的轮转不出"三界"（trayo dhātavaḥ）[②]，但在流转（pravṛtti）的过程中，最为低下的一道始终是地狱。这是因为，地狱是六道中最苦难、最受罪、最遭残戮的地方。按照宗教学的经验总结，人为宗教的一个重要特征，就是宣扬美丽的天堂和恐怖的地狱，前者是有情的理想和希望，后者是众生的忌惮和畏惧。这样的诱惑和恐吓双管齐下，使得信仰的力量越来越强大。佛教在这一方面尤甚于其他宗教。它对地狱的描绘种类繁多，起初只有笼统的地狱，后来有了八层地狱，八层地狱又分出了八热地狱和八寒地狱，再后来又有了十八种地狱。从时间和内容上

---

① 六道：以低到高依次分为：1）地狱道（narakagati），2）饿鬼道（preta-gati），3）畜生道（tiryagyoni-gati），4）修罗道（asura-gati），5）人间道（manuṣya-gati），6）天道（deva-gati）。

② 《法华经·譬喻品》："三界无安，犹如火宅；众苦充满，甚可怖畏。"（正9/14c）又《法华经·城喻品》："能于三界狱，勉出诸众生。"（正9/24c）

来说，则分为十八层①地狱。佛教对地狱的描绘不仅仅在于场面，极尽渲染其阴森恐怖之氛围，还塑造了许多生动的人物形象。譬如，地狱世界的最高统治者阎罗王。阎罗，本名 Yama，因其为鬼世界的始祖、冥界的总司、地狱的主管，故称为 rāja，汉语音译+意译为阎魔王。根据印度的古代文献，阎魔王原本是古印度吠陀时代（Veda Age）的夜摩神，是日神（Vivasvat）与娑郎尤（Saraṇyu）的儿子，与其妹阎美（Yamī）为同时出生的一对神祇，故又称为双王。此外，根据古代波斯祆教经典《阿维斯陀》（Zend Avestā）②的注，说人类始祖毗万诃凡特（Vīvanhvant）做豪麻③酒为祭品（mazyad；zaothra）以祈神。天神因此而赐子，名为伊摩（Yima），即夜摩。在最早的《梨俱吠陀》（Ṛg-veda）中，载有对夜摩神的赞歌。说夜摩与其妹阎美对话，阎美称夜摩是"唯一应死者"（eka-martya）。而夜摩正欲自愿舍其身而入冥界，为众生发现、开拓冥界之路，成为人类最初的死者，因而被称为死者之王。之后其妹阎美也入冥界，与兄分司女、男鬼魅。大史诗《摩诃婆罗多》（Mahābhārata），则详细描绘了夜摩恐怖的相貌和穿着。他头戴王冠，身着血红色衣服，骑水牛，一手持棍棒，一手执绳索，显然是索要人命的主儿。其神格具有双面性：其一，为死神，即率众使者夺杀人性命。故称"死"（maraṇa）为往夜摩宫，称"杀"（vadha）为送夜摩宫；其二，为死王（Preta-rāja）或法王（Dharma-rāja），住于南方地下，是为祖先世界（Pitṛ-loka）的支配者。佛教创立后，阎魔被引入其中，分治两个不同境界：其一，为欲界（kāma-dhātu-deva）六天之第三天夜摩天（Yāma-deva）；其二，为地狱的主宰者，人类行为的审判者。但是，随着地狱影响的日益

---

① 此处的"层"不是指空间上的，而是指时间和内容上的。
② 《阿维斯陀》：古波斯语 Avestā，巴列维语 Avistāk，原意为"坚实的根基"、"中流砥柱"。
③ 豪麻：古波斯语 Haumā，梵语 Somā，汉语音译苏摩或苏幕。一种蔓草，摘其茎于石臼中榨之，取其汁液，加牛乳、麦粉等发酵，酿酒，称为豪麻酒（parahaumā）。对人的神经系统有刺激和麻醉作用。一般认为豪麻为大黄属植物或菌类植物。也有认为是野芸香的。

扩大，阎魔作为天的影响力渐趋下降，而地狱里的魔王地位却日益凸显。这样，佛教对地狱的描绘，就更加不惜笔墨、注入更多的感情色彩了，这使得地狱的恐怖环境和阎罗王的凶狠形象更加深入人心。

地狱的观念及一整套说法随着佛典汉译在中古①时期进入了汉语文化圈，对本土传统思想文化产生了难以估量的影响。其实，在佛教入华之前，汉语文化早就有了地狱的意识，但不叫地狱，而是称其为黄泉或九泉②。秦汉以前的黄泉鬼魂世界，一盘散沙，缺少一位主管。东汉时期，汉语文化圈里出现了人死以后魂归泰山的说法。魏晋年间，受到佛教地狱观念和阎罗王的影响和启发，本土也为黄泉的鬼魂世界配上了主管或统治者，专门治理鬼魂，被称为泰山府君。如此一来，佛教地狱的说法和本土汉语中的巫鬼文化相结合，大量充斥于两晋南北朝的笔记文学之中。

佛教地狱的宣扬者们对于书本文字上的大肆描绘还嫌不够，他们还用说唱的形式向大众绘声绘色地表演地狱的情景③，后逐渐衍变为变文、讲唱以及剧本等的文学形式，其中，大目犍连（Mahāmaudgalyāyana）救母的地狱文学主题和题材，是为代表，深受百姓喜爱。同时，他们把地狱的主题和内容以相、图、绘的视觉造型艺术手法和形式展示，出现了地狱变相、地狱图、地狱绘等。丝绸之路沿线的寺庙、石窟墙壁上多有创绘。据唐张彦远《历代名画记》所记，张孝师、陈静眼、卢棱伽、刘阿祖等人皆于各大寺院的墙壁上绘画地狱图。其中，张孝师、吴道子等画师，是地狱变相的高手，尤以吴道子最为著名。他于唐开元二十四年（736），在景公寺的墙壁上绘出地狱图相时，令京都观者皆惊惧而不食肉，西、东两都的屠夫皆为此而转行。

---

① 此处的"中古"，是指公元第一个千年，对应的是东汉魏晋南北朝隋唐五代时期。
② 汉语阴曹、阴间、地府等的说法，则晚至唐以后才出现。
③ 慧皎《高僧传》卷十三《唱导论》："尔时，导师则擎炉慷慨，含吐抑扬，辩出不穷，言应无尽。谈无常，则令心形战栗；语地狱，则使怖泪交零。征昔因，则如见往业；核当果，则已示来报。"

地狱佛典文学以其特有的内容和方式强烈地渗透到了中国本土民众的内心深处，成为中国大众文化的一个重要组成部分，尤其是民间信仰，更是与此关系甚密。如此具有影响力的佛教内容和独特的文学形式，是中国佛教史、文学史、大众文化史不可或缺或回避的东西。可是长期以来，这一课题却少有问津者，不能不说是一大遗憾。因此，我一直想坐下来探讨这个选题，但总是没有时间专门去做。我早期招的硕士生女生居多，若让女生研究地狱，实在担心其胆怯。后来招了一位男生，我与其讨论是否可以作魏晋南北朝笔记文学中的地狱研究，他同意了。但论文却迟迟交不上来，临近毕业我才看到了初稿，地狱部分的写作只是轻描淡写，显然是没有深入进去。我很快明白是怎么一回事了。研究地狱文学，一定要性格坚强、浑身是胆。否则，在夜深人静的时候，尤其夜风嗖嗖，窗帘飘动的情况下，阅读地狱文学经典，头皮都会发麻，头发会竖直。所以，我一直期待有一位"浑身是胆雄赳赳"的男学生出现。几年过后，在我等待之际，陈龙来了，他是从新疆来考我的博士生的。我们见面之时，他给我的印象是，虽然不是高大魁梧、健壮有力，但却一脸憨厚，有着几分沉稳。第一学期期中时，我征求他意见，是否愿意研究佛教地狱观念与中古文学的问题，他没有立即回答。一个月后他同意了，表现出了坚定的信心和浓郁的兴趣。陈龙在随我学习佛教文学前，曾赴青岛大学从刘怀荣教授学习唐代文学，又远赴新疆师范大学，从朱玉麒教授攻读唐代文学硕士学位，同时又随栾睿教授攻读宗教学硕士学位，毕业时获得了文学、哲学双硕士学位。这样，他就有了文学和宗教学双重的学术训练，奠定了厚实的基本功。我相信，他能很好地完成这一任务。然而，真正深入地狱佛典里，却又是需要太大的勇气和定力。陈龙没有向我诉苦，但他告诉我，他的头发掉了许多。我能感觉到他内心的承受力需要多么强大。我插队的时候，有一次务工半夜回家，为赶捷径，我一人误入了远离村子的一大块墓地。虽然我是无神论者，但夜风习习，磷火闪闪，高一脚低一脚，着实让我紧张了一番。赶到走出墓地，我的后背已是湿透，紧攥铁锹把的双手竟然麻木得不能动弹。从那一时刻起，我对鬼魅、灵魂的世界和自我的心理承受有了感性的体验。所以，鬼魂世界的文化，的确需要我们从学理上进行研究和诠释。

几年下来，陈龙陆陆续续提交了他的博士论文的一些章节。从内容上看，他是深入进去了，而且有了诸多的收获。最后的博士论文外审及答辩均顺利通过，并获得好评。

前不久，当我还在德国莱比锡大学东亚研究所客座时，陈龙发来 E-mail，说他的《地狱观念与中古文学》一书即将付梓，嘱我为序，作为他的导师，我当然非常高兴。我拜读了他在博士论文基础上修订的大作，着实为之一振。他的论著系统地阐发了地狱观念与中古文学的互动关系，涉及佛教人生观、果报观以及佛教伦理、仪轨的问题。重点讨论了佛教地狱观念与中古小说、地狱观念与诗歌创作（包括精英诗歌和白话诗歌）两个方面的问题。前者认为地狱观念的传播突破了本土惯有的历史叙事传统，促成了小说虚构（fiction）意识的形成，提高了本土的叙事能力，拓展了小说叙事的空间维度，使得小说的叙事篇幅大幅度扩容。后者以佛教诗人王梵志、寒山、拾得、庞居士等白话诗派为中心，揭示其诗歌作品中的地狱观念在创作过程中的作用和影响。尤为可贵的是，他发现了精英文人韩愈的诗歌作品中有大量的地狱观念和描绘，有力地证明了韩愈对佛教的熟稔，其反佛的目的不过是从国家政治功利的角度出发，而并不排斥佛教的教义。更为值得称道的是，论著第七章"地狱类文学作品与僧传"，辑录了中古时期有关地狱类的文学作品，并做了诸多的甄别、考订、注释，为研究中古佛教文学提供了比较可信的材料。从其论著来看，论和考的两个方面，都显示了作者的学术实力。这是令我十分欣慰的事情。

普 慧

2016 年 7 月谨识于

中国四川大学中国俗文化研究所

德国莱比锡大学东亚研究所

目 录

绪 论 ……………………………………………………………… (1)
  一 选题目的 ……………………………………………………… (1)
  二 用语及限定 …………………………………………………… (1)
  三 研究现状 ……………………………………………………… (7)
  四 范围和方法 ………………………………………………… (11)

第一章 背景分析 ………………………………………………… (12)
  一 地狱观念的传入 …………………………………………… (12)
    （一）佛教地狱观初传 ……………………………………… (12)
    （二）道教地狱观产生 ……………………………………… (16)
    （三）地狱观传入民间 ……………………………………… (21)
  二 地狱观念概述 ……………………………………………… (23)
    （一）地狱观念与佛教人生观 ……………………………… (23)
    （二）地狱观念与佛教果报观 ……………………………… (27)
    （三）地狱观念与宗教道德 ………………………………… (36)
    （四）地狱观念与佛教教义 ………………………………… (43)

第二章 人物类型 ………………………………………………… (46)
  一 泰山府君 …………………………………………………… (46)
  二 阎罗王 ……………………………………………………… (61)
    （一）阎罗王传说源流——从印度文学到佛教经典 ……… (61)
    （二）阎罗王形象演变——从佛教经典到中国文学 ……… (70)
    （三）帝王将相 ……………………………………………… (77)

第三章　母题阐释 ……………………………………（87）
一　暂死入冥 ………………………………………（89）
　　（一）亡魂托梦 …………………………………（92）
　　（二）死后来报 …………………………………（92）
　　（三）生入地狱 …………………………………（93）
　　（四）阴间误勾 …………………………………（94）
二　地狱审判 ………………………………………（97）
三　巡游地狱 ………………………………………（101）
四　复活还魂 ………………………………………（104）
　　（一）魂返本体 …………………………………（104）
　　（二）借尸还魂 …………………………………（107）
五　说明缘由 ………………………………………（109）

第四章　地狱描写的渗入对中古小说的影响 ……（111）
一　汉魏六朝 ………………………………………（111）
　　（一）对于历史叙事的突破 ……………………（120）
　　（二）对于虚构意识的促成 ……………………（122）
二　隋唐五代 ………………………………………（126）
　　（一）人生表现主体性的转变 …………………（134）
　　（二）故事情节的曲折完整 ……………………（138）

第五章　唐代地狱观念的传播及其对唐诗的影响 …（144）
一　唐代地狱观念的传播及其对韩愈的影响 ……（144）
　　（一）佛教类书与地狱观念的传播 ……………（144）
　　（二）唱导、俗讲、变文与地狱观念的传播 …（145）
　　（三）变相与地狱观念的传播 …………………（149）
　　（四）唐人小说与地狱观念的传播 ……………（150）
　　（五）韩愈诗歌中的地狱意象 …………………（153）
二　唐代白话诗中的地狱世界
　　　　——以王梵志、寒山、拾得、庞居士诗为中心 …（164）
　　（一）白话诗中的地狱所在 ……………………（165）

（二）白话诗中对地狱的想象 …………………………（169）

第六章　中古文学对汉译佛经的影响
　　——以地狱故事为中心的考察 …………………（178）
　一　《弟子死复生经》 ………………………………………（178）
　二　《地藏菩萨本愿经》 ……………………………………（185）

第七章　地狱类文学作品与僧传 …………………………（191）

结　论 ………………………………………………………（198）

附录一　也谈《古小说钩沉》的用书版本
　　——以《辩正论》为中心的考察 ………………（200）

附录二　《古小说钩沉》校勘一则 ………………………（214）

参考文献 ……………………………………………………（217）

后　记 ………………………………………………………（235）

绪　论

一　选题目的

在佛教、基督教、伊斯兰教等大的世界宗教中，地狱观念都占有非常重要的地位，地狱信仰是各大宗教最基本的信条之一。① 游历地狱，是在世界各地都广为流行的一种想象，从古希腊的神话传说到古罗马的文学创作，西方不少伟大的诗人都大肆渲染过这一内容。② 地狱观念也与中国文学有着密不可分的联系。本书选择这一题目意在研究地狱观念与中古文学之间那种双向互动的影响关系。

二　用语及限定

从文献记载来看，地狱这个概念是随佛教传入中国，并为民间所熟知的。在佛教传入之前，中国人已有自己的冥界观念，但与其后随佛教传入的地狱观念大有不同。中国人地狱观念的形成，无疑

---

① 《宗教学原理》指出："地狱和天国是一般神学宗教的重要的基本命题之一。"参见陈麟书、陈霞主编《宗教学原理》，宗教文化出版社2003年版，第63页；又，吕大吉云："天堂、地狱的信仰在世界历史上的各大宗教体系中（佛教、基督教、伊斯兰教等）占有非常重要的地位，是各大宗教最基本的信条。"参见吕大吉《宗教学通论新编》，中国社会科学出版社1998年版，第128页。

② 参见［法］戴密微《唐代的入冥故事——黄世强传》，耿升译，载《敦煌译丛》第1辑，甘肃人民出版社1985年版，第133—134页。

受到了佛教思想的重大影响。① 在各种典籍中，关于地狱的解说很多。本书对以往各种解说进行了简单的整理和归纳，得出如下结论：

（一）"地狱"一词，梵语原称为 niraya，音译作泥梨、泥犁、泥梨耶、泥犁耶、泥黎耶等，意译为不乐、无有。人死后落入此处受苦，谓喜乐之类一切皆无。②"泥犁"一词出现在最早的译经中。③

（二）到了唐代，玄奘法师在译经中，始舍弃"泥犁"一词不用，而用"捺落迦"，梵语为 naraka，音译作捺落迦、那落迦、奈落等，意译为苦具、苦器、受罪处。系五趣之一，六趣之一，五道之一，六道之一，七有之一，十界之一，故又称地狱道、地狱趣、地狱有、地狱界。④

（三）"地狱"即指上文所说 niraya 和 naraka，地狱、niraya（泥犁）和 naraka（捺落迦），三者异名而同实。"泥犁"在译经中出现得最早，至唐代多用"捺落迦"，而"地狱"一词的使用，则最为普遍和持久。⑤ 另外，地狱一词在使用过程中，也被用以比喻苦难危险的境地。⑥《三国志·蒋济传》："贼据西岸，列船上流，而兵入洲中，是为自内地狱，危亡之道也"，即用此意。⑦ 后来，由

---

① 参见季羡林《比较文学与民间文学》，北京大学出版社 1991 年版，第 102 页；台静农《佛教故实与中国小说》，载张曼涛主编《佛教与中国文学》，台北：大乘文化出版社 1978 年版，第 61—64 页。

② （南朝·陈）真谛译：《佛说立世阿毗昙论》卷六《云何品》："云何地狱名泥犁耶？无戏乐故；无喜乐故；无行出故；无福德故；因不除离恶业故于中生。复说此道于欲界中为最下劣，名曰非道。因是事故，故说地狱名泥犁耶。"［日］高楠顺次郎等编：《大正新修大藏经》，台北：新文丰出版公司 1983 年版，第 32 册，第 197 页下（本文所引佛教经文，均从此本，简称《大正藏》，其余仅标册、页，不一一详注）；丁福保：《佛学大辞典》，上海书店 1991 年版，第 1066 页。

③ 参见胡适《智顗的〈妙法莲花经文句〉卷四下》，载姜义华主编《胡适学术文集·中国佛学史》，中华书局 1997 年版，第 596 页。

④ 慈怡主编：《佛光大辞典》，高雄：佛光出版社 1989 年版，第 2311 页中—2313 页上。

⑤ 参见（隋）智顗《妙法莲华经文句》卷四《释方便品》："地狱此方语，胡称泥犁者，秦云无有。无有喜乐，无气味，无欢无利，故云无有。"《大正藏》第 34 册，第 60 页中。

⑥《辞源》中有解曰：地狱，比喻苦难危险的境地。参见《辞源》，商务印书馆 1988 年版，第 319 页。

⑦ （晋）陈寿撰，（南朝·宋）裴松之注，陈乃乾点校：《三国志》卷一四《魏书·蒋济传》，中华书局 1959 年版，第 451 页。

于词义的演变，此意在现代汉语中已不再使用。

唐西明寺沙门道世玄晖撰《诸经要集》，对地狱一词的解说颇具代表性：

> 问曰：云何名地狱耶？答曰：依立世阿毗昙论云：梵名泥犁耶，以无戏乐故，又无喜乐故。又无行出故，又无福德故，又因不除离恶业故。于中生。复说：此道于欲界中最为下劣，名曰非道，因是事故，故说地狱名泥犁耶。如婆沙论中，名不自在。谓彼罪人，为狱卒阿傍之所拘制，不得自在，故名地狱。亦名不可爱乐，故名地狱。又地者底也，谓下底。万物之中地最在下，故名为底也。狱其局也，局谓拘局不得自在，故名地狱。又名泥犁者梵音，此名无有，谓彼狱中无有义利，名无有也。①

此段引文首先解释了前文所说的第一种意思，指出了地狱"无戏乐、无喜乐、无行出、无福德、无自在、无有义利、不除离恶业"等诸多特点，并说明了"地狱"和"泥犁"实为一词。"泥犁"仅为音译，"地狱"又增加了"处于下底、拘局不得自在"的意思。

> 问曰：地狱多种，或在地下，或处地上，或居虚空，何故并名地狱？答曰：旧翻地狱，名狭处局不摄地空。今依新翻经论，梵本正音名那落迦，或云捺落迦。此总摄人，处苦集故名捺落迦。又新婆沙论云：问何故彼趣名捺落迦？答彼诸有情，无悦无爱无味无利无喜乐，故名那落迦。或有说者，由彼先时造作增长，增上暴恶身语意恶行，往彼令彼相续，故名捺落迦。有说彼趣以颠坠，故名捺落迦。②

---

① （唐）道世：《诸经要集》卷一八，《大正藏》第54册，第166页上。
② 同上书，第166页中。

此段引文则是对前文所述第二种释意的说明，引文提到的"新翻经论"即指唐代玄奘法师的新译佛经。按佛经所述，地狱不仅处于地下，它还处于地面之上、虚空之中，"地狱"一词不足以指其他空间的存在，故玄奘译经时选用了"捺落迦"一词。在《诸经要集》中，道世将地狱所处的空间做了地下、地上和虚空的划分，直到现在，学者们仍认同此说。①

关于地狱种类的说法纷繁驳杂，多种多样。佛教地狱又有八大八小寒热地狱之分，合共一百三十六地狱。另据《佛说观佛三昧海经》卷五所载，光是"阿鼻地狱"就有十八种，每一种又可分出十八种，多的则有五百亿。

  所谓苦者，阿鼻地狱。十八小地狱，十八寒地狱，十八黑暗地狱，十八小热地狱，十八刀轮地狱，十八剑轮地狱，十八火车地狱，十八沸屎地狱，十八镬汤地狱，十八灰河地狱，五百亿剑林地狱，五百亿刺林地狱，五百亿铜柱地狱，五百亿铁机地狱，五百亿铁网地狱，十八铁窟地狱，十八铁丸地狱，十八尖石地狱，十八饮铜地狱，如是等众多地狱。②

就此而言，中国"地狱"对应的当为地狱最底层的"阿鼻地狱"，"地狱"对应的是梵语 Avīci（阿鼻），而不是 Naraka（捺落迦）③，此为对"地狱"一词狭义的理解。

佛教本来的地狱观念，与中国古代对"地狱"一词的理解和发挥中所包含的观念大有不同。按"六道轮回"之说，地狱和饿鬼、

---

① 吕大吉说："在古老的年代，人们在构想灵魂之国所在地时，当然有多种可能的选择。但是，如果我们对古往今来的一切'冥府'观念作一番比较研究，按其空间地域的共同性进行分类。这些幽冥世界的所在地，仍不过是三类：一类在地面之上；一类在地底之下；一类在天上。"参见《宗教学通论新编》，中国社会科学出版社1998年版，第125页。

② （东晋）佛陀跋陀罗译：《佛说观佛三昧海经》卷五《观佛心品》，《大正藏》第15册，第668页中。

③ 白化文：《三生石上旧精魂——中国古代小说与宗教》，北京出版社2005年版，第24页。

畜生并列，为佛教所说"三恶道"之一。"六道"即"三恶道"之外加上天、阿修罗、人。但在中国民众的意识里，一般却把地狱等同于冥界。按照中国人的设想，饿鬼也是在地狱里接受惩罚的有情一类；畜生则从属于人间。这样，"六道"就被划分为生死、人鬼、明幽两种世界。地狱和饿鬼都被归为阴间的一部分。在一些佛经中，甚至直接使用了"饿鬼地狱"这样不伦不类的指称。如三国时期吴国的支谦所译《佛开解梵志阿颰经》：

譬于高楼见闻下人歌舞钟鼓诸六畜声，道耳如是。亦闻天上音乐，亦闻饿鬼地狱饥渴痛声。①

唐代的《大目乾连冥间救母变文》等文学作品中，也承袭了这样的表述：

当时不用我儿言，受此阿鼻大地狱。
阿娘昔日极芬荣，出入罗帏锦障行。
那堪受此泥梨苦，变作千年饿鬼行。
口里千回拔出舌，胸前百过铁犁耕。
骨筋筋皮随处断，不劳刀剑自凋零。
一向须臾千回死。

按照此种表述，饿鬼道与地狱道皆属阴间，堕饿鬼道成了地狱道受苦的继续。所以，广义而言，地狱不但包括通入其间的若干重幽暗黑门、奈河桥、阎王殿等名目，而且也是包括"饿鬼"在内的。

还有学者指出：六道，本是生死流转的不同"状态"。许多人却把它当成一个"处所"，是罪恶的亡灵接受惩罚的地方。② 所以，地狱还应被当作一种"状态"来理解。以上理解和分析都有利于我

---

① 《大正藏》第1册，第262页下。
② 孙昌武：《文坛佛影》，中华书局2001年版，第96页。

们把握地狱这一概念。更应该注意的是，中国地狱观念，是佛教地狱说在中国固有思想土壤上的发挥。佛教作为一种异质文化，从传入之日起是不能为中国民众所完全理解的，因而，中国便有了"格义"之法。这种引用中国固有的思想或概念来比附解释佛教义理的方法，有利于人们对佛教的理解和接受。在经历了相当长一段时间之后，当人们对佛教义理的理解和把握，已经不存在障碍时，中国人士又开始了将其本土化的改造。所以，中国佛教的一些概念和定义，似乎总是和佛教的原始说法有一定偏差。中国地狱观念也是如此，它既体现了佛教本身的地狱观念，又具有自己的独特之处。中国的地狱观念，糅合了民间的神秘信仰和道教观念，是一种中国化了的观念。此种观念随着时代的发展在不断变化。即使在民间，也不可能形成一种统一的地狱观念，民间的地狱观念又表现出了一定的地域特点和主观色彩。这给我们准确地把握和理解它，造成了很大的困难。本书的任务在于把握其总体特点，发掘其积淀并影响到民族心理层面的东西，并阐明此种观念对文学的影响。对民间地狱观念的考察，不能离开对佛、道教地狱说的梳理，但是，经藏以外的其他文献更值得重视。尤其是众多的中古文学作品，更为地狱观念的研究提供了许多鲜活的材料。

  地狱这个名称，人人皆知，但中国百姓关于地狱的信息和知识，并非完全由佛典而来，民间流行的文学艺术的描述似乎给民众传播了更多的这方面的信息。在印度本土，以看图讲故事的方式讲述地狱故事，是一项非常古老的传统。[1] 在中国本土，通过天堂地狱学说以阐明因果报应，同样是佛教宣传的重要手段。当时，在弘传佛教思想的讲经、唱导等宣传活动中，出现了许多借地狱观念宣扬因果报应的文学作品。魏晋时期就出现了反映地狱观念的叙事作品；南朝时期，出现了如《幽明录》等大量描写地狱内容的书籍；到唐宋时期，描写地狱的文学作品大量增加，而且反映出了与前代不同的思想和创作倾向。这些都对中国叙事文学产生了很大影响。

---

[1] 参见王青《西域文化影响下的中古小说》，中国社会科学出版社 2006 年版，第 206 页。

佛教关于地狱的记载影响了中国的文学，反过来，中国有关地狱游历的故事也被佛教吸收，有的甚至直接被编成了疑伪经典。《大正藏》第14册收有《弟子死复生经》一卷，叙述的就是优婆塞见谛暂死游冥间事。[1] 这也就是我们所说的宗教与文学相互影响的一种重要方式。

地狱观念与中国文学的相互影响延续了很长的历史时期，本书的考察限定在中古的范围。本书所用"中古"一词，并非来自文学史的划分。按照历史研究的划分，一般以魏晋南北朝隋唐为我国历史上的中古时代。[2] 胡适曾结合中国历史的特点，对"中古时期"所做的划定是：从汉末到北宋初期，即从纪元二百年到纪元一千年。[3] 考虑到佛教传入中国的时间和本书所论传奇、变文流行的时间，本书采用了胡适所提出的、建立在史学研究视野上的"中古"这一概念。

三　研究现状

地狱观念及与其相关的文学作品对中国文化的影响，屡屡被学术大家所提及：首先，胡适在晚年连续撰文，考证地狱、泰山、阎王等词条，似已注意到这些观念在中国文化中的重要性，但终未完成其考辨，令人深感惋惜；[4] 其次，郑振铎在其《插图本中国文学史》中讲："在中国的一切著作里，（目连变文）可以说是最早的详尽叙述周历地狱的情况的；其重要有若《奥德思》、《阿尼特》及《神曲》诸史诗。"[5] 将以描写地狱情状为主要内容的《目连变

---

[1] （南朝·宋）沮渠京声译：《弟子死复生经》，参见《大正藏》第14册，第868页中—870页上；吕澂将该经编入了"论藏"之"疑伪外论"中，参见吕澂《新编汉文大藏经目录》，齐鲁书社1981年版，第92页。

[2] 《辞源》，商务印书馆1988年版，第46页。

[3] 参见姜义华主编《胡适学术文集·中国佛学史》，中华书局1997年版，第585页。

[4] 同上书，第585—621页。

[5] 郑振铎：《插图本中国文学史》，作家出版社1957年版，第456页。

文》,提到与西方诸史诗并列的地位来给予观照,其见解可谓独到;陈寅恪在《忏悔灭罪金光明经冥报传跋》一文中也曾说:"盖中国小说,虽号称富于长篇巨制,然察其内容结构,往往为数种感应冥报传记杂糅而成。若能取此类小说详稽而广证之,亦可为治中国小说史者一助欤。"① 此言是要把中国小说史研究的视点放在与冥界、地狱观念相关的感应冥报传记上。诸位中国现代学术的巨擘的视点虽各有不同,但对地狱观念都给予了足够的重视。

此后,台静农的《佛教故实与中国小说》,是较早涉及地狱观念与文学研究的论文。② 该文对佛教的地狱观念和古代小说中与其相关的作品,做了整理和分析,对本书具有重要的启发意义。孙昌武《地狱巡游与目连救母》一文③,对"地狱巡游"及其叙事程式做了归纳总结,并涉及对敦煌卷子中《唐太宗入冥记》和"目连变文"的源流考辨。陈允吉的《论唐代寺庙壁画对韩愈诗歌的影响》,揭示了唐代地狱变相对韩愈诗歌创作的深刻影响。④ 在普慧的《南朝佛教与文学》一书中,第七章第二节也涉及了"地狱之说"对于小说影响。⑤

荣新江主编、北京大学出版社出版的《唐研究》,也刊载了一系列与本选题有关的论文。如陈允吉《〈目连变〉故事基型的素材结构与生成时代之推考——以小名"罗卜"问题为中心》(第二卷)、张总《初唐阎罗图像及刻经——以〈齐士员献陵造像碑〉拓本为中心》(第四卷)、罗世平《地藏十王图像的遗存及其信仰》(第四卷)、黄正建《关于唐宋时期崔府君信仰的若干问题》(第十一卷)、刘安志《从泰山到东海——中国中古时期民众冥世观念转变之一个侧面》(第十三卷),这些论文都涉及对地狱观念在民间流行和演变的历史考察,对于本书具有重要的参考价值。

---

① 陈寅恪:《陈寅恪集·金明馆丛稿二编》,生活·读书·新知三联书店2001年版,第292页。
② 张曼涛主编:《佛教与中国文学》,台北:大乘文化出版社1978年版,第61—126页。
③ 孙昌武:《文坛佛影》,中华书局2001年版,第89—112页。
④ 陈允吉:《唐音佛教辨思录》,上海古籍出版社1988年版,第130—146页。
⑤ 普慧:《南朝佛教与文学》,中华书局2002年版,第236—238页。

近年来，在地狱与文学的研究方面，很多论文也非常引人注目。夏广兴的《冥界游行——从佛典记载到隋唐五代小说》，探讨了佛家地狱说与中国固有冥界观交汇互融的过程。① 对隋唐五代小说中的冥界描写进行了考察，并结合汉译佛典对冥界的论述，系统地阐释了中国冥界说的演进历程，从而进一步说明了佛教的传入给中国冥界观念带来的深层影响。石昌渝的《论魏晋志怪的鬼魅意象》，分析了魏晋志怪所构建的完整的鬼魅系统，指出魏晋志怪所构建的鬼魅意象对后世文学的鬼魅题材提供了母体和平台。② 王青的《西域冥府游历故事对中国的影响》，比较了中国、印度以及西域三个文化区域对于地下世界的想象，说明西域人讲述的冥府游历故事，对中国幽冥故事的形成与发展产生了极其重要的影响。③ 韦凤娟的《从"地府"到"地狱"——论魏晋南北朝鬼话中冥界观念的演变》，探讨魏晋南北朝志怪的"鬼话"中所表现的冥界观念的演变，分析了传统的冥界思想和佛教影响下的地狱观念的不同特点。④

地狱研究的相关专著：1989 年 11 月台湾学生书局出版了萧登福的《汉魏六朝佛道两教之天堂地狱说》，此书分上下两编，分别对佛道二教的天堂地狱说进行了较为详细的考察，全书主要从文献入手，梳理了佛道经典关于天堂地狱的记载，进而考察了地狱名称的由来，有关地狱的佛道经典，地狱的种类、所在、数目和名称等。他的另外几部专著如《敦煌俗文学论丛》⑤、《先秦两汉冥界及神仙思想探源》⑥、《道佛十王地狱说》⑦，也是对佛道地狱思想的整理和探讨，其研究方向也涉及地狱观念对于俗文学的影响。

1989 年，甘肃教育出版社出版的杜斗城的《敦煌本佛说十王经

---

① 夏广兴：《冥界游行——从佛典记载到隋唐五代小说》，《中华文化论坛》2003年第 4 期。
② 石昌渝：《论魏晋志怪的鬼魅意象》，《文学遗产》2003 年第 2 期。
③ 王青：《西域冥府游历故事对中国的影响》，《新疆大学学报》2004 年第 1 期。
④ 韦凤娟：《从"地府"到"地狱"——论魏晋南北朝鬼话中冥界观念的演变》，《文学遗产》2007 年第 1 期。
⑤ 萧登福：《敦煌俗文学论丛》，台北：商务印书馆 1988 年版。
⑥ 萧登福：《先秦两汉冥界及神仙思想探源》，台北：文津出版社 1990 年版。
⑦ 萧登福：《道佛十王地狱说》，台北：新文丰出版公司 1996 年版。

校录研究》,将敦煌本《佛说十王经》进行了校录和研究,书中关于敦煌地区的宗教信仰、风俗习惯等内容的研究都涉及了本书的研究范围。美国学者太史文(Stephen F. Teiser)的《幽灵的节日——中国中世纪的信仰与生活》[1]一书,在学界影响颇大。[2]书中首先综述了鬼节的主要活动、鬼节在中国及东亚的流行情况及鬼节的多重意义,进而表达了其对中国社会中宗教形态的认识。作者将社会中的宗教区分为"制度型"与"扩散型"两种,并加以修正来为鬼节定位,认为其涵盖了从扩散型宗教到制度型宗教的所有形式,进而由此引出对资料性质的关注,强调不同资料的价值,突出视角的多样性,最后由提示宗教形态转到具体考察佛教在中国社会中的地位。书中涉及的对地狱观念在社会学、仪式学等方面的考察对本书颇具启发意义。贾二强的《唐宋民间信仰》一书是在其《神界鬼域——唐代民间信仰透视》一书的基础上,经过删订、修改而成的。[3]此书从以小说笔记材料为主的史料中爬梳排查资料,并经过必要的考证,进而展开剖析论证,在很大程度上澄清了唐宋时期流行的一些重要观念。日本梅原猛的《地狱的思想》,也是以地狱为题的专著,此书分两部分:第一部分是作者结合日本社会思潮的演变对佛教地狱思想做了较为深刻的研究和解读;第二部分用他所分析的地狱思想来反观日本文学。此书涉及了对地狱观念与日本文学之间关系的探索。[4]王立的《佛经文学与古代小说母题比较研究》一书的第十九章"中国古代冥游题材类型及佛教渊源",按照母题学的研究方法,将冥游题材的作品做了分类研究。该书资料翔实,视野开阔,其佛经母题溯源在方法论和实践性方面都具有相当的创新意义。[5]

---

[1] [美]太史文:《幽灵的节日——中国中世纪的信仰与生活》(The Ghost Festival in Medieval China),侯旭东译,浙江人民出版社1999年版,第170页。

[2] 参见杨继东《Ghost Festival in Medieval China (by Stephen Teiser, Princeton University Press, 1988, 18+275pp)》,《唐研究》第二卷,北京大学出版社1996年版,第470—474页。

[3] 贾二强:《神界鬼域——唐代民间信仰透视》,陕西人民教育出版社2000年版;贾二强:《唐宋民间信仰》,福建人民出版社2002年版。

[4] [日]梅原猛:《地狱的思想》,刘瑞枝、卞立强译,四川人民出版社2005年版。

[5] 王立:《佛经文学与古代小说母题比较研究》,昆仑出版社2006年版。

上述研究，都涉及了地狱观念或相关文学作品的讨论，但对于二者的相互关系和相互影响，尚未深入展开探讨。

本书的创新点在于，第一次将"地狱观念与中古文学"作为一个专门的论题。笔者力求吸收和运用多种研究方法，对该论题进行深入研究，以期较全面、系统地把握地狱观念与中古文学的关系。

四　范围和方法

本书所用材料来源于佛教、道教的基本典籍以及我国中古时期的一些文学作品，佛教研究主要取材于《大正藏》，兼用僧传和佛教文学素材；道教以《道藏》为主，并适当吸收道教史研究的相关成果；文学方面主要取材于魏晋南北朝笔记小说、传奇以及变文中反映地狱观念的作品。关于地狱观念对于诗歌的影响，不但有个案研究，也涉及对诗人群体的探讨。本书以历史唯物主义和辩证唯物主义为指导，结合文艺学和文献学的方法，并充分运用宗教学、民俗学、文化学等方法，力求通过系统的研究对地狱观念与中古文学的相互关系，得出一些较为全面和客观的结论。

不过，地狱观念与中古文学这一题目涉及众多方面，相关资料较为庞杂和分散。同时，本书构建的体系又比较庞大，加上本人学力有限，故有很多方面难以深入和完善，难免有所疏漏，恳请方家批评指正。

第 一 章

背景分析

一 地狱观念的传入

（一）佛教地狱观初传

在佛教传入中国的初期，翻译的地狱经典就已经非常丰富了。最早来华的译经家安世高，就已经开始翻译地狱经典了。在其译经中，《佛说十八泥犁经》、《佛说罪业应报教化地狱经》、《佛说分别善恶所起经》和《佛说鬼问目连经》对地狱的描绘就已经比较详细了。[①] 在这四部经的经名之前，都冠以"佛说"二字，经文开头部分都有"佛言"、"如是我闻"、"闻如是"等字样，它们篇幅短小，较真实地记录了佛陀当年借地狱说法、教诲弟子的情形。《佛说十八泥犁经》和《佛说罪业应报教化地狱经》结构类似，前者铺排了"十八泥犁"的名称、苦状，后者则列数"二十地狱"之惨毒。《佛说十八泥犁经》中所罗列的"十八泥犁"的名称，如"先就乎"、"居卢倅略"、"桑居都"、"楼"、"旁卒"、"草乌卑次"、"都意难旦"等等，皆为音译，其名称具有浓郁的异域特色。《佛说罪业应报教化地狱经》、《佛说分别善恶所起经》和《佛说鬼问目连经》的相通之处在于：它们都注重阐明遭受种种恶报、经受地狱苦难的原因，欲以地狱的种种大苦痛，惊醒世人，迫使听闻者弃恶从

[①] （东汉）安世高译：《佛说十八泥犁经》，《大正藏》第17册，第528页中—530页上；《佛说罪业应报教化地狱经》，《大正藏》第14册，第450页下—452页中；《佛说分别善恶所起经》，《大正藏》第17册，第616页下—519页下；《佛说鬼问目连经》，《大正藏》第17册，第535页中—536页中。

善。灵、献之时，支娄迦谶所译《道行般若经》中有"泥犁品"；①康巨译有《问地狱事经》（本阙）；②吴维祇难所出《法句经》有"地狱品"，③都是专门描写地狱的。这些地狱类的佛典和篇章，篇幅非常短小。从西晋法力、法炬所出《大楼炭经·泥犁品》开始，④对地狱的描写才转为繁富，对其说法也渐趋驳杂。东晋以后，地狱类经典传译逐渐增多。其中东晋昙无兰集中译出了一批地狱经。⑤鸠摩罗什所出《十住毗婆沙论》、《大智度论》等小、大乘论书中，也有许多讲到地狱情景和轮回报应的。据日本学者道端良秀研究，佛教经典传译之初，译出地狱经典颇多，梁僧祐《出三藏记集》卷四《新集续撰失译杂经录》就收有《铁城泥犁经》等21种失译的地狱经典。⑥大量地狱经典的翻译为地狱观念的传播奠定了基础。

安世高与康巨同时，或稍早几年。他在汉桓帝建和二年（148）至灵帝建宁中（168—171）的二十余年间在华译经。⑦从安世高译《佛说十八泥犁经》、《佛说罪业报应教化地狱经》等经文开始，佛教地狱说已经开始向汉地传播。因而，佛教地狱说的传入，不会晚于安世高逝世的公元171年。由此可知：佛教地狱说于东汉末即公元二世纪末已传入中国。

---

① （东汉）支娄加谶译：《道行般若经》卷三《泥犁品》，《大正藏》第8册，第440页中—442页上。
② （梁）慧皎撰，汤用彤校注，汤一玄整理：《高僧传》，中华书局1992年版，第11页；《大正藏》第55册，第483页上。
③ （三国·吴）维祇难等译：《法句经》，《大正藏》第4册，第570页上。
④ （西晋）法力、法炬译：《大楼炭经》卷二《泥犁品》，《大正藏》第1册，第283页中—287页上。
⑤ 《铁城泥犁经》一卷，《大正藏》第1册，第826页下；《泥犁经》一卷，《大正藏》第1册，第907页上；《四泥犁经》一卷，《大正藏》第2册，第816页中。
⑥ ［日］道端良秀：《中国佛教思想史の研究》，平乐寺书店1979年版，第93—94页，转引自侯旭东《东晋南北朝佛教天堂地狱观念的传播与影响——以游冥间传闻为中心》，《佛学研究》1999年。
⑦ （梁）僧祐撰，苏晋仁等点校：《出三藏记集》卷一三《安世高传》，中华书局1995年版，第508—509页；任继愈：《中国佛教史》第一卷，中国社会科学出版社1985年版，第81页。

在最早的《佛说十八泥犁经》中，地狱是分为寒、热两类的："火泥犁有八，寒泥犁有十。入地半以下火泥犁，天地际者寒泥犁。"① 如经文所言，地狱是处于不同处所的：所谓"热地狱"在入地半以下，而"寒地狱"在天际。这样的表述是不利于中国民众接受的，中国已有关于冥界的很多观念，但人们所熟知的"黄泉"、"幽都"等名词已经暗示，冥界是处于地下的。况且《佛说十八泥犁经》有云："侮父母、犯天子，死入泥犁。中有深浅，……"既然佛经说地狱是有深浅的，那么经过中国人士的改造加工之后，经中的"十八地狱"，就变成了"十八层地狱"②。意思就是说，地狱像台阶或楼层一样，由上而下，一层比一层低，直至地的最底层。《佛说十八泥犁经》表述了十八泥犁中，每更进一犁，其"一苦"当前一犁"二十"倍。在中国被改造成了：十八层地狱，越往下层，所受的苦难越深重，下层之苦当上一层的若干倍。这种地狱分层、每下一层痛苦翻倍的表述给人的潜意识造成一种强烈的压抑感。如泰勒所说："在这里，这种地下世界越来越丧失了死人住所的意义，而较快地被看作是涤罪所和地狱的悲惨区域。"③ 关于"洗涤罪恶"，中国百姓却有着自己的想象，他们认为，即使生前作恶多端，只要能够皈依佛教，广作功德，即可免受地狱之苦。这种说法在《佛说十八泥犁经》中也得到了印证，经云："有前恶后为善，不入泥犁。"当然，类似表述在中古小说中也屡屡出现。④ 这种奉佛、布施、作功德即可免罪业的说法，也影响了中国民间的信仰和

---

　　① （东汉）安世高译：《佛说十八泥犁经》，《大正藏》第17册，第528页中—528页下。
　　② 关于此点，最著名的是《西游记》第十回"二将军宫门镇鬼　唐太宗地府还魂"载：太宗随判官过了阴山，前面却悲声震耳，恶怪惊心。太宗问："这是何处？"判官道："此是阴山背后'一十八层地狱'。"参见（明）吴承恩《西游记》，人民文学出版社1955年版，第126页。
　　③ ［英］爱德华·泰勒：《原始文化》，连树声译，上海译文出版社1992年版，第546页。
　　④ 《幽明录》"赵泰条"载："又问'未奉佛时，罪过山积。今奉佛法，其过皆得除否？'曰：'皆除'。"参见（南朝·宋）刘义庆《幽明录》卷四"赵泰"条，载林辰、王永昌编校《鲁迅辑录古籍丛编》，人民文学出版社1999年版，第258页。

风俗，但也为后世的学者所诟病。①

　　法力和法炬共译的《大楼炭经》亦颇有影响。此经出自《长阿含经》，与后秦佛陀耶舍和竺佛念译《长阿含经》卷十八至二十二的《世纪经》②，隋阇那崛多等译《起世经》③、隋达摩笈多译《起世因本经》④ 皆为同本异译。此经大意是讲早期佛教关于"世界"、三界诸天、四洲、转轮王、四生、四种姓以及地狱观念起源的种种神话传说。《楼炭经》各种不同的译本，反映出早期佛教关于自然界、人类社会的观点和教义。《楼炭经·泥犁品》讲的是八大地狱：

　　　　佛告比丘，有大铁围山，更复有第二大铁围山，中间窈窈冥冥。其日月大尊神，光明不能及照。其中有八大泥犁：一泥犁者，有十六部。第一大泥犁名想，第二大泥犁名黑耳，第三大泥犁名僧干，第四大泥犁名卢猎，第五大泥犁名噭嚯，第六大泥犁名烧炙，第七大泥犁名釜煮，第八大泥犁名阿鼻摩诃。⑤

　　此经首先说明了地狱的处所，在两大铁围山之间。这代表了佛教关于宇宙的一种构想。此经中地狱的数量似乎最少，但经文对地狱的恐怖描写却非常震撼人心。中古文学作品中常云"所至地狱，楚毒各殊"，但其关于地狱苦楚的想象，均未超出此经。其余传译的经典关于地狱的记载也各不相同。总体来看，中古时期，佛家关于地狱的说法仍纷繁复杂。这种情形几乎严重到很难找几本关于地狱说法是完全相同的经论。关于佛藏中地狱数目及种类的考察，并

---

　　① 清代学者魏禧在其《地狱论》中，就佛教宣称的前恶后善，可不堕地狱，以及做功德可以免罪业的种种说法，提出了质疑和驳斥。参见（清）魏禧著，胡守仁等点校《魏叔子文集》，中华书局2003年版，第85页。
　　② （后秦）佛陀耶舍和竺佛念译：《长阿含经》卷一八至二二的《世纪经》，《大正藏》第1册，第114页中—149页下。
　　③ （隋）阇那崛多等译：《起世经》，《大正藏》第1册，第310页上—365页上。
　　④ （隋）达摩笈多译：《起世因本经》，《大正藏》第1册，第365页上—420页上。
　　⑤ （西晋）法力、法炬译：《大楼炭经》卷二《泥犁品》，《大正藏》第1册，第283页中。

非本文的重点。在这方面，台湾学者萧登福曾做过大量的工作。①

(二) 道教地狱观产生

早期道教有自己的冥界观念，《太平经》认为，人死后形骸归于地下，魂神在地下阴间接受拷问及惩戒。②经中还有"土府"、"天狱"等提法。③但道教的地狱说是借鉴自佛教的。魏晋以来上清灵宝经系列更是明显地借鉴了佛教的因果报应、地狱轮回之说。④道经不仅肯定了报应轮回的存在，而且以极富修饰艺术的笔调力图彰显报应的状况。道经对地狱恐怖景象的描写，本意即在于此，《太上洞玄灵宝本行宿缘经》云：

> 或死入地狱，幽闭重槛，不睹三光，昼夜考毒。抱铜柱、履刀山、攀剑树、入镬汤、吞火烟、临寒冰，五苦备经。地狱既竟，乃补三官徒役，谪作山海，鞭笞无数。⑤

幽闭重槛、刀山剑树、镬汤寒冰，此类有关地狱的描写在佛经中已屡见不鲜，但在地狱惩罚之后，另增出为阴司所驱罚做苦役的描写，则为道教所专有。东汉之世，死入泰山，受拘役之苦，负山

---

① 参见萧登福《汉魏六朝佛道两教之天堂地狱说》，台北：学生书局1989年版。
② 《太平经合校》卷四〇《努力为善法》："已到终，其魂神独见责于地下，与恶气合处。是故太古上圣之君乃知此，故努力也。愚人不深计，故生亦有谪于天，死亦有谪于地，可骇哉！"参见王明《太平经合校》，中华书局1960年版，第74页。
③ 经云："为恶不止，与死籍相连，传付土府，藏其形骸，何时复出乎？"又云："谢天下地，取召形骸入土，魂神于天狱考，更相推排，死亡相次。"又，"狱者，天之治罪名处也，恐列士善人欲为帝王尽力，上书以通天地之谈，返为闲野远京师之长吏所共疾恶，后返以他事害之，故列宿乃流入狱中也。"参见王明《太平经合校》，中华书局1960年版，第615、606、313页。
④ 如《太真玉帝四极明科经》卷一"善恶因缘，莫不有报，生世施功布德，救度一切，身后化生福堂，超过八难，受人之庆，天报自然。"（《道藏》，文物出版社、上海书店、天津古籍出版社联合出版1988年版，第3册，第667页上。）又如：《太上洞玄灵宝本行宿缘经》也有类似的观念，它说："恶恶相缘，善善相因，……罪福之报，如日月之垂光，大海之朝宗。"《道藏》第24册，第667页上。（本书所引道教经文，如无特别注明者，均从此本，其余仅标书名和册、页。）
⑤ 《太上洞玄灵宝本行宿缘经》，《道藏》第24册，第667页上。

运石填筑河梁等记载，屡见于道经中，《元始五老赤书玉篇真文天书经》卷下云：

> 元始灵宝西南大圣众、至真尊神、元极大道天皇老人、南极元真君、洞阳太灵君常以月二十四日，上会灵宝太玄都玉京朱宫，共集考校三官、九府、五岳、北酆、泰山二十四狱罪行簿目，鬼神天人责役轻重之事。①

在道教看来，东岳泰山、西岳华山、南岳衡山（或作霍山）、北岳恒山、中岳嵩山都有所属的地狱，② 据孟安排《道教义枢》卷七引《正一经》说，泰山有天一、皇天九平、青诏等二十四狱。③ 道教这种地狱观念，显然是民间流传"太山治鬼"说和佛教地狱说相结合的产物。这种混杂的地狱观念，在佛经中也出现过：《六度集经》卷三《理家本生》提到众生命终，身堕地狱，"或为饿鬼，洋铜沃口，役作太山"④，此处不但将地狱、饿鬼、太山并提，而且出现"役作太山"的记载。此经为编译，我们有理由相信，在这样的佛教经文中，道教和民间观念也掺入其中。由此，也可以看出，在地狱观念中有民间思想与佛、道交互融合的痕迹。这种地狱观在中古叙事作品中也多有反映，如刘义庆《幽明录》卷四之"王明"条云：

> （王明）怒曰："艾（邓艾）今在尚方摩铠，十指垂掘，岂其有神！"因曰："王大将军亦作牛，驱驰殆毙。桓温为卒，同在地狱。"⑤

---

① 《元始五老赤书玉篇真文天书经》卷下，《道藏》第 1 册，第 795 页中。
② 孟安排：《道教义枢》卷七有载："泰山十二狱，霍山、西狱、衡山、嵩高，此四狱。"参见王宗昱《〈道教义枢〉研究》，上海文化出版社 2001 年版，第 338 页。
③ 孟安排：《道教义枢》卷七引《正一经》云："天一地狱，皇天九平狱，青诏狱，有二十四大地狱。"参见王宗昱《〈道教义枢〉研究》，上海文化出版社 2001 年版，第 338 页。
④ 《六度集经》卷三《布施度无极章·理家本生》，《大正藏》第 3 册，第 15 页下。
⑤ 林辰、王永昌编校：《鲁迅辑录古籍丛编》，人民文学出版社 1999 年版，第 244 页。

此类记载也反映出汉代生死观的某些特点，汉世之人认为死后世界与生人无异，是人世生活的另一种延伸，因而依旧有赋役、劳作之事。此时之地狱，就像世间之监狱，是犯罪者拘役劳作之处。《太平经》还有死后谪作"河梁山海"的记载：

> 大阴法曹，计所承负，除算减年。算尽之后，召地阴神，并召土府，收取形骸，考其魂神。当具上簿书，相应不应，主者为有奸私，罚谪随考者轻重，各簿文非天所使，鬼神精物，不得病人。辄有因自相检饬，自相发举。有过高至死，上下谪作河梁山海，各随法轻重，各如其事，勿有失脱。①

道教有生前犯恶作乱者，死后拘役于河梁等处的地狱说。又如《太真玉帝四极明科经》卷一云："有科者之身，记功明善，深慎奉行，依盟宝秘，不得轻传。泄露灵篇，九祖父母充无穷之役，填积夜之河，吞火啖炭，万劫不原，身死幽泉。"② 可见，道教所宣称的对于死者的惩罚，尚有"连坐"的性质，罪人的"九世父母"，皆逃不脱惩罚，而惩罚的内容，依然为"充无穷之役，填积夜之河"一类。对于犯罪者死后要受谪罚、劳作的说法，在中国小说中，亦多有反映。王琰《冥祥记》中的"支法衡"、"唐遵"、"刘萨荷"、"石长和"等故事中，均有此类记载。兹举"支法衡"一例如下：

> 乃以衡付船官。船官行船，使为柂工。衡曰："我不能持柂。"强之。有船数百，皆随衡后。衡不晓捉柂，跪沙洲上。吏司推衡，汝道而失，以法应斩。引衡上岸，雷鼓将斩。③

---

① 王明：《太平经合校》卷一二〇《有过死谪作河梁诫第一百八十八》，中华书局1960年版，第579页。
② 《太真玉帝四极明科经》卷一，《道藏》第3册，第416页上。
③ （梁）王琰：《冥祥记》，参见林辰、王永昌编校《鲁迅辑录古籍丛编》，人民文学出版社1999年版，第317—320页。

既然死后罪人要遭谪罚之苦，负山运石，填筑河梁，于是，道经中就出现了掌管此事的官吏，其中以五斗米道的天、地、水三官①最为著名。道经又云："又水火左右官，左水官，治妄言天地，宣泄天文，辱毁二像，恶犯三辰者；右火官，治大逆杀生，伐害君师，反辱父母，罪土丘山者也。"② 汉代已置水官一职，《后汉书·百官志》载："有水池及鱼利多者置水官，主平水收渔税。"③ 水官本为管理民间水域、征收渔税的官吏，道教将其纳入地狱说中，成为掌管谪役死魂的冥官。此类思想在中古小说中，也有相应的表述，如《幽明录》"赵泰"条云：

> 断问都竟，使为水官监作吏，将千馀人，接沙著岸上。昼夜勤苦，啼泣悔言："生时不作善，今堕在此处。"后转水官都督，总知诸狱事。④

赵泰因生前并不犯恶，主者先任其为"水官监作吏"，后转"水官都督，总知诸狱事"。按照古人的想象，死后世界有着无边的大水和无尽的黑暗。⑤ 道教认为，水为宇宙之根源。以水为"官"的目的，在于与天地相配合。⑥

《道教义枢》卷七《五道义第二十四》云："地狱道者，按经有二种。一者北酆地狱，二者五岳地狱。"⑦ 关于五岳地狱上文已有论

---

① "为鬼吏，主为病者请祷。请祷之法，书病人姓名，说服罪之意。作三通，其一上之天，著山上，其一埋之地，其一沉之水，谓之三官手书。"（晋）陈寿撰，（南朝·宋）裴松之注，陈乃乾点校：《三国志》卷八《魏书·张鲁传》，中华书局1959年版，第264页。
② 《洞真太上说智慧消魔真经》卷一，参见中国道教协会、苏州道教协会编《道教大辞典》，华夏出版社1994年版，第86页。
③ （南朝·宋）范晔：《后汉书》志第二八《百官五》，中华书局1965年版，第3625页。
④ 林辰、王永昌编校：《鲁迅辑录古籍丛编》，人民文学出版社1999年版，第255—256页。
⑤ 叶舒宪：《中国神话哲学》，中国社会科学出版社1992年版，第17页。
⑥ 饶宗颐注云"至以水为'官'，与天地配合者，盖道家目水为宇宙之根源。"参见《老子想尔注校证》，上海古籍出版社1991年版，第71页。
⑦ 王宗昱：《〈道教义枢〉研究》，上海文化出版社2001年版，第338页。

及，道教酆都地狱说更值得注意，此说为六朝之初流行最盛的地狱说。直到唐代，酆都仍为道教地狱与鬼界的最高主宰。五代时期孙光宪所撰《北梦琐言》中，有关于酆都大帝的记载：

> 所言天帝者，非北极天皇大帝也。按《真诰》，又非北方玄天黑帝道君。此鬼都北帝，又号鬼帝，世人有大功德者，北帝得以辟请，四明公之流是也。召棋之命，乃酆官帝君乎？[①]

可见，酆都大帝亦被称作"天帝"或"鬼帝"，鬼都常辟请世间"有大功德者"，担此一职。

总体而言，道教地狱说纷繁复杂，异说迭出。台湾学者萧登福曾做过关于道教地狱说的整理工作，可作为参考。[②] 但是，仍感该说头绪纷纭，庞杂繁复。对道教地狱说的归纳、总结屡见于各种道教典籍，但唐代学者段成式的总结，似乎更能为广大民众所理解和接受。《酉阳杂俎》卷二"玉格"云：

> 炎帝甲为北太帝君，主天下鬼神。三元品式、明真科、九幽章，皆律也。连苑、曲泉、泰煞、九幽、云夜、九都、三灵、万掠、四极、九科，皆治所也。三十六狱，流沙赤等号溟滓狱，北岳狱也。又二十四狱，有九平、元正、女青、河北等号。人犯五千恶为五狱鬼，六千恶为二十八狱狱囚，万恶乃堕薜荔也。
>
> 罪簿有黑、绿、白簿，赤丹编简。刑有搪蒙山石、副太山搪夜山石、寒河源及西津水罝、东海风刀、电（一作雷）风、积夜河。
>
> 鬼官有七十五品。仙位有九太帝，二十七天君，一千二百仙官，二万四千灵司，三十二司命，三品、九品、七城（一作

[①] （五代）孙光宪撰，贾二强点校：《北梦琐言》，中华书局2002年版，第213—214页。

[②] 参见萧登福《汉魏六朝佛道两教之天堂地狱说》，台北：学生书局1989年版。

域，一作地）。九阶二十七位，七十二万之次第也。①

段成式的总结，虽然不能涵盖所有的道教地狱说，但至少是一种条分缕析的梳理，有助于我们对道教地狱说的总体把握。

（三）地狱观传入民间

如前文所叙，佛教地狱观念于公元二世纪末（汉末）传入中国，道教地狱说虽然结合了本土民间信仰，不可否认的是，它表现出了明显的借鉴佛教地狱观念的痕迹。关于民间地狱观念的记载，在史料中也随即出现。陈寅恪的《魏志·司马芝传跋》所录史料和相关考证，当为地狱观念最早在中国传播的推测：

> 三国志魏志壹贰司马芝传云：
> 　　特进曹洪乳母当，与临汾公主侍者共事无间神，系狱。卞太后遣黄门诣府传令，芝不通，辄敕洛阳狱考竟，而上疏曰："诸应死罪者，皆当先表须报。前制书禁绝淫祀，以正风俗。今当等所犯妖刑，辞语始定，黄门吴达诣臣，传太皇太后令。臣不敢通，惧有救护，速闻圣听，若不得已，以垂宿留。由事不早竟，是臣之罪，是以冒犯常科，辄敕县考竟，擅行刑戮，伏须诛罚。"②
> 裴松之注释无间神之义云：
> 　　无涧，山名，在洛阳东北。
> 寅恪案："无涧神"疑本作"无间神"，无间神即地狱神，"无间"乃梵文 Avici 之意译，音译则为"阿鼻"，当时意译作"泰山"。裴谓无涧乃洛阳东北山名。此山当时是因为天竺宗教而得名，如后来香山等之比。泰山之名汉魏六朝内典外书所习见。无涧即此无间一词，则佛藏之外，其载于史乘者，惟此传

---

① （唐）段成式撰，方南生点校：《酉阳杂俎》，中华书局1981年版，第13页。
② （晋）陈寿：《三国志》卷一二《魏书·司马芝传》，中华书局1959年版，第388页。

有之，以其罕见之故，裴世期乃特加注释，即使不误，恐亦未能得其最初之义也。

据此可知释迦之教颇流行于曹魏宫掖妇女间，至当时制书所指淫祀，虽今无以确定其范围，而子华既以佛教之无间神当之，则佛教在当时民间流行之程度，亦可推见矣。①

如果此则考证成立的话，这当是地狱观念流行于民间的最早记载。按上文说法，地狱观念在曹魏间开始流行，当时宫中已有妇女祭祀无间神（地狱神）。这个时间与佛教地狱观念传入的汉末之世相去并不太远。

史料中随后也有了佛教徒凭借地狱观念宣传佛教的记载，据《康僧会传》，孙皓即位（264年）以后，曾"弃淫祀，乃及佛寺并欲毁坏，"还派人到建初寺与康僧会辩论，但未能取胜。后召康僧会进宫当面诘问。康僧会针对孙皓提的问题向他宣传地狱观念，使佛寺免于被毁。

  皓问曰："佛教所明，善恶报应，何者是耶。"会对曰："夫明主以孝慈训世，则赤乌翔而老人见。仁德育物，则醴泉涌而嘉苗出。善既有瑞恶亦如之，故为恶于隐，鬼得而诛之；为恶于显，人得而诛之。《易》称'积善馀庆'；《诗》咏'求福不回'。虽儒典之格言，即佛教之明训。"皓曰："若然，则周孔已明，何用佛教？"会曰："周孔所言，略示近迹；至于释教，则备极幽微。故行恶则有地狱长苦，修善则有天宫永乐。举兹以明劝沮，不亦大哉！"②

康僧会借用传统的儒家经典和天人感应论，宣传了佛教，地狱观念更为佛教的传播打开了局面。

---

① 陈寅恪：《陈寅恪集·金明馆丛稿二编》，生活·读书·新知三联书店2001年版，第89—90页。
② （梁）慧皎撰，汤用彤校注，汤一玄整理：《高僧传》，中华书局1992年版，第17页。

上文所引两则史料不约而同都提到了"淫祀",到底何为"淫祀"?淫祀,不合祀典之滥祀。淫,过度,无节制。《礼记·曲礼》:"非其所祭而祭之,名曰淫祀。"①《风俗通义·祀典》引《礼记》、《国语》,谓天地、社稷、山川之神皆在祀典,又云至汉平帝时,所祀者"天地六宗已下及诸小神凡千七百所",数目大增。至民间所祀之神尤多,因地因时而异,往往不在祀典,此之谓淫祀。巫祝借淫祀蛊惑百姓。如《风俗通义·怪神》云:"会稽俗多淫祀,好卜巫,民以一牛祭。巫祝赋敛受谢,民畏其口,惧被祟,不敢拒逆。是以财尽于鬼神,产匮于祭祀。"②按唐人的说法,所谓"淫祀","虽岳海镇渎,名山大川,帝王先贤,不当所立之处,不在典籍,则淫祀也;昔之为人,生无公德可称,死无节行可奖,则淫祀也。"③佛教初传,中国民众大多对其没有太多了解,在某些统治者看来,佛教及其地狱信仰都当划为"淫祀"的范围。自古以来,淫祀之风一直未绝,关于淫祀的记载屡见于各种史料。④在相关记载中,淫祀体现出了民间化和地方性的特点,其祭祀对象在一定区域往往表现出相当的威信和吸引力。关于佛教及其地狱观念被列为淫祀的记载,体现了佛教由区域性信仰到全国性宗教的发展过程。当然,佛教后来赢得了官方和国家意识形态的认可,佛教地狱观念也对各个层面的中国民众产生了强大的影响力。

二 地狱观念概述

(一)地狱观念与佛教人生观

释迦牟尼的创教学说,主要内容包括四圣谛说、十二因缘说、

---

① 《礼记正义》卷五《曲礼》,(清)阮元校刻:《十三经注疏》,中华书局1980年版,第1268页下。
② (汉)应劭著,王利器校注:《风俗通义校注》,中华书局1981年版,第401页。
③ (唐)赵璘撰:《因话录》卷五《徵部》,《唐国史补·因话录》(合编本),上海古籍出版社1957年版,第109页。
④ 蔡宗宪:《淫祀、淫祠与祀典——汉唐间几个祠祀概念的历史考察》,《唐研究》第十三卷,北京大学出版社2007年版,第203—232页。

业力说、无常说、无我说等。这些学说相互交织、密切联系，系统地阐发了佛教的人生观。①"苦谛"、"集谛"、"灭谛"、"道谛"合称"四圣谛"；"诸行无常"、"诸法无我"、"一切皆苦"、"涅槃寂静"合称"四法印"。其人生观又包括两个方面：一是对人生价值和意义做出判断——一切皆苦，并揭示产生痛苦的原因；二是指出人生应当追求的理想价值、怎样生活才有价值以及达到理想境界的道路和方法。②从佛教所说的"四圣谛"和"四法印"中，可以看出，"苦"是佛教对于人生最为根本性的概括。佛教通常讲的苦，有二苦、三苦、四苦、五苦、八苦乃至一百一十种苦等无量诸苦。其中，最著名的是"八苦"说。生、老、病、死是自然生理现象，是个人身心的苦，也就是说，人生的过程就是连续不断产生痛苦的过程。"求不得"、"怨憎会"、"爱别离"是着重就社会现象、社会生活、人际关系讲的，是人生在社会生活中的痛苦。佛教把前面七种苦最后归结为"五取蕴苦"，是为了说明，五蕴就是苦，执着、贪欲就是苦，人的生命就是苦，生存就是苦。苦又不只存在于人本身，同时又充溢于社会、宇宙。所谓三界六道，人生轮回皆为苦海。东晋郗超在《奉法要》中就引用经文说："三界皆苦，无可乐者。"又云："五道众生，共在一大狱中。"③ 这样的表述很容易令人想到那个纯粹的苦恼、不乐的世界——地狱。尽管人们总是将极乐与地狱并称，但是地狱观念，才是由佛教根本的人生观发展而来的。地狱是一个把苦恼纯粹化、客观化的世界。④

原始佛教从苦相中看世界，所以苦的世界——地狱的思想是佛教的一个深邃的思想。地狱和极乐这两个词经常被放在一起使用，但在佛教中，这两个词并不是那样对应的。地狱是一个古老而沉重的词，极乐是伴随大乘佛教而产生的很新颖而轻松的词。⑤从最早

---

① 方立天：《佛教哲学》，中国人民大学出版社1986年版，第62页。
② 同上。
③ 《大正藏》第52册，第88页中；石峻等编：《中国佛教思想资料选编》，中华书局1981年版，第22页。
④ [日]梅原猛：《地狱的思想》，刘瑞枝、卞立强译，四川人民出版社2005年版，第6页。
⑤ 参见普慧《略论弥勒、弥陀净土信仰之兴起》，《中国文化研究》2006年第4期。

来华的安世高、支娄迦谶等僧人开始,他们翻译的一系列小、大乘佛典,更强化了佛教这种"一切皆苦"的人生观。而关于人生之苦的问题,也正是当时困扰中国士人的重要问题。此时的文人也以凄美的笔调抒写了同样的生命情调。东汉桓帝时期诗人秦嘉有《赠妇诗》云:

> 人生譬朝露,居世多屯蹇。忧艰常早至,欢会常苦晚。念当奉时役,去尔日遥远。遣车迎子还,空往复空返。省书情凄怆,临食不能饭。
> ……伤我与尔身,少小罹茕独。既得结大义,欢乐苦不足。念当远离别,思念叙款曲。……临路怀惆怅,中驾正踟蹰。浮云起高山,悲风激深谷。①

人生的悲苦之情充斥于诗歌之中。之后,在东汉诗人的伤叹之中,更让人感觉到无时不有、无处不在的苦。"生年不满百,常怀千岁忧。昼短苦夜长,何不秉烛游"②是人生易逝、生命早衰之苦;"言多令事败,器漏苦不密。河溃蚁孔端,山坏由猿穴"③是仕途坎坷、功业未就之苦;"白骨露于野,千里无鸡鸣。生民百遗一,念之断人肠"④是残酷的战争中生灵涂炭之苦。综观该时期诗歌风貌,可以说,"建安风骨"的深层意蕴中,便凝结着一个"苦"字。⑤佛教视人生本质为苦的人生观和汉代文人心中隐藏的悲苦之情一经结合,便在中国人士的心里形成了强烈的逼迫感、孤独感以及由此而生的一种依赖感。同时,人们又想超越自然、社会和个人内心对自身的压制,于是又产生了强烈的超越欲。于是,佛教人生观的第二个方

---

① (汉)秦嘉:《赠妇诗》,参见逯钦立辑校《先秦汉魏晋南北朝诗·汉诗卷六》,中华书局1983年版,第333页。
② 《古诗十九首》之十五,参见逯钦立辑校《先秦汉魏晋南北朝诗·汉诗卷十二》,中华书局1983年版,第186—187页。
③ (汉)孔融:《临终诗》,参见逯钦立辑校《先秦汉魏晋南北朝诗·汉诗卷七》,中华书局1983年版,第197页。
④ (汉)曹操:《蒿里行》,参见逯钦立辑校《先秦汉魏晋南北朝诗·魏诗卷一》,中华书局1983年版,第347页。
⑤ 参见普慧《佛教对中古文人思想观念的影响》,《文学遗产》2005年第5期。

面便显现出来,佛教力图解决人生的这种纠结着的畏惧感、孤独感。它把人们的希望、努力引向超越人生,引向来世彼岸。

佛祖释迦牟尼体验了这个经验世界之苦,探索出了一条解脱这无穷无尽的苦难的道路,即涅槃。涅槃本是梵文中"火的熄灭"之意,释迦牟尼借它来表示通过修持而停止生死轮回,达到解脱人生苦难的目的。

> 涅槃是上座部佛教的基本概念,但在大乘佛教中继续得到发展。空是大乘佛教的基本概念,但也起源于上座部佛教。当然,涅槃和空最终都是同一的,它们都是用以指称唯一的终极实在的术语,这个终极实在也可以称为法身和永恒的佛性。①

涅槃、法、空都是佛教信仰中的终极实在者在不同时代、不同流派思想体系中的体现,它们在本质上都是相同的。这些象征或表现终极实在者(或实体)的概念不是经验事物,也不是人格神,只是许多经验事物反思的结果,它们体现在诸如佛祖释迦牟尼、发四十八愿的接引佛——阿弥陀佛以及发愿"地狱未空,誓不成佛"的地藏王菩萨身上。

对于大多数文化水平不高的普通百姓来讲,他们对佛教论证严密、体系庞大的解脱之道,并无多少真正的了解,倒是对佛教宣扬的"命终生天,不堕三途"的解脱之道,非常向往。敦煌愿文大体记录了中古时期敦煌地区百姓的愿望和追求,他们对于解脱痛苦的理解,主要表现在其"离苦得乐"的愿望之中,而那些离苦得乐的祈愿则主要表达了他们对死后归宿性质的认识和追求。《敦煌愿文集》中"永离三途,长辞八苦"②、"不历三途,无住八难"③ 的祈愿充斥书中。此外,北京图书馆所藏编号为 311:8349 的敦煌写经中有《发愿文》,记录了"上报四重恩,下济三途苦"的祈愿。文

---

① [英]约翰·希克:《宗教之解释》,王成志译,四川人民出版社 1998 年版,第 333 页。
② 黄征、吴伟编校:《敦煌愿文集》,岳麓书社 1995 年版,第 175 页。
③ 同上书,第 184 页。

中所说"三途"指佛教所讲三恶道：地狱、饿鬼、畜生。这些祈愿表达了民众摆脱三途种种苦难的渴求。从祈愿用词来看，信徒对三途苦难印象极深，随之而来的畏惧心理也颇强烈。"智惠（慧）运运而生，烦恼粉粉而落。然后地狱火灭，天堂户开；有色有心，齐登觉道。"① 这样的祈愿更是直指拔除地狱之苦。

综上所述，地狱观念与佛教人生观的两个方面关系密切。佛教"一切皆苦（诸受皆苦）"的判断，是包含地狱之苦在内的。地狱就是将人的经验世界诸种苦痛集中化、绝对化、极端化了的世界。地狱之苦对中国民众心理的震撼作用是极大的。从佛教人生观中寻求解脱的一面来讲，拔除地狱之苦，乃至"永离三途，长辞八苦"，也是佛教解脱学说中的应有之义。

（二）地狱观念与佛教果报观

在佛教传入中国之后的很长一段时间内，四谛、八正道等高深的教义并没有引起人们的广泛的重视，大众对善恶报应、轮回转生的教义却接受得很快。② 前文所提到最早来华的安世高所译的《佛说十八泥犁经》、《佛说罪业报应教化地狱经》等经文，其主要内容就是宣传地狱受苦、罪业报应之事。从《佛说罪业报应教化地狱经》这样的经名即可看出，因果报应的宣传和地狱观念的引入是同时开始、不可分割的。不宣传地狱观念，就不足以震慑人心，就不能为宣扬佛教因果报应开辟道路；不宣扬因果报应，就失去了正确的道德导向，地狱观念的震慑力也不能得到恰当的发挥。相传为安世高所译的《佛说阿难问事佛吉凶经》说："善恶追人，如影随形，不可得离。罪福之事，亦皆如是，勿作狐疑。自堕恶道，求脱良难。"③ 这样以地狱彰显善恶，以善恶宣传地狱的经文在初期译经中比比皆是。在东汉时代，佛教主要以学佛得善报，不学佛得恶报的

---

① 黄征、吴伟编校：《敦煌愿文集》，岳麓书社1995年版，第6页。
② 任继愈指出："在佛教初传时期，社会上最有影响的佛教教义就是善恶报应和三世轮回的理论。"参见任继愈《中国佛教史》，中国社会科学出版社1981年版，第182、212页。
③ 《大正藏》第14册，第753页上。

因果报应说，作为引导人们信佛的思想工具。《牟子理惑论》中解答惑者之问"为道（学佛）亦死，不为道亦死，有何异乎"时说："有道虽死，神归福堂。为恶既死，神当其殃。"① 文中尽管没有明言"地狱"二字，但"神归福堂"无疑指天堂永乐，"神当其殃"则当指地狱长苦。这种报应说首先在上层社会②，随后在整个社会也产生了影响。东晋慧远撰《明报应论》云："失得相推，祸福相袭，恶积而天殃自至，罪成则地狱斯罚。此成败必然之数，无所容疑矣。"③ 在这样的宣传中，地狱观念和善恶果报逐渐渗入中国民众心里。在中国，尽管人们都在向往天堂，但人们的内心深处，都更为看重地狱。人们固然害怕地狱，却又把它设想成为一个公正的法庭，希望所有的善恶都在这里得到报应。这种观念一直积淀于民族心理之中，延续至今。

佛教的业报轮回观念和中国已有的善恶报应的观念，有很大不同。中国的善恶报应观念在先秦典籍中已经出现。最为人们所熟知的是《易》有曰："积善之家必有馀庆，积不善之家必有馀殃。"④ 其余还有，《尚书》曰："惟上帝不常，作善降之百祥，作不善降之百殃。"⑤《老子》曰："天道无亲，常与善人"等等⑥，这些都是典型的中国式报应论。中国对佛教"业力"说也有一个比附、吸收和改造的过程。通过印度佛教经典和中国文学作品的对比可以发现，佛教经典中的"业力"，在文学作品中被译为"天命"。

印度马鸣造，鸠摩罗什译的《大庄严论经》卷十五之七二略云：

　　忧悦伽王于昼睡眠，有二内官，一在头前，一在脚底。持

---

① 《大正藏》第52册，第3页中。
② "王公大人观死生报应之际，莫不瞿然而自失。"（晋）袁宏撰，周天游校注：《后汉纪校注》卷十《明帝纪》，天津古籍出版社1987年版，第277页。
③ （梁）僧祐撰：《弘明集》卷五《明报应论》，《大正藏》第52册，第33页下。
④ （唐）孔颖达撰：《周易正义》卷一《坤传·文言》语，参见（清）阮元校刻《十三经注疏》，中华书局1980年版，第19页。
⑤ （唐）孔颖达撰：《尚书正义》卷八《商书·伊训》，参见（清）阮元校刻《十三经注疏》，中华书局1980年版，第51页。
⑥ 陈鼓应：《老子今注今译及评介》，商务印书馆1970年版，第232页。

扇捉拂，共作论议：我等今者为王所念，为以何事？一则自称"是我业力"，一则自称"我因王力"。……时彼二人由竞理故其声转高，一作是言，我依王活，第二者言，我依业力，王闻是声即便睡悟，而问之言："何故高声？"王又闻彼二人诤理，虽复明知，未断我见，援党己者王心中不悦。即便向彼称业力者说偈问言："依于我国住，自称是业力。我今试看汝，为是谁力耶？"……往夫人所，语夫人言："今当遣人来到汝边，汝好庄严如帝释幢。"夫人答言。当奉王教。王以葡萄浆与彼依王活者，送与夫人。既遣之已作是思惟，称业力者今应当悔，作如是语。作是念已未久之间，彼业力者，着好衣服来至王边。王见之已，甚大生怪……彼人言："此人奉使既出门已，卒尔鼻衄。即以此浆与我使送。到夫人边得是衣服。"①

经文讲的是一个故事：忧悦伽王在午睡时，听到身边两侍者争辩。一侍者说，之所以有今天这样境况，是因为"王力"（王的恩惠）；另一侍者说，不是因为"王力"，是业力使然。王听到后者的说法颇为不悦，于是与王后沟通，打算派遣称"王力"者去面见王后，并使其得到好处，让称"业力"者心生后悔。结果是称"王力"者因突然鼻破血出而不能面见王后，而称"业力"者见到王后并得到了好处。同样的故事出现在《杂宝藏经》之"二内官争道理缘"中。② 此故事引入中国文学作品后，便被改头

---

① （后秦）鸠摩罗什译：《大庄严论经》卷一五，《大正藏》第4册，第340页下—341页上。
② （北魏）吉迦夜、昙曜译：《杂宝藏经》卷三《二内官争道理缘》："昔波斯匿王，于卧眠中，闻二内官共诤道理。一作是言：'我依王活。'一人答言：'我无所依，自业力活。'王闻此已，情可于彼依王活者，而欲赏之。即遣直人，语夫人言：'我今当使一人往者，重与钱财衣服璎珞。'于是，寻遣依王活者，持己所饮余残之酒，以与夫人。尔时此人，持酒出户，鼻中血出，不得前进。会复值彼自业活者，即倩持酒，往与夫人。夫人见已，忆王之言，赐其钱财衣服璎珞，还于王前。王见此人，深生怪惑。即便唤彼依王活者，而问之言：'我使汝去，云何不去？'答言：'我出户外，卒得衄鼻。竟不堪任，即便倩彼，持王残酒，以与夫人。'王时叹言：'我今乃知佛语为实！自作其业，自受其报，不可夺也。'由是观之，善恶报应，行业所致，非天非王之所能与。"参见《大正藏》第4册，第460页上。

换面，并依附于具体真实的历史人物。唐代张鹭《朝野佥载》记载了这样的故事：

> 魏征为仆射，有二典事之长参，时征方寝，二人窗下平章。一人曰："我等官职总由此老翁。"一人曰："总由天上。"征闻之，遂作一书，遣"由此老翁"人者送至侍郎处，云"与此人一员好官"。其人不知，出门心痛，凭"由天上"者送书。明日引注，"由老人"者被放，"由天上"者得留。征怪之，问焉，具以实对。乃叹曰："官职禄料由天者，盖不虚也。"①

文中故事情节未作太大改变，只是"业力"变成了中国民众更为熟悉的"天命"，印度的"忧悦伽王"变成了中国的"魏征"。这便是中国"格义"之法的一个鲜明例证。

中国的善恶祸福信仰具有可印证性，社会的不公正最终必然导致人们呵天毁道。如司马迁在《史记》中质问："或曰：'天道无亲，常与善人。若伯夷、叔齐，可谓善人者非邪？积仁洁行如此而饿死！且七十子之徒，仲尼独荐颜渊为好学。然回也屡空，糟糠不厌，而卒蚤夭。天之报施善人，其何如哉？盗跖日杀不辜，肝人之肉，暴戾恣睢，聚党数千人横行天下，竟以寿终。是遵何德哉？'"② 这种现象在道教《太平经》中已有反映："凡人之行，或有力行善反得恶，或有力行恶反得善，因自言为贤者非也。"③ 颜之推在《颜氏家训》中，用佛教的业报说对司马迁的质疑做了回应："项橐、颜回之短折，伯夷、原宪之冻馁，盗跖、庄蹻之福寿，齐景、桓魋之富强，若引之先业，冀以后生，更为通耳。"④ 道教更是

---

① （唐）张鹭撰，赵守俨点校：《朝野佥载》，中华书局1979年版，第147—148页。
② （汉）司马迁：《史记》卷六一《伯夷列传》，中华书局1959年版，第2124—2125页。
③ 王明：《太平经合校》，中华书局1960年版，第22页。
④ （北齐）颜之推：《颜氏家训·归心》，参见王利器《颜氏家训集解》，中华书局1993年版，第385页。

发明了"承负"说，为这种质疑做了解释：

> 力行善反得恶者，是承负先人之过，流灾前后积来害此人也。其行恶反得善者，是先人深有积蓄大功，来流及此人也。能行大功万万倍之，先人虽有馀殃，不能及此人也。①

《太平经》有"解承负诀"一章，专门论述这种"承负"说的因果逻辑。"承负"说宣称：善恶报应，"或身即坐，或流后生"②，如果本身受不到，后代子孙一定受到，祖宗的善恶行为，都影响到后代，这与佛教"业报"说是不同的。佛教强调的是"父作不善，子不代受。子作不善，父亦不代。善自获福，恶自受殃"③ 这样一种自作自受、不由二者替代、循环不止的业报观。总体而言，中国是一世报应观，佛教是三世报应观，两者在报应的时机和承受者方面有很大差异。东晋慧远提出三生三报论，缩小了两种观念的区别。慧远云："经说④业有三报：一曰现报，二曰生报，三曰后报。现报者，善恶始于此身，即此身受。生报者，来生便受。后报者，或经二生三生，百生千生，然后乃受。受之无主，必由于心。心无定司，感事而应，应有迟速，故报有先后。"⑤ 生有三生，报有三报：或报在此身，或报在来生，或报在二生三生。这就将中国的报应论同佛教之业报论做了调和，"报在三生"说法的引入也解决了行善得恶、行恶得善的矛盾，慧远对业报理论的系统阐释可作为中国僧人全面接受业报观念的标志。

中国小说的诸多篇目，都以直观的方式显示了佛家的这种善恶果报观。如，王重民等人编写的《敦煌变文集》所录三篇目连题材

---

① 王明：《太平经合校》，中华书局1960年版，第22页。
② 王明：《太平经合校》卷六七《六罪十治诀》，中华书局1960年版，第241—242页。
③ 《般泥洹经》，《大正藏》第1册，第181页中。
④ 所谓"经说"当指印度法胜造、东晋僧伽提婆与慧远合译的《阿毗昙心论》卷一《界品》云："若业现法报，次受于生报，后报亦复然，余说则不定。"《大正藏》第28册，第814页中。
⑤ （东晋）慧远：《三报论》，出《弘明集》卷五，参见《大正藏》第52册，第34页中。

的变文中,《目连缘起》比较注重叙述善恶果报观。① 此文开首便叙青提夫人生时诸般恶业:"昔有目连慈母,号曰青提夫人,住在西方,家中甚富,钱物无数,牛马成群,在世悭贪,多饶杀害。"目连外出经营,嘱咐母亲要敬佛修善,但青提夫人"一自儿子去后,家中恣情,朝朝宰杀,日日烹庖,无念子心,岂知善恶。逢师僧时,遣家僮打棒。见孤老者,放狗咬之。"目连知晓真情后询问母亲,母却赌咒发誓,说如有不敬,"七日之内命终,死堕阿鼻地狱。"变文云:"慈母作咒,冥道早知",作为杀生和妄语的报应,果然"七日之间,母身将死,堕阿鼻地狱,受无间之馀殃。"后经目连设盂兰盆救拔,其母方脱离地狱,转世为王舍城中之黑狗。

佛教业报观的一个重要内容,就是六道轮回。安世高译的《佛说阿含正行经》把善恶与死后灵魂的转生、轮回说连在一起,说:

> 人身中有三事:身死识去、心去、意去,是三者,常相追逐。施行恶者,死入泥犁、饿鬼、畜生、鬼、神中;施行善者,亦有三相追逐,或生天上,或生人中。堕是五道中者,皆坐心不端故。佛告诸比丘:皆端汝心,端汝目,端汝耳,端汝鼻,端汝口,端汝身,端汝意。身体当断于土,魂神当不复入泥犁、饿鬼、畜生、鬼、神中。②

《佛说无量寿经》强调的也是"自作自受"的生死轮转之说:

> 独生独死独去独来,当行至趣苦乐之地。身自当之无有代者,善恶变化殃福异处。宿豫严待当独趣入,远到他所莫能见者,善恶自然追行所生。窈窈冥冥别离久长,道路不同会见无期。③

---

① 参见王重民等编《敦煌变文集》,人民文学出版社1957年版,第701—713页。另,按照李时人对于"小说"这一文体的理解,变文也应归于其中。参见李时人编校,何满子审定《全唐五代小说》,陕西人民出版社1998年版。
② (东汉)安世高译:《佛说阿含正行经》,《大正藏》第2册,第883页下。
③ (三国·魏)康僧铠译:《佛说无量寿经》,《大正藏》第12册,第274页下。

在佛家看来，生命从一开始便是受苦的实体。为什么一开始便会受苦？这个开始之前必定有使其受苦的原因，这个原因就是"业"，生命的开始是"报"，是前面一个原因的结果。这个因果关系可以无限地前推，也可以无限地后延，这样，生命就可能形成一个永无休止的痛苦链。佛教把这个似乎是无止境的痛苦的生命过程，称之为"六道轮回"。"六道"按高下顺序依次为天、阿修罗、人、畜生、饿鬼、地狱等六种境地，地狱居于最底层。中国小说中，反映六道轮回的典型篇目，是目连题材的作品。目连母亲不敬僧礼佛，杀生纵欲，死堕阿鼻地狱，经目连设盂兰盆斋超度后，转生为狗，又经目连设斋礼忏，供养僧佛，方又转生上天。这反映了佛家果报观的实践性内容：今生积善修福，来世往生天界；今生作恶多端，来生必堕地狱。《大目乾连冥间救母变文》描绘的天堂是："目连一向至天庭，耳里唯闻鼓乐声。红楼半映黄金殿，碧牖浑沦白玉成。"①《目连变文》所见的天上情形是"思衣罗绣千重现，思食珍馐百味香。足蹑庭台七宝地，身倚帏幔白银床。"② 这是一个平等、祥和、光明的世界。但是在目连故事中，对地狱状况的描绘则更为详细。《目连缘起》描写道："黑壁千重，乌门千刃，铁城四面，铜苟喊呀，红焰黑烟，从口而出。其中受罪之人，一日万生万死。或刀山剑树，或铁犁耕舌。或洋铜灌口，或吞热铁火丸。或抱铜柱，身体燋然烂坏。枷锁杻械，不曾离身。牛头每日凌迟，狱卒终朝来拷。镬汤煎煮，痛苦难当。"③《大目乾连冥间救母变文》中的地狱更为恐怖："铁城高峻，莽荡连云，剑戟森林，刀枪重叠。剑树千寻以芳拨，针刺相楷（揩）；刀山万仞［□］横连，谗（巉）嵒乱倒。猛火掣浚似云（雷）吼，崤（跳）踉满天；剑轮簌簌似星明，灰尘模（扑）地。铁蛇吐火，四面张鳞；铜狗吸烟，三边振吠。蒺篱空中乱下，穿其男子之胸；锥钻天上旁飞，剜刺女人之背。铁杷踔（卓）眼，赤血西流。铜叉剜腰，白膏东引。於是［□］刀山入炉炭，髑髅碎，骨肉烂，筋皮析，手胆（膊）断。碎

---

① 项楚：《敦煌变文集选注》，中华书局 2006 年版，第 856 页。
② 王重民等编：《敦煌变文集》，人民文学出版社 1957 年版，第 756 页。
③ 同上书，第 704 页。

肉迸溅於四门之外，凝血滂沛於狱垆［墙］之畔。声号叫天，岌岌汗汗；［□□］雷地，隐隐岸岸。向上云烟散散漫漫，向下铁锵撩撩乱乱。箭毛鬼喽喽喗喗，铜嘴鸟咤咤叫唤。狱卒数万馀人，总是牛头马面。"① 后又有韵文数段重复此意。小说所刻画的地狱，是一个惨烈、血腥、恐怖的地方。在对于天堂地狱的强烈对比的描述中，蕴含于小说中的劝善止恶的宗教目的也就得以体现。

恶业恶果，善业善果，佛教的因果观强调行为与结果在道德伦理上的一致性。这就显示了它和哲学意义上的有因必有果、有果必有因的因果观所不同的地方，而获得善果的方法，就是要修善崇佛。今生修善，来生获善报；今生无福，乃前世未修。佛教小说也如佛教经义一般，宣导着劝善化俗的宗教意图，而作为小说，它又以具体形象的手段，向世人宣导着行恶的恶果，也更昭示着修善的善果。目连题材的篇目中，叙写青提夫人转世为狗后，目连又做道场礼忏，"悬幡点灯，行道放生，转念大乘，请诸佛以虔成（诚）。"最后其母方得生天上。目连题材的作品将目连的母亲和父亲做对比，母亲杀生行恶，死堕地狱，父亲敬佛修善，往生天界。《目连缘起》云："慈父已生于天上，终朝快乐逍遥，母身堕在阿鼻，日日唯知受苦。"《目连变文》叙目连见到父亲，父亲告曰："我昔在于世上，信佛敬僧，受持五戒八斋，得生天上。汝母在生悭诳，欺妄三尊，不能舍施济贫，现堕阿鼻地狱。"《大目乾连冥间救母变文》亦叙父告目连曰："汝母生存在日，与我行业不同。我修十善五戒，死后神识得生天上。汝母平生在日，广造诸罪。命终之后，遂堕地狱。"又借目连至地狱寻访母亲不遇而为偈曰："寄语家中男女道，劝令修福救冥灾。"又借狱主之口言曰："栽接果木入伽蓝，布施种子倍常住。"再借目连向长者言曰："何觅天堂受快乐，唯闻地狱罪人多。有时吃，有时著，莫学愚人多贮积。不如广造未来因，谁能保命存朝夕。"最后，借目连告白其母言曰："一切常行平等意，亦复寿（专）心念弥陀。但能舍却贪心者，净土天堂

---

① 项楚：《敦煌变文集选注》，中华书局2006年版，第906页。

随意至。"① 从这些方面看，它们显示了小说宣教辅教的创作意图和社会功用。

"业"与"轮回"的观念，不仅是佛教伦理学说的理论基础之一，而且是佛教伦理学说的重要构成。"业"不但决定今生，同时也决定来世。今生的祸福由前世的"业"决定，今世的所作所为又决定来世的福祸。从因果关系而言，前世的因，决定今世的果，今世的因又决定来世的果，这就是佛教所说的"三世二重因果"。而轮回乃是因果的演进，因果又是轮回的现象，宇宙一切事物，均为因果所支配。"由于这种道德伦理强调善恶报应的前世—今世—来世的因果锁链性，对教徒形成了一种无形的心理威慑力。因此，它对人们思想言行的约束作用，在某种程度上远远超过了世俗的道德说教。"② 所以，佛教的因果报应观以其理论上的系统阐释，以及所提供的地狱这种理想的惩恶手段，获得了当时中国人的心理认同，佛教也借着中国固有的思想和信仰日渐昌炽。

明代大思想家李贽云："释氏因果之说，即儒者感应之说。……天下之理，感应而已。感则必应，应复为感；儒者盖极言之。且夫上帝何尝之有？作善降之百祥，作不善降之百殃。故曰'获罪于天，无所祷也。'"③ 可见，中国的善恶报应与佛教的业报思想是有相通之处的。佛教传入之后，对我国善恶报应思想的发展产生了推波助澜的巨大影响，中国的因果报应小说也随之大兴，因果报应遂成为中国古典小说的一大思想主题。这些表现因果报应的作品，特别是在"恶报"的方式上，或遭冤魂复仇，或遭明官法办，或两者兼而有之，作恶者无一侥幸漏网。此外还有一种理想的惩罚手段，那便是地狱。六朝志怪小说中的地狱，都含有明确的善恶果报的价值评判，它一再显示着因果报应的公正、公平及必然性。作者用地狱来惩罚恶人，一切在现实中得不到惩罚的邪恶、不公、不义都可

---

① 项楚：《敦煌变文集选注》，中华书局 2006 年版，第 842—945 页。
② 朱贻庭：《中国传统伦理思想史》，华东师范大学出版社 1989 年版，第 300 页。
③ 张建业主编：《李贽文集》卷七，社会科学文献出版社 2000 年版，第 263 页。

以拿到地狱里进行审判,地狱中的鬼神具有了道德评判的功能。①这是对社会的黑暗残暴强烈不满而又无可奈何的情绪的表达,是人们渴望恶人终将得到惩罚、善人终将战胜邪恶的幻想,在那里,寄托着人们对真善美的执着追求与热情向往。正如恩格斯所言:"即使是最荒谬的迷信,其根基也是反映了人类本质的永恒性,尽管反映得很不完备,有些歪曲。"②

从叙事学的角度讲,因果报应更显示出其极端的重要性,东汉三国汉译佛经正是通过这种"善有善报、恶有恶报"的叙事逻辑来组织故事的。善恶报应的思维更成为中古文学的一种极为重要的叙事逻辑。

(三) 地狱观念与宗教道德

地狱观念借助于因果报应、三世轮回的观念最早为佛教的传播开辟了道路,很快就为中国百姓所接受。也正因为此说社会影响极大,所以教外人士经常通过指摘这种观念来攻击佛教。萧齐时范缜作《神灭论》抨击佛教地狱说:"又惑以茫昧之言,惧以阿鼻之苦,诱以虚诞之辞,欣以兜率之乐",使"家家弃其亲爱,人人绝其嗣续。"③北周道安《二教论》假道徒之口驳难佛教地狱说:"佛经怪诞,大而无征,怖以地狱,则使怯者寒心;诱以天堂,则令愚者企及。"④这两种指责都将矛头对准了佛教天堂地狱说,指出其怪诞玄虚、鼓动愚俗、缺乏实证性等特点。这首先反映了教外人士和佛教徒的不同立场。教外人士不相信佛教,更不相信其所宣扬的天堂、

---

① 马克斯·韦伯说:"鬼神并没有道德评判资格,相反的,在中国以及在埃及,非理性的司法是建立在这样的信仰上:受压迫者的大声疾呼会引来鬼神的报复,当受害者由于自杀、忧伤、绝望而死时,尤其如此。这种坚定的信仰,最晚起于汉代,其基础是对官僚体制与向天投诉之权利的理想化反映。……对于鬼神在这方面作用的信仰,是中国平民唯一的,但却非常有效和正式的大宪章。"[德] 马克斯·韦伯:《儒教与道教》,王容芬译,商务印书馆1995年版,第222页。
② 恩格斯:《英国状况——评托马斯·卡莱尔的"过去与现在"》,载《马克思恩格斯全集》第一卷,人民出版社1960年版,第651页。
③ (唐) 姚思廉:《梁书》卷四八《儒林·范缜传》,中华书局1973年版,第670页。
④ (唐) 道宣:《广弘明集》卷八《二教论》,《大正藏》第52册,第141页下。

地狱之说，但是佛教徒却言之凿凿，不容置疑。东晋慧远的《明报应论》云："失得相推，祸福相袭，恶积而天殃自至，罪成则地狱斯罚。此成败必然之数，无所容疑矣。"① 地狱作为佛教六道轮回说的一个重要组成部分，既是物理性的世界，有其空间特性；也是精神性的世界，有其价值特性。作为物理性的世界，也许会被认为是迷信，但这却是佛教哲学本身的一个重要组成部分，也是佛教道德哲学的重要基础，在理论上有其不可或缺性。当然人们从经验的层面看，并不能感受到地狱或天界的存在，如果看作共时的不同精神层次，则人的精神或道德常常是在六道之中流转，地狱观念体现的是心中隐藏的恶，如果心中清净光明，常行上品十善，则无异于处天界之中，心中充满道德的愉悦。因此，自心是地狱，自心是天堂。苏轼《地狱变相偈》云："我闻吴道子，初作酆都变。都人惧罪业，两月罢屠宰。此画无实想，笔墨假合成。譬如说食饱，何由生怖汗。乃知法界性，一切惟心造。若人了此言，地狱自破碎。"② 又有《跋修背吴道子地狱图》云："性佛惟众生，本来同一心。心能恶其善，即为地狱；心能善其恶，即是天堂。"③ 在这样精神性的世界中，天堂、地狱不但存在，而且皆由心造。善念发则天堂现，恶念出则地狱生。

当然，教外人士对于天堂、地狱的存在可以质疑，但不能忽略的是，支撑这种观念的善恶命题，却是现实世界的真实反映。关于地狱和天堂的理论，这是宗教的一般观念，也构成宗教中重要的道德哲学前提，从而形成了宗教特有的恐惧和希望的伦理学。就宣扬地狱观念的动机而言，佛教主要是想挖掘其劝善惩恶的教化作用。按照《维摩诘经》的说法，我们所处的这个现实世界乃是释迦文佛领有的佛土，叫作"忍世界"（娑婆世界），释迦文佛示现的世界同其他佛土是不同的。在《佛说维摩诘经·香积品》有言：

---

① （梁）僧祐：《弘明集》卷五《明报应论》，《大正藏》第52册，第33页下。
② （宋）苏轼著，孔凡礼点校：《苏轼文集》，中华书局1986年版，第644页。
③ 《月磵禅师语录》之《跋修背吴道子地狱图》，参见《卍新纂续藏经》第70册，第525页下。

> 此土人民刚强难化，故佛为说刚强之语，是趣地狱，是趣畜生，鬼神之道。是为由身由言由意恶行之报；至于不善恶行滋多，故为之说若干法要，以化其粗犷之意。譬如象马忼悷不调。着之羁绊，加诸杖痛，然后调良。如是难化诤张之人，为以一切苦谏之言乃得入律。①

从人类社会的发展来看，宗教道德在长期渗透、潜移默化中已成为人类自我意识的一部分，也是世俗道德的重要源泉。世俗道德通过社会舆论的方式来规范人们的行为，而宗教道德通过神明意志和严明的赏罚来规范人们的行为。如早期地狱类译经中，多在经名之前冠以"佛说"二字，如《佛说十八泥犁经》、《佛说罪业应报教化地狱经》、《佛说分别善恶所起经》和《佛说鬼问目连经》，这都是为了突出其神圣性。《佛说罪业应报教化地狱经》开头还有这样的叙述：

> 如是我闻。一时佛住王舍城耆阇崛山中，与大菩萨摩诃萨及声闻眷属俱，亦与比丘、比丘尼、优婆塞、优婆夷及诸天龙鬼神等，皆悉集会。尔时，信相菩萨白佛言："世尊，今有地狱饿鬼畜生奴婢，贫富贵贱种类若干，唯愿世尊，具演说法。若有众生闻佛说法，如孩子得母，如病得医，如羸得食，如暗得灯，世尊说法利益众生亦复如是。"

经文开头通过这样的叙述，再现了佛陀借地狱说法教诲众生的情形。从而，佛教地狱说的神圣性得以充分显示。宗教道德的行为规范与世俗道德的行为规范相比，具有以下三个基本特征：神圣性、补偿性和抽象性。② 这是充分发挥宗教行为规范功能的源泉、动力和方式，使之比一般世俗道德的行为规范更具有自律的约束。宗教道德认为，凡是具有宗教道德自律性的人都会得到补偿，今生

---

① 《佛说维摩诘经·香积佛品》，《大正藏》第14册，第532页下。
② 陈麟书、陈霞主编：《宗教学原理》，宗教文化出版社2003年版，第113页。

积善积德，死后升入天堂，反之，今生作恶多端，死后必堕地狱。这种善恶有报的宗教因果报应论，是宗教伦理道德的原动力。佛经正是通过这种鲜明的对比和补偿，来强化其背后所宣扬的宗教道德。如《佛说分别善恶所起经》云：

> 佛言，人于世间，慈心不杀生，从不杀得五福。何等五？一者寿命增长；二者身安稳；三者不为兵刃、虎狼、毒虫所伤害；四者得生天，天上寿无极；五者从天上来，下生世间则长寿。今见有百岁者，皆故世宿命不杀所致。乐死不如苦生，如是分明，慎莫犯杀……①

> 佛言听说，作恶得恶。诸弟子，皆叉手言，诺受佛教。佛言人于世间，喜杀生无慈之心，从是得五恶。何等五？一者寿命短；二者多惊怖；三者多仇怨；四者万分已后，魂魄入太山地狱中。太山地狱中，毒痛考治，烧炙蒸煮，斫刺屠剥，押肠破骨，欲生不得。犯杀罪大，久久乃出。五者从狱中来，出生为人，常当短命，或胎伤而死，或堕地而死，或数十百日而死，年数十岁而死者。今见有短命人，若形癞疮，身体不完，跛蹇秃伛，或盲聋喑哑魊鼻塞壅，或无手足，孔窍不通，皆由故世宿命屠杀射猎、罗网捕鱼、残杀蚊虻、龟鳖蚤虱所致。如是分明，慎莫犯杀……②

上文所引，只为佛经所宣扬的"不杀生"一条，经文通过不杀生得"五善"，杀生得"五恶"，来进行两相对比，用善恶有报的宗教因果报应论，强化了其所宣扬的宗教道德。

《宋书》卷九十七，记载了代表佛教思想的黑学先生，和代表儒学思想的白学先生，关于地狱观念的一次辩论。黑学先生先指出地狱观念的有益之处："（释迦）设一慈之救，群生不足胜其化，叙

---

① 《大正藏》第17册，第517页上。
② 同上书，第518页上。

地狱则民惧其罪，敷天堂则物欢其福。"黑学先生就地狱观念劝善教化的社会作用，阐明地狱观念的优长。白学先生即反驳道："要天堂以就善，曷若服义而蹈道，惧地狱以敕身，孰与从理以端心。"①白学先生认为，传统文化中劝善教化的理论更加完善，不须由佛教的天堂地狱观念来阐明。这种论争在表面上看来，是只针对佛教地狱思想而言，实质上则体现了儒、佛两种文化的对立。代表儒家思想的白学先生表现出了对佛教思想的排斥情绪，认为儒家思想是可以完满自足的，不需要佛教的思想作为补充。但是，不可否认的是，佛教所宣扬的天堂、地狱，正是儒家思想体系所缺少的。

"地狱之说，儒者不道"②，在中国三大思潮中儒家很不注重死后的世界。孔子所谓的"未能事人，焉能事鬼"、"未知生，焉知死"都是对这一思想的表述。③"丧礼，哀戚之至也。节哀，顺变也。君子念始之者也"④，儒家对亡魂的悼念是为了泄导生人的情感，并不会执着地追问死后的那个世界是什么样子。因此，死后之事常常被佛道两教包揽。佛道两教对地狱观的宣扬，致使死后的世界在人们的脑海中变得无比恐怖。这种恐怖一方面来源于人们对于死亡的恐惧感；另一方面，来源于地狱中的道德审判。在佛教经典中，这个阴森的世界中种种苦报皆与在世的道德行为相连。《佛说罪业应报教化地狱经》这样描述：

> 尔时，信相菩萨为诸众生而作发起。前白佛言："世尊，今有受罪众生，为诸狱卒剉碓斩身。从头至足，乃至其顶斩之已讫。巧风吹活，而复斩之。何罪所致？"佛言："以前世时，坐不信三尊、不孝父母、屠儿魁脍、斩截众生，故获斯罪。""第二复有众生，身体顽痹，眉须堕落，举身洪烂，鸟栖鹿宿，

---

① （梁）沈约：《宋书》卷九七《夷蛮·婆黎国传》，中华书局1974年版，第2389页。
② （清）阮葵生：《茶余客话》，中华书局1959年版，第424页。
③ 《论语·先进》，杨伯峻译注：《论语译注》，中华书局1980年版，第113页。
④ 《礼记·檀弓》，（清）阮元校刻：《十三经注疏》，中华书局1980年版，第1301页。

人迹永绝，沾污亲族，人不喜见，名之癞病，何罪所致？"佛言："以前世时坐不信三尊、不孝父母、破坏塔寺、剥脱道人、斩射贤圣、伤害师长、常无返复、背恩忘义、常行苟且、淫匿尊卑、无所忌讳，故获斯罪。"①

先叙诸种地狱苦报，然后解说其缘由，这是地狱类经典组织文字宣扬教义的一种模式。通过这样的叙述可知，佛教地狱类经典，正是欲以严明的赏罚来规范人们的行为。经中除对一些宗教道德的宣扬外，更多地包含了世俗道德的因素。如其所说："不孝父母、斩射贤圣、伤害师长、常无返复、背恩忘义、常行苟且、淫匿尊卑、无所忌讳"等等，皆是世俗道德所不容的。

在中国流行的地狱观念中，地狱的道德审判，不但会清算今生的孽债，而且会决定下一世的命运。《幽明录》"赵泰"条描述了这个过程，文章先写赵泰所经历的地狱审判："府君西坐，断勘姓名。复将南入黑门。一人绛衣，坐大屋下，以次呼名前，问生时所行事，有何罪故，行何功德，作何善行，言者各各不同。主者言：'许汝等辞，恒遣六师都录使者，常在人间，疏记人所作善恶，以相检校。人死有三恶道，杀生祷祠最重，奉佛持五戒十善，慈心布施，生在福舍，安稳无为。'"然后叙述赵泰因"并不犯恶"，所以"主者"先任其为"水官监作吏"，后转"水官都督，总知诸狱事"，按行地狱遍见众苦。小说在后半部分，详细描写了"受变形城"：

> 复见一城，云论注去下有出字，无云字。纵广二百里，名为"受变论注受上有吏字，当衍。形城"，云生来不论注作时未闻道法，而地狱考治已毕者，当于此城受更论注二字到变报。入北论注作此门，见论注见下有当有二字。数千百土论注土作上屋，论注屋下有有坊巷三字，百作万。中央有瓦屋，广五十论注广上有当字，十作千。馀步，下有五百馀吏，对录人名作善恶事状，受是变身形之路，论注事作者行二字，是作所，路下有各字。从其所趋论注趋作趣，下有而字。去。

---

① 《大正藏》第17册，第450页下—451页上。

杀者云_{杀下有生字}。当作蜉蝣虫，朝生夕死，若_{若下有出字}为人，常_{常下有当字}短命；偷盗者作猪羊身，屠肉偿人；淫逸_{逸作佚}者作鹄鹜蛇身，恶_{恶作两}舌者作鸱鸮鸺鹠，恶_{鸺下四字作鸲鹆鸺鹠}声人闻，皆咒令死；抵债者为驴_{下有骡字}马牛鱼鳖之属。大屋下有地房_{房作户}。北向，一户南向，呼从北户，又出南户者，皆变身形作鸟兽。又见一城，纵广百里，其_{论注其下有中字}瓦屋，安居快乐。云生时不作恶，亦不为善，当在鬼趣，千岁_{论注生时起作生时不作恶行，不见大道，亦不受罪，名为鬼城，千岁云云}。得出为人。又见一城，广有_{论注无有字}五千馀步，名为"地中"。罚谪者不堪苦痛，_{论注苦痛下有还家索代，家为解谪，皆在此城中三句}男女五六万，皆裸形无服，饥困相扶，见泰叩头啼哭。①

对于"受变形城"的描写，所要体现的就是佛教所宣扬的——今生的善恶决定下一世的命运的观念。小说中的这些描述，反映了中国人对于地狱世界的想象。这种想象几乎在两千年里，没有什么大的变化。

清人魏禧在《地狱论》中，曾将佛家倡"地狱"与孔子作《春秋》做了类比："是故刑罚穷而作春秋，笔削穷而语地狱也"②。魏禧的论点在于：即使是国家的法律也并非尽善尽美，所以"孔子成春秋而乱臣贼子惧。"③《春秋》弥补了法律的空白，在道德层面给人以约束，令人有所顾忌；而地狱说补充了世俗道德的真空，在宗教的层面，起到了更高层次的道德保证作用。

地狱果报说不仅对于相信佛教的人有约束力，对不相信宗教的人，也有其独特的威慑力。尤其对于一些没有道德底线的十恶不赦之徒，这种说法显示出了巨大的震慑作用。齐梁时人萧琛云："今逆悖之人，无赖之子，上罔君亲，下虐侪类，或不忌明宪而乍惧幽

---

① 林辰、王永昌编校：《鲁迅辑录古籍丛编》，人民文学出版社1999年版，第255—258页。
② （清）魏禧著，胡守仁等点校：《魏叔子文集》，中华书局2003年版，第86页。
③ 《孟子·滕文公章句下》，杨伯峻译注：《孟子译注》，中华书局1960年版，第155页。

司，惮阎罗之猛，畏牛头之酷，遂悔其秽恶，化而迁善，此佛之益也。"① 无道德底线者未必无畏惧之情，对死后地狱世界的敬畏之心，使一些人在行事时终于有所顾忌。

总之，地狱说通过一种特殊的"补偿"机制，增强了人们道德的自律性，强化了人们对世俗道德的遵守；它还补充了世俗道德的真空，充分发挥了宗教道德的行为规范功能，在更高的层面，起到了道德保证的作用。

（四）地狱观念与佛教教义

从史料记载中可以发现，佛、道对于地狱说的宣传，似乎主要针对的是一般民众。在僧人的思想世界，地狱观念经常被认为是具有暂时性、从属性和边缘性的特点。② 这种观念其实是不全面的，在中古时期，地狱观念以及相关的罪福报应思想，曾被当成是佛教学习的必经阶段。东晋慧远在《明报应论》中说：

> 人之难悟，其日固久。是以佛教本其所由，而训必有渐。知久习不可顿废，故先示之以罪福。罪福不可都忘，故使权其轻重。轻重权于罪福，则铨善恶以宅心；善恶滞于私恋，则推我以通物。二理兼弘，情无所系，故能尊贤容众，恕已施安，远寻影响之报，以释往复之迷。迷情既释，然后大方之言可晓，保生之累可绝。③

慧远所讲的过程是：首先，为不明佛法、不信佛教的人讲述什么是罪、何者为福，使他们铭记在心，并权衡罪、福之轻重；然后，揭示善恶与罪福的关系，使之明白世间善恶之因缘，并使之不

---

① （梁）僧祐：《弘明集》卷九《难神灭论》，《大正藏》第 52 册，第 57 页下。
② 太史文（Stephen F. Teiser）云："最后，天堂与地狱都被认为是暂时的，不自在的，以苦难为标志的。地狱最多是僧人生活中一边缘性特点，无论他是重义学还是重禅修。"[美] 太史文：《幽灵的节日——中国中世纪的信仰与生活》（The Ghost Festival in Medieval China），侯旭东译，浙江人民出版社 1999 年版，第 170 页。
③ （梁）僧祐：《弘明集》卷五《答桓玄明报应论》，《大正藏》第 52 册，第 34 页。

再执迷于自我;当罪福、善恶之因缘全部洞晓之后,再为其演说报应、轮回之事,使之得到开悟,能够尊贤恕己,进而领会佛法。这一过程循序渐进,由表入里,自浅而深,其基础乃是"示之以罪福",所谓"罪福"指的是行为的结果。"罪",用慧远自己的话来说就是"恶积而天殃自至,罪成则地狱斯罚"①,体现为天殃地狱。慧远为东晋名僧,此番见解在佛学修习的实践中,应当具有相当的代表性。

《维摩诘经》的理论体系,反映了三国及两晋时期佛教理论在中国发展的主要倾向。该理论以"中道"为旗号,既反对以"有"为"实",又反对执"无"为"真",从而体现出一种否定世俗一切的思想,尤其是要否定世俗中最不干净的部分,通过改换一种说法,又将其全部肯定下来。"佛国"、"净土"是大乘佛教设计的一个精神王国,信仰和修习佛教的最终目的,不是单纯为了个人的解脱和涅槃,而是为了进入这样一个王国。支谦译的《佛说维摩诘经》把成就"佛国"的因素叫作"如来种",并且强调指出,这种"如来种"就是世间的杂染秽污,唯有依杂染秽污才能成就一切佛的功德。支谦译《佛说维摩诘经》有《如来种品》。其中维摩诘问文殊师利:"何等为如来种?"文殊师利答:

> 有身为种,无明与恩爱为种,淫怒痴为种,四颠倒为种,五盖为种,六入为种,七识住为种,八邪道为种,九恼为种,十恶为种。②

不把与成佛相顺的清静善性当作"如来种",反而把与佛道相违的三毒十恶八邪当作"如来种",是《维摩诘经》最大胆的议论,也正是它要求把佛法尽可能世俗化的一种表现。"由如来种"生成"佛果"需要一系列转变过程,而这种转变不是从"种"诱发

---

① (梁)僧祐:《弘明集》卷五《答桓玄明报应论》,《大正藏》第52册,第33页下。
② (三国·吴)支谦:《佛说维摩诘经》卷下《如来种品》,《大正藏》第14册,第529页下。

出来的，而是通过一系列的宗教实践，对"种"的否定来实现的。"如来种"是佛法的对治对象，它的生成发展只能实现在对它自身的否定中。所以《如来种品》继续发挥到：

> （菩萨）其至五无间处，能使无诤怒；至地狱处，能使除冥尘；至于畜生处，则为除暗昧，能使无慢；求入饿鬼道，一切以福随次合会；至无智处不与同归，能使知道……在尘劳处为现都净，无有劳秽……入贫窭中则为施以无尽之财；入鄙陋中，为以威相严其种姓；入异学中，则使世间一切依附；遍入诸道，一切能为解说正要，至泥洹道度脱生死如无绝已。①

文中的菩萨，体现了佛教宣传的那种处污泥而生莲花的精神，而他们的任务，还在于使众生对治和克服思想上的烦恼。因此，大乘佛教"我不入地狱谁入地狱"的表述就包含了自我牺牲、拯救世人的因素。但是，入地狱的目的不在于拆除地狱，而是要人们"常住地狱"，"常乐地狱"，"庄严地狱"。

通过考察佛教典籍，我们发现：地狱观念基本是佛教各派都认可，而且贯穿于佛教发展和演变始终的一种观念，同时也是对中国民众思想影响极为深刻的一种观念。

---

① （三国·吴）支谦：《佛说维摩诘经》卷下《如来种品》，《大正藏》第14册，第529页中。

第 二 章

人物类型

地狱观念来自佛教，此种观念一经传入，就与汉地固有的神秘信仰紧密结合，并为下自平民百姓上至帝王贵胄的广大人士所接受。它不但充实了土生土长的道教信仰，同时也影响了中国的文学艺术。首先，此种观念的流行，为中国的文学作品增添了一批鲜活的人物形象。

一 泰山府君

冥神作为中国宗教信仰系统的组成部分，在不同时代、不同地区可谓是林林总总、面目各异。其中，最引人注目的当推泰山府君。它是佛教观念与汉地信仰杂糅的典型，也是佛教中国化在冥界信仰中的体现。胡适先生很早就对此问题产生兴趣，他在晚年曾连续撰文研究泰山府君的起源及其与阎罗王的关系。[1] 然而，由于资料收集工作繁杂而琐碎，再加上胡适晚年精力所限，所以他最终未能完成此项研究。之后，若干中外学者也曾涉足此项研究，

---

[1] 参见胡适《伦敦大英博物馆藏的十一本〈阎罗王授记经〉》、《十殿阎王》、《唐临〈冥报记〉里的太山、太山府君、阎罗天子》等文，载姜义华主编《胡适学术文集·中国佛学史》，中华书局1997年版，第575、616、620页。

亦各有发明。①

中国很早就形成了自己的冥界观念。据余英时考证，殷、周时代的死后信仰主要表现在天上有帝廷的观念上。但这个帝廷只有先王、先公才有资格上去。②至于普通百姓死后地下世界的信仰，可以追溯到公元前8世纪以上。《左传》隐公元年（公元前722年）所引的郑庄公之语"不及黄泉，无相见也"③，可以说反映了最早的关于地下世界的观念。到汉代，"黄泉"更成为死后世界的代名词了。《论衡·薄葬篇》云："亲之生也，坐之高堂之上；其死也，葬之黄泉之下。黄泉之下，非人所居，然而葬之不疑者，以死绝异处，不可同也。"④《太平经》曰："故善者上行，命属天，犹生人属天也；恶者下行，命属地，犹死者恶，故下归黄泉，此之谓也。"⑤"黄泉"是中国上古宇宙观念中地狱的象征，其两大特征是无边大水与黑暗无光，所以《淮南子》称之为"蒙谷"，蒙者，蒙昧不明也。《尚书》称之为"幽都"，幽者，幽暗不明也。⑥作于西汉成帝、元帝间（公元前48年—公元前8年）的《楚辞·招魂》中，使用了"幽都"这一概念。《招魂》曰：

魂兮归来。君无下此幽都些。土伯九约，其角觺觺些。⑦

---

① 参见台静农《佛教故实与中国小说》，载张曼涛主编《佛教与中国文学》，台北：大乘文化出版社1978年版，第61—126页；陈槃《泰山主死亦主生》，载《历史语言研究所集刊》第51本第3分册，中研院历史语言研究所1980年版，第407—412页；余英时《中国古代死后世界观的演变》，载《汤用彤先生纪念论文集》编辑委员会编《燕园论学集》，北京大学出版社1984年版，第177—213页；余嘉锡《积微居小学金石文字论丛序》，载《余嘉锡文史论集》，岳麓书社1997年版，第540—545页；刘影《泰山府君与阎罗王更替考》，《华东师范大学学报》1999年第3期；[日]酒井忠夫《泰山信仰研究》，金华译，载《山岳与象征——2001山岳文化国际学术研讨会论文集》，第193—224页；栾保群《"泰山治鬼"说的起源与中国冥府的形成》，《河北学刊》2005年第5期；等等。

② 余英时：《中国古代死后世界观的演变》，载《汤用彤先生纪念论文集》编辑委员会编《燕园论学集》，北京大学出版社1984年版，第181—185页。

③ 杨伯峻：《春秋左传注》，中华书局1981年版，第14页。

④ （东汉）王充著，黄晖校释：《论衡校释》，中华书局1990年版，第965页。

⑤ 王明：《太平经合校》，中华书局1960年版，第279页。

⑥ 叶舒宪：《中国神话哲学》，中国社会科学出版社1992年版，第17页。

⑦ 陈子展：《楚辞直解》，江苏古籍出版社1988年版，第339—340页。

陈子展为"九约"一词作注时，罗列众说，并结合长沙马王堆汉墓之出土材料加以论证，但是他也没有给出定论。① 他初步认为："土伯九约"就是说土伯九个人掌管地下九层，就像世俗根据佛说，称"十殿阎王"十人共同掌管地狱一样。不过，"九"字可以是虚数，即"很多"之义，不必执定为实数。② "幽都"本义当指阴间地狱，《楚辞·招魂》中所用即是本义。

此外，道教经典《太平经》中提及的"土府"③，《老子想尔注》所云"天曹"、"地官"④，在后代演变成了百姓所熟知的"阴曹地府"；"高（蒿）里"⑤、"梁父"⑥一度成为死后世界的代名词；《周礼》中提及的司命神⑦，也在先秦至魏晋的冥间信仰中非常兴盛；还有余英时考证过的"主藏君（郎中）"、"地下主（丞）"等都是泰山府君以前中国的冥神。这里需要特别指出的是，上文中陈子展将"土伯九约"比作"十殿阎王"，这完全是一种类比之法，不能凭此认为，在佛教传入前中国已有地狱观念。余英时经过

---

① 陈子展云："何谓九约，说者歧出，王逸九曲、徐锴九节、周拱辰九尾、俞樾九觔（九角）……亦未知其审。"陈子展：《楚辞直解》，江苏古籍出版社1988年版，第341页。

② 陈子展：《楚辞直解》，江苏古籍出版社1988年版，第341页。

③ 《太平经》云："为恶不止，与死籍相连，传付土府，藏其形骸，何时复出乎？精魂拘闭，问生时所为，辞语不同，复见掠治，魂神苦极，是谁之过乎？"王明：《太平经合校》，中华书局1960年版，第615页。

④ 饶宗颐在《老子想尔注》中有校笺云：廿一章《想尔注》云："天曹左契。"《隋志》道经叙录："奏上天曹请为除恶，谓之上章。"《笑道论》引《三元品》（《戒经》）："天地水三官、九府、九宫、一百二十曹"……；又，《想尔注》："死便真死，属地官去也。""地官"为天地水三官之一。饶宗颐：《老子想尔注校证》，上海古籍出版社1991年版，第70—71页。

⑤ 《汉书·武五子传》载，广陵厉王刘胥死前自歌有云："蒿里召兮郭门阅，死不得取代庸，身自逝。"颜师古比说"蒿里，死人里。"（汉）班固撰，（唐）颜师古注：《汉书》，中华书局1962年版，第2762页。

⑥ 《遁甲开山图》云："泰山在左，亢父在右；泰山知生，梁父主死"。（清）黄奭辑校：《遁甲开山图》，清知足斋刻本。

⑦ 《周礼·春官·大宗伯》曰："大宗伯之职，掌建邦之天神、人鬼、地示之礼，以佐王建保邦国。以吉礼事邦国之鬼神示，以禋祀祀昊天上帝，以实柴祀日、月、星、辰，以槱燎祀司中、司命、飚师、雨师，以血祭祭社稷、五祀、五岳，以狸沈祭山林川泽，以疈辜祭四方百物。"（清）孙诒让撰，王文锦、陈玉霞点校：《周礼正义》，中华书局1987年版，第1296—1297页。

详细的考证，认为魂魄离散，一上天，一入地的思想，在汉初文献中居于主导地位。他结合《太平经》和《老子想尔注》得出结论：中国的天堂地狱观念早在佛教传入以前就已经成立了。① 此种观点是值得商榷的。严格来讲，地狱一词来源于佛教，佛教的地狱观念有自己独特的内涵和外延，它是和佛教教义和宇宙观紧密相连的。佛教地狱的道德惩戒机制、因果业报学说，以及其超现实的残酷想象是中国所没有的。将中国的冥界信仰说成是地狱观念，只能是一种不完全准确的类比。当然，中国地狱观念也并非完全是佛教地狱观念的翻版，它是扎根于中国固有的冥界观念之中的。在佛教传入之后，中国形成的新地狱观念既不同于原先固有的冥界信仰，也不同于佛教所讲的地狱世界，从而呈现出了一种中印糅合的特点。所以本书认为，中国的地狱观念必然是佛教传入之后，才逐渐形成的。

汉代以来，有泰山主人生死之说。泰山主死的源起，近人多采顾炎武《日知录》卷30"泰山治鬼"条，其文节略如下：

> 尝考泰山之故，仙论起于周末，鬼论起于汉末。《左氏》、《国语》未有封禅之文，是三代以上无仙论也。《史记》、《汉书》未有考鬼之说，是元、成以上无鬼论也。《盐铁论》云："古者庶人，鱼菽之祭，士一庙，大夫三，以时有事于五祀，无出门之祭。今富者祈名岳，望山川，椎牛击鼓，戏倡舞像。"则出门进香之俗已自西京而有之矣。自哀、平之际，而谶纬之书出，然后有如《遁甲开山图》所云："泰山在左，亢父在右，亢父知生，梁父主死。"《博物志》所云："泰山一曰天孙。言为天帝之孙，主召人魂魄，知生命之长短者。"其见于史者，则《后汉书·方术传》："许峻自云：'尝笃病三年不愈，乃谒泰山请命。'"《乌桓传》："死者神灵归赤山，赤山在辽东西北数千里，如中国人死者魂神归泰山也。"《三国志·管辂传》

---

① 余英时：《中国古代死后世界观的演变》，载《汤用彤先生纪念论文集》编辑委员会编《燕园论学集》，北京大学出版社1984年版，第189页。

谓："其弟辰曰：'但恐至泰山治鬼，不得治生人，如何？'"而古辞《怨诗行》云："齐度游四方，各系泰山录。人间乐未央，忽然归东岳。"陈思王《驱车篇》云："魂神所系属，逝者感斯征。"刘桢《赠五官中郎将诗》云："常恐游岱宗，不复见故人。"应璩《百一诗》云："年命在桑榆，东岳与我期。"然则鬼论之兴，其在东京之世乎？①

顾炎武认为："泰山治鬼"之说是在东汉末期流行于民间的。顾炎武结合东汉三国时期大量诗文考证"泰山治鬼"说，显然是注意到了其出于民间信仰的一些特性。所谓"泰山治鬼"，主要指的就是一种由泰山神来主管全国死者亡魂的民间信仰。《列异传》"蔡支妻"条和"胡母班"条都写到了泰山神。现将"蔡支妻"引录于下：

临淄蔡支者，为县吏。曾奉书谒太守，忽迷路，至岱宗山下。见如城郭，遂入致书。见一官，仪卫甚严，具如太守。乃盛设酒肴。毕付一书，谓曰："掾为我致此书与外孙也。"吏答曰："明府外孙为谁？"答曰："吾太山神也，外孙，天帝也。"吏方惊，乃知所至非人间耳。掾出门，乘马所之。有顷，忽达天帝座太微宫殿，左右侍臣，具如天子。支致书讫，帝命坐，赐酒食，仍劳问之曰："掾家属几人？"对父母妻皆已物故，尚未再娶。帝曰："君妻卒经几年矣？"支曰："三年。"帝曰："君欲见之否？"支曰："恩唯天帝！"帝即命户曹尚书敕司命，辍蔡支妇籍于生录中，遂命与支相随而去，乃苏。归家，因发妻冢。视其形骸，果有生验。须臾，起坐语，遂如旧。②

自古以来，关于种种神话人物的传说都不是严格统一的，关于

---

① （明）顾炎武著，黄汝成集释：《日知录集释》，世界书局1936年版，第715页。

② （宋）李昉等编：《太平广记》，中华书局1961年版，第2984页。

泰山神的传闻也不例外。此条宣称泰山神为天帝之外祖,但顾炎武《日知录》所引《博物志》又云,泰山神为天帝之孙。尽管传闻各异,其实人们无非是想通过种种神圣化的叙说,来突出泰山神的尊贵和威严。后来,人们觉得"泰山神"的称呼似乎有些太过笼统。于是便将"泰山神"具体化为更具人间特色的"泰山府君"、"泰山令"等称谓。作为冥府主者的"泰山府君"最早见于《搜神记》卷四"胡母班"条,其文大略如下:

>胡母班曾至泰山之侧,忽于树间,逢一绛衣驺。呼班云:"泰山府君召。"班惊愕,逡巡未答。复有一驺出呼之。遂随行数十步,驺请班暂瞑。少顷,便见官室,威仪甚严。班乃入阁拜谒。主为设食,语班曰:"欲见君无他,欲附书与女婿耳。"班问:"女郎何在?"曰:"女为河伯妇。"母班曰:"辄当奉书,不知缘何得达。"答曰:"今适河中流,便扣舟呼'青衣',当自有取书者。"班乃辞出。昔驺复令闭目,有顷,忽如故道。遂西行,如神言而呼青衣。须臾,果有一女仆出,取书而没。少顷复出,云:"河伯欲暂见君。"婢亦请瞑目。遂拜谒河伯。河伯乃大设酒食,词旨殷勤。临别,谓班曰:"感君远为致书,无物相奉。"于是命左右:"取吾青丝履来。"以贻班。班出,瞑然,忽得还舟。遂于长安经年而还。至泰山侧,不敢潜过。遂扣树,自称姓名:"从长安还,欲启消息。"须臾,昔驺出,引班如向法而进。因致书焉。府君请曰:"当别再报。"班语讫,如厕。忽见其父著械徒作,此辈数百人。班进拜流涕,问:"大人何因及此?"父云:"吾死不幸,见遣三年,今已二年矣,困苦不可处。知汝今为明府所识,可为吾陈之,乞免此役,便欲得社公耳。"班乃依教,叩头陈乞。府君曰:"生死异路,不可相近,身无所惜。"班苦请,方许之。于是辞出,还家。①

---

① (宋)李昉等编:《太平广记》,中华书局1961年版,第2334页。

胡母班为东汉末人，事迹见《三国志·魏志》。① 因胡母班本为泰山人，并在战乱中为河内太守王匡残杀，故后世将泰山治鬼之事附会于其身上。府君是汉代对郡相、太守的称呼。太守属于汉代地方官，为一郡最高的行政长官。泰山神被理解为冥府长官，相当于人世之太守，所以，此条中被称作泰山府君。在《列异传》"蒋济亡儿"条中，泰山神又被称作了泰山令。

> 魏蒋济为领军也，其妻梦亡儿涕泣言曰："死生异路，我生时为卿相子孙，今在地下为泰山伍伯，憔悴困辱，不可复言。今太庙西有孙阿者，将召为泰山令。愿母白领军，嘱阿转我，令得乐处。"言讫，母遂惊寤。以白济，济曰："梦不足凭耳。"明日，母复梦之，言曰："我今来迎新君，止在庙下，未发之间，暂得归来。新君明日日中当发，临发多事，不得复归于此。愿重启之，何惜一试验也。"遂说阿形状，言甚备悉。天明，母又为言之曰："昨又梦如此，虽知梦不足凭，何惜一验之乎？"济乃遣人诣太庙下，推问孙阿，果得之，形状如其梦。济乃涕泣曰："几负我儿。"于是乃见孙阿，具语其事。阿不惧当死，而喜为泰山令，惟恐济言之不信也，乃谓济曰："若诚如所言，某之愿也，不知贤郎欲得何职？"济曰："随地下乐者与之。"阿许诺。言讫遣还，济欲速知其验，从领军门下至庙下，十步安一人，以传阿之消息。辰时传阿心痛，日中传阿亡。济泣曰："虽哀儿之不幸，见喜亡者之有知。"后月余，母复梦儿来告曰："已得转为录事矣。"②

此条叙述，蒋济子初死时，为泰山伍伯。所谓"伍伯"即役卒

---

① 《三国志·魏志》载：英雄记曰：匡字公节，泰山人。轻财好施，以任侠闻。辟大将军何进府进符使，匡于徐州发强弩五百西诣京师。会进败，匡还州里。起家，拜河内太守。谢承后汉书曰：匡少与蔡邕善。其年为卓军所败，走还泰山，收集劲勇得数千人，欲与张邈合。匡先杀执金吾胡母班。班亲属不胜愤怒，与太祖并势，共杀匡。（晋）陈寿撰，（南朝·宋）裴松之注：《三国志》卷一《武帝纪》，中华书局1959年版，第6页。
② （宋）李昉等编：《太平广记》，中华书局1961年版，第2177页。

之谓也，当是为泰山令执杖开路的皂隶形象。蒋济子后托梦于其生母，略施手段，得以提升为泰山录事。

以上所引"蔡支妻"、"胡母班"、"蒋济亡儿"三条，不仅记载了汉代民间对冥府主者称谓的不同，而且体现了此时期民间冥界观念的一些特点和分歧。首先，由"胡母班"条可知：汉代人相信，人死之后，灵魂为泰山所录，而且带着刑具苦作，若经泰山府君允许，这些亡魂可以做一方的土地神。"蒋济亡儿"条中，"孙阿"似乎并不惧怕死亡，反而只求在阴间能够做官，"喜为泰山令，惟恐济言之不信也。"这反映了汉代一部分人不畏死亡，视死后世界如人世之延续的观念。通过这些记载可知，汉代还没有形成统一、详细的冥界观念，民众对于冥间的想象具有多样化的特点。

从文学视角观察，"蔡支妻"、"胡母班"二条均包含了关于冥府、传书和复生这样三个小说母题。具有原型意义，是后世小说常见的题材或情节。这些母题既非《搜神记》、《列异传》首创，而且也未止步于这些"粗陈梗概"的叙事作品。在汉代之后，尤其是在唐人传奇中，这种母题仍在不断地使用着，为人熟知的有唐人李朝威的《柳毅传》、《会昌解颐录》中的昆明池神之女，以及戴孚的《广异记》中所记的北海神女故事等等。

钱钟书在《管锥编》第一册《史记会注考证》"封禅书"条中有如下一段话：

> 《日知录》卷三〇、《陔馀丛考》卷三五、《茶香室丛钞》卷一六考汉魏时泰山治鬼之说，已得涯略（吴锡麟《有正味斋骈体文》卷一五《游泰山记》全本《日知录》）。经来白马，泰山更成地狱之别名，如吴支谦译《八吉祥神咒经》即云"太山地狱饿鬼畜牲道"，隋费长房《历代三宝记》卷九所谓"泰山"为"梵言"而强以"泰方岱岳"译之者。然则泰山之行，非长生登仙，乃趋死路而入鬼录耳。①

---

① 钱钟书：《管锥编》，中华书局1979年版，第289—290页。

钱钟书指出："经来白马，泰山更成地狱之别名。"但需要注意的是"太山"和"泰山"是不同的。"泰山"为地理名词，有固定的指称。而"太山"却并非如此。太山，即大山也。《说文解字》中，太和大是相同的。① 《吕氏春秋·本味》："伯牙鼓琴，钟子期听之，方鼓琴而志在太山，钟子期曰：'善哉乎鼓琴，巍巍乎若太山。'少选之间，而志在流水，钟子期又曰：'善哉乎鼓琴，汤汤乎若流水。'"② 此太山即大山，联系上下文，其与"流水"相对，非为"泰山"之专名。佛教初传，即将地狱译作"太山。"传为安世高所译《佛说分别善恶所起经》称，宇宙中有"五道"，第五道即为"泥犁太山地狱道。"③ 胡适考证云：以下凡用"太山地狱"十七次。连开篇一次，总共十八次之多。④ 在孙吴时代康僧会所译《六度集经》中，用"太山"28次，"太山地狱"6次，"太山狱"3次，"地狱"4次。⑤ 可见，早期汉译佛经中，"太山"就已成为地狱之别名了。同时，还应当注意到，"太山"和"泰山"又是相通的。佛教徒甚至是有意混淆此二者为一。

从佛经初译开始，即以"太山"译地狱。其初衷是否要将佛教地狱观念附会于中国已有的泰山信仰，已不得而知。事实是，在历代译经中，"太山"与"泰山"已渐相混淆。如《出曜经》、《鬼子母经》等经文中，已经直接将"太山"写作"泰山"⑥。直至唐代，

---

① （东汉）许慎著，（清）段玉裁注：《说文解字注》，上海古籍出版社1981年版，第498页。
② （战国）吕不韦撰，许维遹集释：《吕氏春秋集释》，中国书店1985年版，第6页。
③ 《大正藏》第17册，第516页下。
④ 《佛说分别善恶所起经》中，有经文云："何谓五道？一谓天道。二谓人道。三谓饿鬼道。四谓畜牲道。五谓泥犁太山地狱道。"胡适解释道：此处开篇用"泥犁太山地狱道"六个字，"泥犁"是音译（niraya），"太山地狱"是当时民间宗教里人人都懂得的一个概念，来解说"泥犁"的意义。胡颂平：《胡适之先生年谱长编初稿》，台北联经出版事业公司1984年版，第3746—3747页。
⑤ 姜义华：《胡适学术文集·中国佛学史》，中华书局1997年版，第598页。
⑥ 《出曜经》云："然我世尊竟不见谛而取命终，虽生为天受天之福，福尽还入泰山地狱。如是流转无有穷已。"《大正藏》第4册，第632页上；《鬼子母经》云："在世间皆为恶业无所畏难，死后当入泰山地狱中，苦痛极哉。"《大正藏》第14册，第906页下。

二者混用的例证依然存在。唐临《冥报记》有"唐王怀智"条，录文如下：

> 唐坊州人上柱国王怀智，至显庆初亡殁，其母孙氏及弟怀善、怀表并存。至四年六月，雍州高陵有一人，失其姓名，死经七日，背上已烂而苏。此人于地下见怀智，云见任泰山录事，遣此人执笔。口授为书，谓之曰："汝虽合死，今方便放汝归家，宜为我持此书至坊州访我家，通人兼白我娘，怀智今为太山录事参军，幸蒙安泰，但家中曾贷寺家木作门，此既功德物，请早酬偿之。怀善即死，不合久住，速作经像救助，不然恐无济理。"此人既苏之后，即赍书故送其舍，所论家事无不暗合。至经三日，怀善遂即暴死。合州道俗闻者，莫不增修功德。鄜州人勋卫侯智纯说之。

文中同时出现了"泰山录事"和"太山录事参军"的称谓。①"太山"与"泰山"二词混用，佛经中的"太山地狱"更与中国的"泰山治鬼"之说相杂糅。在汉译佛经中，采用、附会已有词汇，应合固有民间信仰的方法，为传教之公例，有利于宗教之初传。等佛教在中国站稳脚跟之后，就有僧侣出来指责此种做法了。隋人费长房《历代三宝纪》卷九云：

> 东方太山，汉言代（岱）岳。阴阳交代，故云代（岱）岳。于魏世出，只应云魏言，乃曰汉言。不辩时代，一妄。太山即此方言，乃以代（岱）岳译之。两语相翻，不识梵魏，二妄。②

---

① （唐）唐临撰，方诗铭辑校：《冥报记》，中华书局1992年版，第105—106页。（唐）道世撰，周叔迦、苏晋仁校注：《法苑珠林校注》，中华书局2003年版，第1070页。《法苑珠林校注》前后文均用"泰山"字样，但《大正藏》、《中华藏》录文皆与《冥报记》同，当以《冥报记》所录为准。参见《大正藏》第53册，第548页中；《中华藏》第71册，第728页。
② 《大正藏》第49册，第85页中。

费长房所言之二妄,当分别予以推敲。"东方太山,汉言代(岱)岳。阴阳交代,故云代岳。于魏世出,只应云魏言,乃曰汉言。不辩时代,一妄。"此说有误,太(泰)山之说并非起于魏世,实乃汉代以来而有之;"太山即此方言,乃以代(岱)岳译之。两语相翻,不识梵魏,二妄。"所谓"两语相翻"不见得是"不识梵魏"而致,更有可能是有意附会而为,此种做法在佛教初传之时具有积极意义。当然,费长房在佛教站稳脚跟之后,指出此法之弊端,廓清两种思想之分歧,也是无可厚非的。

至竺道爽的《檄太山文》,太山更与地狱阎罗有了直接的关联:

> 太山者则阎罗王之统,其土幽昧,与世异灵。都录使者降,同神行,定本命于皇记,察都籍于天曹。群恶无细不舍,纤善小而无遗。总集魂灵,非生人应府矣。①

据此,太山已属阎罗王管辖,处于异世之地。中国小说中,此类记载始见于《幽明录》"赵泰"条②,该条具有浓厚的佛教色彩,文中记载:"更诣一门,云名开光大舍,……见一人,身长可丈六,……沙门侍立甚众,四坐并真人菩萨,又见泰山府君来作礼。"在这里,冥界主者即为"泰山府君。"还有,同书"舒礼"条和《冥祥记》"孙稚"条等,均谓"太山府君"为冥界主者。③ 在此类记载中,太山府君完全成为佛教护法,他要接受佛的委派,判奉佛者重生或转世为人,将"作恶"者,毫不留情地打入地狱;遇有被错追的,就安排其参观地狱一番,使其深受教育,从而皈依佛教。虽然太山府君的冥府被佛教地狱所融合,但他仍然是主宰,阎罗王成为他的上司,是唐代以后的事情。

---

① (梁)僧祐:《弘明集》卷一四《檄太山文》,《大正藏》第52册,第92页上。
② 林辰、王永昌编校:《鲁迅辑录古籍丛编》,人民文学出版社1999年版,第255—258页;(宋)李昉等编:《太平广记》,中华书局1961年版,第739—741页;《辩正论》卷八注,《中华大藏经》第62册,第577页下。
③ (唐)道世撰,周叔迦、苏晋仁校注:《法苑珠林校注》,中华书局2003年版,第1849页。

唐代唐临的《冥报记》，以天曹比拟人间官吏体系：

> 道者，天帝总统六道，是谓天曹。阎罗王者，如人间天子；太山府君，如尚书令；录五道神如诸尚书；若我辈国如大州郡。①

在这里，天国鬼域按照人间官制被排出了一个完整的谱系，中国的天帝是最高神，统摄六道，佛道的阎罗王、五道将军统归其管辖。阎罗王被比附为人间天子，太山神相当于人间宰相，座次分明。这反映了中国文人对于冥间神灵的一种世俗化的理解。

在其后的演变中，阎罗王成了地狱的主宰，但"太山"依然有着极其重要的地位：

> 大王既见目连入，合掌逡巡而欲立，"和尚又（有）没事由来？"连忙案后而祗揖："惭愧阇梨至此间，[□□□□□□]。弟子处在冥途间，考定罪人生死。虽然不识和尚，早个知其名字。为当佛使至此间？别有家私事意？太山定罪卒难移，总是天曹地笔批。罪人业报随缘起，造此（次）何人救得伊。"

> 业官启言大王："青提夫人亡来已经三载，配罪案总在天曹录事司太山都尉一本。"

> 太山都要多名部（簿），察会天曹并地府。文牒知司各有名，符卷下来过此处。②

---

① （唐）道世撰，周叔迦、苏晋仁校注：《法苑珠林校注》，中华书局2003年版，第196—200页。
② 以上三条，参见项楚《敦煌变文集选注》，中华书局2006年版，第842—945页；王重民等编《敦煌变文集》，人民文学出版社1957年版，第714—755页；潘重规编《敦煌变文集新书》，文津出版社1994年版，第685—734页；黄征、张涌泉编《敦煌变文校注》，中华书局1997年版，第1024—1070页。

这里，阎罗王虽主宰地狱，但定罪权在"天曹录事司"太山都尉手中。这种说法虽然流行于文学作品，但唐代藏川所撰的《佛说十王经》对于中国百姓的影响则更为深刻。这部经中，太山府君被称为"太山王"，与阎罗王为同僚，与其他八王分掌地狱之事，民间称之为地狱十王。①

不论他在冥间地位如何，在中国百姓的想象中，太山府君必然也是有妻室儿女的。唐人小说中大略记载了其庙宇形式和所供奉的人物：

> 唐兖州邹县人，姓张，忘字，曾任县尉。贞观十六年，欲诣京赴选，途经太山，因而谒庙祈福。庙中府君及夫人并诸子等，皆现形像，张时偏礼拜讫。至于第四子傍，见其仪容秀美，同行五人，张独祝曰："但得四郎交游，诗赋举酒，一生分毕，何用仕宦！"及行数里，忽有数十骑马，挥鞭而至，从者云是四郎。四郎曰："向见兄垂殷，故来仰谒。"因而言曰："承兄欲选，然今岁不合得官，复恐前途将有灾难，不复须去也。"张不从之，执别而去。行经一百余里，张及同伴夜行，被贼劫掠，装具并尽。张遂祝曰："四郎岂不相助？"有顷，四郎车骑毕至，惊嗟良久，即令左右追捕。其贼颠仆迷惑，却来本所，四郎命人决杖数十，其贼胜膊皆烂。已而别去，四郎指一大树："兄还之日，于此相呼也。"是年，张果不得官而归。至本期处，大呼四郎，俄而即至，乃引张云："相随过宅。"即有飞楼绮观，架迥陵虚，雉堞参差，非常壮丽，侍卫严峻，有同王者所居。张既入中，无何，四郎即云："须参府君，始可安坐。"乃引张入，经十余重门，趋走而进，至大堂下谒拜，而见府君非常伟绝，张时战惧，不敢仰视。判官判事，似用朱书，字皆极大。府君命侍宣曰："汝乃能与我儿交游，深为善道，宜停一二日谦聚，随便好去。"即令引出。至一别馆，盛设

---

① 参见杜斗城《敦煌本佛说十王经校录研究》，甘肃教育出版社1989年版；罗世平《地藏十王图像的遗存及其信仰》，《唐研究》第四卷，北京大学出版社1998年版，第373—414页。

珍馐，海陆毕备，丝竹奏乐，歌吹盈耳，即与四郎同室而寝。已经一宿，张至明旦，因而游戏庭序，徘徊往来，遂窥一院，正见其妻于众官人前着枷而立。张还堂中，意甚不悦，四郎怪问其故，张具言之，四郎大惊云："不知嫂来此也。"即自往造诸司法所，其类乃有数十人，见四郎来，咸走下阶，重足而立。以手招一司法近前，具言此事，司法报曰："不敢违命，然须白录事知。"遂召录事，录事许诺云："仍须夹此案于众案之中，方便同判，始可得耳。"司法乃断云："此妇女勘别案内，尝有写经持斋功德，不合即死。"遂放令归。张与四郎渍泣而别，仍嘱张云："唯作功德，可以益寿。"张乘本马，其妻从四郎借马，与妻同归。妻虽精魂，事同平素，行欲至家，去舍可百步许，忽不见。张大怖惧，走至家中，即逢男女号哭，又知已殡，张即呼儿女急往发之。开棺见妻，忽起即坐，辄然笑曰："为忆男女，勿怪先行。"于是已死经六七日而苏也。兖州士人说之云尔。①

太山府君四郎形象在该篇中被刻画得活灵活现，他仪容秀美，喜好交游，还经常救朋友于危难之中，基本还是一个正面形象。但是中国小说中，太山府君的三子，却是一个彻头彻尾的色鬼。中国小说对于太山府君神圣形象的颠覆，就是通过对他浪荡不羁的子弟的描写而完成的。

赵州卢参军新婚之任，其妻甚美。数年，罢官还都。五月五日，妻欲之市求续命物，上于舅姑。车已临门，忽暴心痛，食顷而卒。卢生号哭毕，往见正谏大夫明崇俨，扣门甚急。崇俨惊曰："此端午日，款关而厉，是必有急。"遂趋而出。卢氏再拜，具告其事。明云："此泰山三郎所为。"遂书三符以授卢："还家可速烧第一符，如人行十里许不活，更烧其次；若又不活，更烧第三符。横死必当复生，不来真死矣。"卢还家，

---

① （唐）唐临撰，方诗铭辑校：《冥报记》，中华书局1992年版，第85—87页。

如言累烧三符，其妻遂活。顷之能言，云："初被车载至泰山顶，别有官室，见一少年，云是三郎。令侍婢十馀人拥入别室，侍妆梳。三郎在堂前，与他少年双陆，候妆梳毕，方拟宴会。婢等令速妆，己缘眷恋故人，尚且悲泪。有顷，闻人款门云是上利功曹。适奉都使处分。令问三郎，何以取卢家妇？宜即遣还。三郎怒云：'自取他人之妻，预都使何事？'呵功曹令去。相与往复，其辞甚恶。须臾，又闻款门，云是直符使者，都使令取卢家妇人。对局劝之，不听。对局曰：'非独累君，当祸及我。'又不听。寻有疾风，吹黑云从崖顶来，二使唱言：'太一直符今且至矣！'三郎有惧色。风忽卷宅，高百馀丈放之，人物糜碎，唯卢氏获存。二使送还，至堂上，见身卧床上，意甚凄恨，被推入形，遂活。"①

太山府君的三郎常用邪术抢夺良家妇女，供其淫乐，其形象极为蛮横，幸亏还有太一直符使其畏惧。可见，太山府君虽为掌管生死的一方大神，但其家风败坏，纵子行淫人间。于是，到了唐人想象中，太山府君所治的地府，也逐渐成了一个贪赃枉法的地方：

六合县丞者，开元中暴卒，数日即苏，云，初死被拘，见判官，云是六合刘明府，相见悲喜，问家安否。丞云："家中去此甚迩，不曾还耶？"令云："冥阳道殊，何由得往？"丞云："郎君早擢第，家甚无横，但夫人年老，微有风疾耳。"令云："君算未尽，为数羊相讼，所以被追。宜自剖析，当为速返。"须臾，有黑云从东来，云中有大船，轰然坠地，见羊头四枚。判官云："何以枉杀此辈？"答云："刺史正料，非某之罪。"二头寂然。判官骂云："汝自负刺史命，何得更讼县丞？"船遂飞去。羊大言云："判官有情，会当见帝论之。"判官谓丞曰："帝是天帝也，此辈何由得见，如地上天子，百姓求见不亦难乎？然终须为作功德尔。"言毕，放丞还。既出，见一女子，

---

① （唐）戴孚撰，方诗铭辑校：《广异记》，中华书局1992年版，第47—48页。

状貌端丽，来前再拜。问其故，曰："身是扬州谭家女，顷被召至，以无罪蒙放回。门吏以色美，曲相留连。离家已久，恐舍宅颓坏，今君得还，幸见料理。我家素富，若得随行，当奉千贯，兼永为姬妾，无所吝也。"以此求哀。丞入白判官，判官谓丞曰："千贯我得二百，我子得二百，馀六百属君。"因为书示之。判官云："我二百可为功德。"便呼吏问："何得勾留谭家女子？"决吏二十，遣女子随丞还。行十馀里，分路各活。丞既痊平，便至谭家访女。至门，女闻语声，遽出再拜，辞曰："尝许为妾，身不由己，父母遣适他人，今将二百千赎身，馀一千贯如前契。"丞得钱，与刘明府子，兼为设斋功德等。天宝末，其人尚在焉。①

小说中所描绘的地府具有浓厚的世俗人情味，这里天高皇帝远，许多冤魂上诉无门。小小门吏亦色胆包天，竟滞留色美的入冥者，使其不得返归人间。小说通过对一桩赤裸裸的冥间交易的描述，使丞僚、判官贪婪、丑恶的嘴脸，显露无遗。此类小说在唐人戴孚的《广异记》中，屡屡出现。笼罩在太山府君头上的神圣光环，也在此类故事中，逐渐消逝。

二　阎罗王

（一）阎罗王传说源流——从印度文学到佛教经典

经过六朝时期"太山治鬼"说的流行，阎罗王这一地狱人物形象，也逐渐随着佛教的传播为国人所熟知。不过，他的名字最早却出现在公元前1500年前后成书的《梨俱吠陀》里。《梨俱吠陀》全名《梨俱吠陀本集》，是印度古代《吠陀》文献中的一部，为印度现存最古老的诗集。阎罗王，在印度古代梵文里，这个词是Yama，阎摩，加上王的称号jara，罗阇，为阎摩罗阇，后来简称阎罗或阎

---

① （唐）戴孚撰，方诗铭辑校：《广异记》，中华书局1992年版，第142—143页。

罗王,亦称阎摩王、阎王。在《梨俱吠陀》里,有几首诗歌是有关阎摩或歌颂他的。《梨俱吠陀》第十卷第十四首,是歌颂阎摩的颂歌,诗的第一节云:"遵循峻急的广途逝去的,为许多人察出了道路的,聚集了众人的,毗婆薮之子,是阎摩王,请向他呈现祭礼。"① 从此句可知,阎摩王是(太阳神)毗婆薮的儿子。《梨俱吠陀》第十卷,第十七首诗第一节云:"陀湿多要嫁女儿了,由此,全世界都到了一起。阎摩的母亲要出嫁了,伟大的毗婆薮的妻子失踪了。"② 这句又说明了,阎摩的母亲是(制造之神)陀湿多的女儿。在《梨俱吠陀》中,阎摩是人类的第一个死者,因此,是必死的人类的祖先,是死者之王。③ 从《梨俱吠陀》第十卷,阎摩颂歌中,还可以知道,他在所有死者祖灵所去的地方。④ 他有两条长着四只眼睛的狗,充当他的使者。⑤ 颂歌祈求他接受人们献上的祭品,希望他引导亡灵向天神求得长寿。

在梵语中"阎摩"本有"对偶"和"双生子"的意义。作为人类的第一个死者、人类的始祖,他必须有一个配偶。《梨俱吠陀》第十卷第十首,记载的便是阎摩与其孪生姊妹阎蜜的对话:

1.(阎蜜:)"我要使朋友来交好,
即使他越过广阔的海洋。
要成为父亲的好后代,
要为在地上好好想。"

2.(阎摩:)"你的朋友不要这交好,

---

① 金克木:《梵竺庐集(乙)——天竺诗文》,江西教育出版社1999年版,第18页。
② 金克木:《梵竺庐集(丙)——梵佛探》,江西教育出版社1999年版,第245页。
③ 同上书,第239页。
④ 原文:"阎摩第一个为我们发现了道路。这一片牧场决不会被人取去。我们的先人们逝去的地方,后生下的人们要依各自的道路前往。"金克木:《梵竺庐集(乙)——天竺诗文》,江西教育出版社1999年版,第18页。
⑤ 原文:"阎摩啊!你的那两只狗,一对护卫者,长了四只眼,看守道路,视察人间。"金克木:《梵竺庐集(乙)——天竺诗文》,江西教育出版社1999年版,第18页。

这是同族类成为不同色调。
伟大的'阿修罗'的英雄子孙,
天的支柱,正在到处观瞧。"

3.(阎蜜:)"你的不死的(神)都要这个,
要一个应死的(人)有其后代。
请将你的心意放在我的心意里,
请丈夫进入妻子的身体里来。"

4.(阎摩:)"从前我们未做,现在怎么行?
我们说着正道,不正道只能低声。
'健达缚'在水中,还有'水中女',
那是我们的源泉,我们的至亲。"

5.(阎蜜:)"在胞胎中我们已成为夫妇一对,
那是'生者'、'陀湿多'、太阳神、'一切形'所为。
没有人破坏他的规定,
天和地对我们也都知情。"

6.(阎摩或阎蜜:)"第一天有谁能知晓?
有谁见过,谁在这里能宣告?
'蜜多罗'的,'伐楼拿'的,法纪广大,
扰害者啊!你对人们违法说什么?"

7.(阎蜜:)"阎摩的爱欲来向我阎蜜,
在一处,在一床,同卧起;
如妻子对丈夫献身体;
结合不分如车轮在车里。"

8.(阎蜜:)"他们不停息,不闭眼,
那些天神的巡视者游行在此间。
扰害者啊!快去找我以外的人吧,

去和他结合不分，如车轮在车里。"

9.（阎摩或阎蜜：）"愿黑夜和白天都降福；
愿太阳的眼睛暂时闭住；
和天地一起，这一对成亲属；
愿阎蜜能得阎摩成非兄妹（丈夫）。"

10.（阎摩：）"那将来时期会到来，
那时兄妹会成为非兄妹。
用手臂去拥抱别人吧。
女郎啊！去爱我以外的丈夫吧。"

11.（阎蜜：）"兄弟算什么，假如伶仃无靠，
姊妹算什么，假如毁灭来到。
我情怀荡漾，要低声相告，
用身体将我的身体拥抱。"

12.（阎摩：）"我决不会用身体将你的身体拥抱。
都说是罪恶，假如谁去将姊妹找。
向我以外的别人去寻欢吧。
女郎啊！这件事你的兄弟不想要。"

13.（阎蜜：）"阎摩啊！胆小鬼！你真是胆小鬼。
看不出你有心肠和志气。
别的女人会来拥抱你，
像肚带束住马，藤萝缠绕树。"

14.（阎摩：）"阎蜜啊！你去拥抱别人吧。
别人也会拥抱你，像藤萝缠绕树。
你去要求他的心吧，

他也会要你,愿你们亲爱如睦。"①

在现代人的眼里,这是一首兄妹之间的情歌。内容大致是阎蜜主动向阎摩求爱,要同他"在一处,在一床,同卧起",而阎摩反复劝她"爱他以外的别人"。从文化人类学的角度看,这首诗包含了很多有趣的信息,但本文意在揭示阎罗王这一人物形象塑造的来龙去脉,所以,其在文化人类学方面的含义暂不探讨。

在《梨俱吠陀》里,阎摩是一个职务不大明确的天神。他出现以后,被后来的婆罗门教(公元8世纪后称印度教)纳入其诸神体系中。在《梵书》、《森林书》、《奥义书》这几种书中,有关他的记载多了起来,但他的性格特征还不鲜明,还没有大量的故事出现。不过,他与其胞妹阎蜜的传闻,却流入佛教。在汉译佛经中,他们被称为是掌管地狱的男女双王。

唐代慧琳《一切经音义》卷八云:

> 琰摩,以市反,或作阎摩罗,或言阎罗,亦作阎摩罗社,又言夜磨卢迦,皆是梵音,楚夏声讹转也。此译云"缚",或言"双世窈",谓苦乐并受,故以名焉。又云"缚。"阎摩,此云双。罗社,此言王。兄及妹皆作地狱王,兄治男事,妹治女事,故曰双王也。②

这是汉译佛典对阎罗王的一种解释,从音、义的角度,阐释了阎罗王的由来。宋代法云《翻译名义集》卷二"神鬼篇"云:

> 琰魔,或云琰罗,此翻静息;以能静息造恶者不善业故。或翻遮,谓遮令不造恶故。或阎磨罗。《经音义》应云:"夜磨卢迦,此云双世。鬼官之总司也。亦云阎罗、焰魔,声之转也。亦云阎魔罗社,此云双王。兄及妹皆作地狱主,兄治男

---

① 金克木:《梵竺庐集(丙)——梵佛探》,江西教育出版社1999年版,第239—242页。

② 《大正藏》第54册,第764页中。

事，妹治女事，故曰双王。或翻苦乐并受，故云双也。"①

上文所引两段话中，所谓"兄及妹皆作地狱王（主），兄治男事，妹治女事"的说法，必然会引申出"男女双狱"的地狱建构，这在中国变文中有所体现。在《大目乾连冥间救母变文》中，地狱就被分为"男狱"和"女狱"。目连地狱寻母，经过奈何桥，询问地藏菩萨、五道将军之后，到达一地狱，此狱中皆为男子：

> 目连言讫更往前行，须臾之间，至一地狱。目连启言狱主："此个地狱中有青提夫人已否？是贫道阿孃，故来访觅。"狱主报言和尚："此［个］狱中，总是男子，并无女人。向前问有刀山地狱之中，问必应得见。"②

再经过一番寻找，发现另一地狱，则尽囚女人：

> 目连闻语，啼哭咨嗟，向前问言狱主："此个地狱中，有一青提夫人已否？"狱主启言和尚："是何亲眷？"目连启言："是贫道慈母。"狱主报言和尚："此个狱中无青提夫人。向前地狱之中，总是女人，应得相见。"③

除"地狱双王"之说外，在汉译佛典中，关于阎罗王的出身还有一种解释。这种解释见于佛教类书。由梁代释宝唱等人撰集，成书于天监十五年（516）的《经律异相》，卷四十九引《问地狱经》、《净度三昧经》，对阎罗王的出身做了介绍：

> 阎罗王者，昔为毗沙国王，缘与维陀始王共战，兵力不敌，因立誓愿，愿为地狱主，臣佐十八人，领百万之众，头有角

---

① 《大正藏》第 54 册，第 1085 页下。
② 项楚：《敦煌变文集选注》，中华书局 2006 年版，第 890 页。
③ 同上书，第 894 页。

耳，皆悉忿怼，同立誓曰："后当奉助，治此罪人。"毗沙王者，今阎罗是。十八人者，诸小王是。百万之众，诸阿傍是。隶北方毗沙门天王。①

这段引文亦见于梁代《慈悲道场忏法》和唐代道世所撰《诸经要集》及《法苑珠林》中②。根据该文记载，阎罗王是毗沙国王，因作战失败，与其臣佐十八人忿对立誓，死后转生地狱，为阎罗王及十八小王。引文中所援引的《问地狱经》及《净度三昧经》明显掺杂有许多中国思想，疑为伪经。不过其关于阎罗王出身的记载，倒可备一说。还有一点应当注意，在这段引文末尾，说阎罗王是隶属于北方毗沙门天王的。

根据古代南亚次大陆神话传说，须弥山腹有"四大天王"。所谓"四大天王"，为梵语的意译。四天王天是四天王及其眷属的住处。据说，四天王住在须弥山的山腰。那里耸立着一座较小的山，叫作犍陀罗山。此山有四山峰，四大天王及其眷属分住其上。四大天王的任务是各护一天下，即掌握佛教传说中的须弥山四方人类社会的东胜神洲、南瞻部洲、西牛贺洲、北俱卢洲四大部洲的山、河、森林、地方，所以又称为"护世四大天王"。在四大天王中，尤其北方毗沙门天王单独出现的场合较多。相传，毗沙门天王经常维护如来道场，由此而得时时听闻如来说法，故名多闻天王。在印度，他又是主司施福护财的善神，故其在四天王中信徒最众。在他渡海之际，常常散下金银财宝。在四天王中，他被安排率领地狱里的夜叉、罗刹将等，守护北方部洲。在中国佛寺中，毗沙门天王还经常与吉祥天女作为释迦牟尼佛的左右胁侍出现。唐代流传下来的

---

① 《大正藏》第53册，第258页下。
② 《大正藏》第49册，第941页上；《大正藏》第54册，第170页中；（唐）道世撰，周叔迦、苏晋仁校注：《法苑珠林校注》，中华书局2003年版，第244页。《诸经要集》、《法苑珠林》所载均与引文同，《慈悲道场忏法》与之略异，兹移录于下：阎罗王一念之恶，便总狱事，自身受苦亦不可论。阎罗大王，昔为毗沙国王。与维陀始王共战，兵力不如。因立誓愿："愿我后生为地狱主，治此罪人。"十八大臣及百万众，皆悉同愿。毗沙王者，今阎罗王是。十八大臣，今十八狱主是。百万之众，今牛头阿旁等是。而此官属悉隶北方毗沙门天王。

毗沙门及其眷属像甚多，多见于敦煌石窟，表现的毗沙门典型形象是：身作金色，着七宝金刚庄严甲胄，戴金翅鸟（或说是凤凰）宝冠，带长刀，左手持供释迦牟尼佛的宝塔，右手执三叉戟。脚下踏三夜叉鬼：中央名地天，亦名欢喜天，作天女形；左为尼蓝婆，右为毗蓝婆，均作恶鬼形。天王右边是五位太子和夜叉、罗刹等部下；左边有五位行道天女和天王的夫人。① 还有一种叫兜跋毗沙门天的像，身着西域式甲胄，一手捧宝塔，一手持三叉戟，以坚牢地神支其两足。脚下蹲有二邪鬼。兜跋毗沙门像在唐时就传到了日本，后被作为能镇护国土、拒退怨敌的神将，与管理地狱的阎罗王一起受到崇拜。②

如上文所述，阎罗王尚有臣佐十八人，为使他们各有执掌，进而又引出了著名的十八地狱：

> 《问地狱经》云："十八王者，即主领十八地狱：一迦延典泥犁，二屈遵典刀山，三沸进寿典沸沙，四沸典沸屎，五迦世典黑耳，六嵯嵯典火车，七汤谓典镬汤，八铁迦然典铁床，九恶生典嵯山，十寒冰（经阙王名），十一毗迦典剥皮，十二遥头典畜生，十三提薄典刀兵，十四夷大典铁磨，十五悦头典冰地狱，十六典铁笧（经阙王名），十七名身典蛆虫，十八观身典洋铜。"③

六朝时期，佛经所说地狱名甚多，既有狱名，则每一狱应置一王以统司其事，所以还出现了"三十狱王。"

> 一曰平潮王，典主阿鼻大泥犁；二曰晋平王，典治黑绳重

---

① 参见郑阿财《〈龙兴寺毗沙门天王灵验记〉与敦煌地区的毗沙门天王信仰》，载白化文等编《周绍良先生欣开九秩庆寿文集》，中华书局1997年版；杨宝玉《敦煌文书〈龙兴寺毗沙门天王灵验记〉校考》，《文献》2002年第2期；吕建福《中国密教史》，中国社会科学出版社1995年版，第363—369页。

② 参见［日］松本文三郎《兜跋毗沙门天考》，金申译，《敦煌研究》2003年第5期。

③ 《大正藏》第53册，第327页上。

狱；三曰荼都王，典治㭊臼狱；四曰辅天王，典治合会狱；五曰圣都王，典治大山狱；六曰玄都王，典治火城狱；七曰广武王，主治剑树狱；八曰武阳王，典主嚾吼狱；九曰平阳王，主治八路狱；十曰都阳王，典治刺树狱；十一消阳王，主治沸灰狱；十二挺慰王，典治大嚾狱、小嚾狱；十三广进王，主大阿鼻狱；十四高都王，主治铁车狱；十五公阳王，主治铁火狱；十六平解王，主治沸屎狱；十七柱阳王，主治烧地狱；十八平丘王，典治弥离狱；十九碓石王，主治山石狱；二十琅耶王，主治多洹狱；二十一都官王，主治泥犁狱；二十二玄锡王，主治飞虫狱；二十三太一王，主治阳阿狱；二十四合石王，主治大磨狱；二十五凉无王，主治寒雪狱；二十六无原王，主治铁杵狱；二十七政治王，主治铁柱狱；二十八高远王，主治脓血狱；二十九都进王，主治烧石狱；三十原都王，主治铁轮狱；是为三十大苦剧泥犁，神明听察疏记罪福，不问尊卑。一月六奏，一岁四覆。四覆之日，皆用八王。八王日者，天王案行，以比诸天民隶之属。有福增寿，有罪减算。制命长短，毫分不差。人民盲冥，了自不知。不预作善，收付地狱。（出《净度三昧经》）①

所谓"三十狱王"之说有如下特点：其一，与汉代所译《佛说十八泥犁经》和《佛说罪业应报教化地狱经》等佛经不同，此三十狱主名字，如：太一王、琅耶王、晋平王、都阳王、政治王、平阳王、挺慰王等，都具有浓郁的中国气息，他们显系中国人名、神名或官名演化而来；其二，"太山狱"、"泥犁狱"等相并称，可以看出，随着佛教传播的深入，佛教地狱观念与中国冥间信仰显示出融合的倾向；其三，从文中所用"增寿"、"减算"之说，可知此经文掺杂了道教思想，从而体现出佛道融合的特点。

尽管佛经中出现过如此多的地狱主者，但最为中国百姓所认可的，还当是阎罗王。从印度文学到佛教经典，阎罗王经历了一个角

---

① 《大正藏》第53册，第259页上—259页中。

色转换：他由必死的人类的祖先，变成了一个性格暴戾、阴森恐怖的冥王。

（二）阎罗王形象演变——从佛教经典到中国文学

从佛教经典到中国文学，阎罗王又经历了一个角色的转换，这次，他从一个昼夜受苦的冥王，转变成了一个掌握生死大权的天子。佛家有十法界之说。十法界中，佛、菩萨、缘觉、声闻为四圣，多能跳出六道、了脱生死。除四圣外，尚有六凡，即不能超脱六道轮回的凡夫。"六道"按高低顺序依次为天、人、阿修罗、畜生、饿鬼、地狱。六道中天、人、阿修罗称为三善道，尚有乐事可言。畜生、饿鬼、地狱为三恶道，只有苦没有乐，任人刑杀。佛教认为，入地狱者，皆为造恶业之人，须受种种刑罚。不仅狱中罪人如此，连狱主和冥吏也都为罪业未消者，免不了种种苦报。《长阿含经》卷十九"地狱品"云：

> 佛告比丘，阎浮提南大金刚山内，有阎罗王宫。王所治处，纵广六千由旬，其城七重，七重栏楯，七重罗网，七重行树，乃至无数众鸟相和悲鸣，亦复如是。然彼阎罗王，昼夜三时，有大铜镬自然在前。若镬出宫内，王见畏怖，舍出宫外；若镬出宫外，王见畏怖，舍入宫内。有大狱卒捉阎罗王卧热铁上，以铁钩擗口使开，洋铜灌之，烧其唇舌，从咽至腹，通彻下过，无不燋烂。受罪讫已，复与诸婇女共相娱乐，彼诸大臣同受福者，亦复如是。①

阎罗王住处城郭森严、罗网重叠，尽管有众婇女相伴为乐，但一天中却有一半的时间饱受煎熬。② 地狱是如此的残酷，连阎罗王也发下了出离地狱，转生人道的大愿：

---

① 《大正藏》第 1 册，第 126 页中。
② 佛教一天昼夜各分六时，经云"阎罗王昼夜三时受苦"，可见，一天有一半的时间，他都在受苦。

尔时佛言："比丘，阎罗王恒作是愿：我当何时出离于此，得生人道，与人同类。生富贵家，多诸财宝。人身柔软，具相安乐。车舆游处，足不践地。由年长大，六根成熟。已行布施，作诸功德。剃除须发，被着法衣，由正信智故舍离居家，受无家法。既出家已，愿我证得究竟梵行，犹如昔时诸善男子，出家得道，梵行究竟。"①

作为冥界主者，阎罗王羡慕人类。他的愿望就是要转生人道，生富贵之家。可见，作为冥界主者的阎罗王是不及人道凡人的。

在中国，记载阎罗王的文献，以《洛阳伽蓝记》为最早。《洛阳伽蓝记》卷二"崇真寺"条，较详细地记载了崇真寺比丘惠凝暂死复生，述说阎罗王勘问审判的具体情节：

崇真寺比丘惠凝，死一七日还活，经阎罗王检阅，以错名放免。惠凝具说过去之时，有五比丘同阅。一比丘云是宝明寺智圣，坐禅苦行，得升天堂。有一比丘是般若寺道品，以诵四十卷涅槃，亦升天堂。有一比丘云是融觉寺昙谟最，讲涅槃、华严，领众千人。阎罗王云："讲经者心怀彼我，以骄凌物，比丘中第一粗行。今唯试坐禅、诵经，不问讲经。"其昙谟最曰："贫道立身已来，唯好讲经，实不谙诵。"阎罗王敕付司。即有青衣十人送昙谟最向西北门。屋舍皆黑，似非好处。有一比丘云是禅林寺道弘，自云教化四辈檀越，造一切经，人中金象十躯。阎罗王曰："沙门之体，必须摄心守道，志在禅诵，不干世事，不作有为。虽造作经象，正欲得它人财物；既得它物，贪心即起；既怀贪心，便是三毒不除，具足烦恼。"亦付司，仍与昙谟最同入黑门。有一比丘云是灵觉寺宝明，自云出家之前，尝作陇西太守，造灵觉寺成，即弃官入道；虽不禅诵，礼拜不缺。阎罗王曰："卿作太守之日，曲理枉法，劫夺

---

① （南朝·陈）真谛译：《佛说立世阿毗昙论》卷八，《大正藏》第32册，第214页下。

民财，假作此寺，非卿之力，何劳说此！"亦付司，青衣送入黑门。太后闻之，遣黄门侍郎徐纥依惠凝所说，即访宝明寺。城东有宝明寺，城内有般若寺，城西有融觉、禅林、灵觉等三寺。问智圣、道品、昙谟最、道弘、宝明等，皆实有之。议曰："人死有罪福。即请坐禅僧一百人，常在殿内供养之。"诏："不听持经象沿路乞索；若私有财物造经象者，任意。"凝亦入白鹿山居隐居修道。自此以后，京邑比丘，悉皆禅诵，不复以讲经为意。①

此篇借惠凝与阎罗王的对话，显示了文章作者的思想倾向。作者提倡坐禅、苦行、诵经三事，反对社会上风行的说理、讲经和造像，认为后者犯骄己凌物、贪渎无厌之罪。该文中，阎罗王佛学修养深厚，审案明察秋毫，其形象已经与先前佛经中那个愤怒乖戾的武人形象有所不同。②

唐人张读《宣室志》之"册立阎波罗王使"条云：

大历中，山阳人郤惠连，始居泗上。以其父尝为河朔官，遂从居清河。父殁，惠连以哀瘠闻。廉使命吏临吊，赠粟帛。既免丧，表授漳南尉。岁馀，一夕独处于堂，忽见一人，衣紫佩刀，趋至前，谓惠连曰："上帝有命，拜公为司命主者，以册立阎波罗王。"即以锦纹箱贮书，进于惠连曰："此上帝命也。"轴用琼钿，标以纹锦。又象笏紫绶、金龟玉带以赐。惠连且喜且惧，心甚惶惑，不暇顾问，遂受之。立于前轩，有相者趋入，赞曰："驱殿吏卒且至。"已而有数百人，绣衣红额，左右佩兵器趋入，罗为数行，再拜。一人前曰："某幸得为使之吏，敢以谢。"词竟又拜。拜讫，分立于前。相者又曰："五岳卫兵主将。"复有百馀人趋入，罗为五行，衣如五方色，皆再拜。相者又曰："礼器乐悬吏、鼓吹吏、车舆乘马吏、符印

---

① （北魏）杨衒之著，杨勇校：《洛阳伽蓝记校笺》，中华书局2006年版，第77页。
② 参见《经律异相》卷四九，《大正藏》第53册，第258页下。

簿书吏、帑藏厨膳吏。"近数百人，皆趋而至。有顷，相者曰："诸岳卫兵及礼器乐悬车舆乘马等，请使躬自阅之。"惠连曰："诸岳卫兵安在？"对曰："自有所，自有所耳。"惠连即命驾，于是控一白马至，具以金玉，其导引控御从辈，皆向者绣衣也。数骑夹道前驱，引惠连东北而去。传呼甚严。可行数里，兵士万馀，或骑或步，尽介金执戈，列于路。枪槊旗斾，文绣交焕。俄见朱门外，有数十人，皆衣绿执笏，曲躬而拜者，曰："此属吏也。"其门内，悉张帷帘几榻，若王者居。惠连既升阶，据几而坐。俄绿衣者十辈，各赍簿书，请惠连判署。已而相者引惠连于东庑下一院。其前庭有车舆乘马甚多，又有乐鼓箫及符印管钥，尽致于榻上，以黄纹帕蔽之。其榻绕四墉。又有玉册，用紫金填字，似篆籀书，盘屈若龙凤之势。主吏白曰："此阎波罗王之册也。"有一人具簪冕来谒，惠连与抗礼，既坐，谓惠连曰："上帝以邺郡内黄县南兰若海悟禅师有德，立心画一册，有阎波罗王礼甚。言以执事有至行，故拜执事为司命主者，统册立使。某幸列宾掾，故得侍左右。"惠连问曰："阎波罗王居何？"府掾曰："地府之尊者也，标冠岳渎，总幽冥之务，非有奇特之行者，不在是选。"惠连思曰："吾行册礼于幽冥，岂非身已死乎？"又念及妻子，怏怏有不平之色。府掾已察其旨，谓惠连曰："执事有忧色，得非以妻子为念乎？"惠连曰："然。"府掾曰："册命之礼用明日，执事可暂归治其家。然执事官至崇，幸不以幽显为恨。"言讫遂起。惠连即命驾出行，而昏然若醉者，即据案假寐。及寤，已在县，时天才晓，惊叹且久。自度上帝命，固不可免，即且白妻子，为理命。又白于县令。令曹某不信。惠连遂汤沐，具绅冕，卧于榻。是夕，县吏数辈，皆闻空中有声若风雨，自北来，直入惠连之室。食顷，惠连卒。又闻其声北向而去。叹骇，因遣使往邺郡内黄县南问，果是兰若院禅师海悟者，近卒矣。[1]

---

[1]（唐）张读撰，张永清、侯志明点校：《宣室志》，中华书局1983年版，第183—184页。

此则记漳南县尉郤惠连,梦中奉天帝之命任"司命主者",前去册封海悟禅师为阎罗王。其属官仪卫甚众,其中有"五岳卫兵诸将",列为五行,"衣如五方之色"。郤惠连手下属官云,阎罗王为"地府之尊者也,标冠岳渎,总幽冥之务,非有奇特之行者,不在是选"。天帝、司命和五岳、四渎之神,都是中国信仰中的神灵。由该条记载可知,阎罗王已逐渐被纳入中国神系。其职位需待天帝委派司命主者册封,其官衔列于岳渎诸神之上。

在古人看来,阎罗王为一种冥间官职,许多生前忠良耿介之人,死后会担任此职。① 除上文海悟禅师任阎罗王一例之外,《隋书》韩擒虎传,也记载了韩擒虎死后被奉为阎罗王的故事:

> (韩擒虎)俄征还京,上宴之内殿,恩礼殊厚。无何,其邻母见擒门下仪卫甚盛,有同王者,母异而问之。其中人曰:"我来迎王。"忽然不见。又有人疾笃,忽惊走至擒家曰:"我欲谒王。"左右问曰:"何王也?"答曰:"阎罗王。"擒子弟欲挞之,擒止之曰:"生为上柱国,死作阎罗王,斯亦足矣。"因寝疾,数日竟卒,时年五十五。②

韩擒虎一生战功卓著,死时慨叹曰:"生为上柱国,死作阎罗王,斯亦足矣。"韩擒虎担任阎罗王的传说,在敦煌《韩擒虎话本》中大放异彩:

> 前后不经两旬,忽觉神赐(思)不安,眼[睏]耳热,心口思量,升厅而坐,由未定,惚(忽)然十字地烈(裂),涌出一人,身披黄金锁甲,顶戴凤翅,头毛(牟)按三丈头低,高声唱喏。衾虎亦见,当时便问:"是公甚人?"神人答曰:

---

① 《酉阳杂俎》卷二:"至忠至孝之人,命终皆为地下主者。"(唐)段成式撰,方南生点校:《酉阳杂俎》,中华书局1981年版,第13页;又,《北梦琐言》卷七:"世传云,人之正直,死为冥官。"(宋)孙光宪撰,贾二强点校:《北梦琐言》,中华书局2002年版,第152页。

② (唐)魏征:《隋书》,中华书局1973年版,第1341页。

"某缘（原）是五道将来（军）。""何来？""夜来三更奉天符（符）牒下，将军合作阴司之主。"衾虎闻语："或遇五道大神，但某请假三日，得之已府（否）？"五道大神启言将军："缘鬼神阴司，无人主管，一时一克（刻）不得。"衾虎闻语，惚（忽）然大怒，问："你属甚人所管？""某乙属大王所管。"衾虎侧（责）言："不缘未辞本主，左胁下与一百铁棒！"五道将军闻语，□（哧）得甲（浃）贝（背）汗流："臣启大王莫道三日，请假一月已来惚得。"衾虎处分五道将军："速去阴司检鬼神，后弟（第）三日祗候。"五道将军唱喏影（隐）灭身形。衾虎见五道将军去后，遂写表闻天，具事由奏上隋文皇帝。皇帝揽表，惊讶非常，宣诏衾虎，直到殿前。"缘朕之无得（德），滥处称尊，不知将军作阴司之主，阿奴社稷若何？"衾虎奏曰："臣启陛下，若有大难，但知启告，微臣必领阴军相助。"皇帝闻奏，遂诏合朝大臣内宴三日，只在殿前与衾虎取别。恰到第三日整歌欢之此（次），忽见一人著紫，忽见一人著绯，乘一朵黑云，立在殿前，高声唱喏。衾虎亦见，"殿前立著甚人？当时祗对。""某缘二人是天曹地府，来取大王，更无别事。"衾虎闻语："且赐酒饭管领，且在一边。"二人唱喏，各归一面。衾虎且与圣人取别，面辞合朝大臣，来入自宅内，委嘱妻男，合宅良贱，且辞去也。道由言讫，便奔床卧，才著锦被盖却，摸马攀鞍，便升云雾，来到隋文皇帝殿前，且辞陛下去也。皇帝亦见，满目泪流，遂执盏酹酒祭而言曰。画本既终，并无抄略。①

据文中所言，阎罗王为阴间之主，统摄五道大神等官员。五道将军来请韩擒虎任阎罗王，且言须臾不得耽搁。韩擒虎怒斥曰："你属甚人所管？"五道将军害怕得罪这位即将上任的上司，不敢强求。韩擒虎许之以时日，五道将军隐身而退。接着，作者对天曹地府官员，穿紫著绯乘着黑云来迎韩擒虎的场面，进行了生动的描

---

① 王重民等编：《敦煌变文集》，人民文学出版社1957年版，第205—206页。

摹。变文中种种神秘化、荒诞化的处理，迎合了听众好奇尚俗的心理。同时，这位即将上任的阎罗王的威风，也彰显无遗。在此类故事传说中，阎罗王的形象得以继续提升。

至唐临《冥报记》，更将阎罗王比作了人间天子：

> 道者，天帝总统六道，是谓天曹。阎罗王者，如人间天子；太山府君，如尚书令；录五道神如诸尚书；若我辈国如大州郡。每人间事，道上章请福，天曹受之，下阎罗王云，某月日得某甲诉云云，宜尽理，勿令枉滥。阎罗敬受而奉行之，如人之奉诏也。无理不可求免，有枉必当得申，问为无益也。①

显赫一时的泰山府君、五道将军等，已经成为阎罗王的部下。按照中国固有的等级观念来看，这位主宰众生祸福生死的冥界之王，似乎应当拥有至高无上的地位了。但是，中国百姓还不能接受这一观念，在他们思想中，冥间天子还是不能与人间的真龙天子相抗衡的。《唐太宗入冥记》就记载了二者的交锋：

> 使人唱喏，引至殿□□设拜，皇帝不施拜礼。殿上有高品一人喝云："大唐天子太宗皇帝，何不拜舞？"皇帝未喝之时，由校可，亦见被喝，便即高声而言："索朕拜舞者，是何人也？朕在长安之日，只是受人拜舞，不惯拜人。殿上索朕拜舞者，应莫不是人？朕是大唐天子，阎罗王是鬼团头，因何索朕拜舞？"阎罗王被骂，□□羞见地狱，有耻於群臣。遂乃作色动容，处分左右，□□□阎罗（判官）推勘，（领）过□□□唱喏，便引□□□□□□□□长安去也。②

唐太宗堕入地府，尽管也失魂落魄，忧心忡忡。但是仍然不失帝王本色，不但不拜见阎罗王，还敢直面怒斥，竟使得阎罗王大失

---

① （唐）道世撰，周叔迦、苏晋仁校注：《法苑珠林校注》，中华书局 2003 年版，第 196—200 页。
② 项楚：《敦煌变文集选注》，中华书局 2006 年版，第 1965 页。

尊严，尴尬而退。这种场面描写真是别开生面，匪夷所思。

唐人藏川所撰《佛说十王经》，在民间影响巨大。① 该经中，阎罗王被纳入地藏菩萨的体系，化身为菩萨，与地藏别床而坐。② 经文还云，阎罗王本多生修善，因犯戒而推落为冥王。在这些描述中，阎罗王的地位得到了更大的提高，已跻身于菩萨行列。不过，民间的故事并没有因为佛教的宣扬而产生太大变化。中国小说中，阎罗王也没有成为菩萨，只是其地位仍在逐渐上升。至晚在《西游记》中，阎罗王已经与人间天子能够平起平坐了：

> 十王出在森罗宝殿，控背躬身迎迓太宗。太宗谦下，不敢前行。十王道："陛下是阳间人王，我等是阴间鬼王，分所当然，何须过让？"太宗道："朕得罪麾下，岂敢论阴阳人鬼之道？"逊之不已。太宗前行，径入森罗殿上，与十王礼毕，分宾主坐定。③

尽管其地位终得提升，但此时的阎罗王，已融为"十代阎君"中的一员，不像先前小说中那样独掌生杀予夺的大权了。④

（三）帝王将相

在地狱类文学作品中，除了为数不少的地狱神话人物之外，更多的则是真实的历史人物。这些人物形象或取材于正史传记，或撷取于民间传说，基本均有其历史原型。帝王形象在地狱类作品中非常突出，其中除少数保持原貌的帝王形象之外，更多地表现出对原

---

① 参见杜斗城《敦煌本佛说十王经校录研究》，甘肃教育出版社1989年版；罗世平《地藏十王图像的遗存及其信仰》，载《唐研究》第四卷，北京大学出版社1998年版，第373—414页。
② 罗世平：《地藏十王图像的遗存及其信仰》，载《唐研究》第四卷，北京大学出版社1998年版，第398页。
③ （明）吴承恩：《西游记》，人民文学出版社1955年版，第124页。
④ 《西游记》中，十代阎君的名字分别为：秦广王、初江王、宋帝王、仵官王、阎罗王、平等王、泰山王、都市王、卞城王和转轮王。（明）吴承恩：《西游记》，人民文学出版社1955年版，第124页。

有帝王形象的颠覆和重塑。

唐太宗李世民，是历史上最为杰出的帝王之一，为高祖李渊次子，隋末劝其父起兵反隋。唐武德元年（618），为尚书令，进封秦王。其在位期间（626—649），励精图治，政治修明，国家统一，社会安定，人口增加，经济恢复发展，史称"贞观之治"。生平事迹见新、旧《唐书》之《太宗本纪》。[①] 正史记载多渲染其文韬武略，丰功伟绩，但敦煌变文《唐太宗入冥记》一改以往风气，通过独特的叙事技巧，对唐太宗的形象进行了重塑。

《唐太宗入冥记》题材源于《朝野佥载》，原文只有200字[②]，至此，被敷衍成长达3600余字的小说。其中大量入冥细节的铺展和人物心理的描写，成为其篇幅扩大的主要原因。该文叙唐太宗生魂被拘入冥，阎罗王敕命判官崔子玉推勘其杀建成、元吉之事。崔子玉本为辅阳县尉，与太宗有君臣之分，其友李乾风（《朝野佥载》所载之李淳风）为太宗请托。太宗以太子年幼，国计事大为由，盼能还阳延寿，并许以厚重钱物。崔子玉自觉官卑，也盼能获升迁，经过一番讨价还价，崔子玉勾改生死簿，为太宗延寿十年，太宗封其蒲州刺史兼河北廿四州采访使，官至御史大夫。崔子玉告诫太宗还阳后，大赦天下，令人讲、抄《大云经》。此时，太宗腹饥，崔子玉为其取饭，全文至此，下缺。

《朝野佥载》中，判冥事的人本无姓名，到《唐太宗入冥记》则被附会于崔子玉。此位"崔判官"，原系太宗朝的辅阳县尉，生人而兼判冥司，此即地狱类文学作品中，所谓"生摄冥职"一类。崔子玉为阳间生人，却能担任冥间职务，这种情节本身就充满了奇

[①] （后晋）刘昫等撰：《旧唐书》卷二《太宗本纪》，中华书局1975年版，第21—64页；（宋）欧阳修、宋祁：《新唐书》卷二《太宗本纪》，中华书局1975年版，第23—49页。

[②] 本事在张鷟撰《朝野佥载》卷六，兹录文如下：太宗极康豫，太史令李淳风见上，流泪无言。上问之，对曰："陛下夕当晏驾。"太宗曰："人生有命，亦何忧也。"留淳风宿。太宗至夜半，奄然入定，见一人云："陛下暂合来，还即去也。"帝问："君是何人？"对曰："臣是生人判冥事。"太宗入见，冥官问六月四日事，即令还。向见者又迎送引导出。淳风即观玄象，不许哭泣，须臾乃寤。至曙，求昨所见者，令所司与一官，遂注蜀道一丞。上怪问之，选司奏，奉进止与此官。上亦不记，旁人悉闻，方知官皆由天也。（唐）张鷟撰，赵守俨校点：《朝野佥载》，中华书局1979年版，第148—149页。

思妙想。当然此种"生摄冥职"的情节并非《唐太宗入冥记》的发明，其在魏晋志怪中已经出现。早在《列异传》"蒋济"条中，就有生人被征为"太山令"的记载。其后，《甄异传》之"王思规"条、《述异记》之"曹宗之"条、《广异记》之"李强友"条等均言及此类记载。其中，《冥报记》"柳智感"条记载尤详，文中对柳智感"夜判冥事，昼临县职"的情节描写得非常细致。崔子玉"生摄冥职"的情节，即属此类记载。在《唐太宗入冥记》中，崔子玉成为一个仅次于唐太宗的主要人物形象被加以刻画。

《唐太宗入冥记》中，太宗的形象塑造，体现出与传统记载截然不同的风格。《朝野佥载》云："太宗极康豫，太史令李淳风见上[①]，流泪无言。上问之，对曰：'陛下夕当晏驾。'太宗曰：'人生有命，亦何忧也'。"文中，唐太宗坦然面对生死，不卑不亢，保持着帝王的尊严和风范。但在《唐太宗入冥记》中却有变化：

□□语，惊而言曰："忆德（得）武德三年至五年收六十四头□□日，朕自亲征，无阵不经，无阵不历，杀人数广。昔日□□，今受罪由自未了，朕即如何归得生路？"忧心若醉。

[①] 李淳风，生卒年不详，其先居太原，后为岐州雍县（今陕西凤翔）人。幼俊爽，博涉群书，尤明天文、历算、阴阳之学。贞观初，授将仕郎直太史局，以制浑天黄道仪，又著《法象志》，擢承务郎，历宣议郎。十五年，迁太常博士，寻转太史丞。二十二年，因与诸儒修文书有功，迁为太史令。显庆元年，复以修国史功封昌乐县男。龙朔二年，改授秘阁郎中。咸亨初，官名复旧，仍为太史令。卒，年六十九。生平事迹参见（后晋）刘昫等撰《旧唐书》卷七九《李淳风传》，中华书局1975年版，第2717—2719页；（宋）欧阳修、宋祁《新唐书》卷二〇四《李淳风传》，中华书局1975年版，第5798页。另，《太平广记》卷七六有"李淳风"条，渲染其神通：唐太史李淳风，校新历，太阳合朔，当蚀既。于占不吉。太宗不悦曰："日或不食，卿将何以自处？"曰："如有不蚀，臣请死之。"及期，帝候于庭，谓淳风曰："吾放汝与妻子别之。"对曰："尚早。"刻日指影于壁："至此则蚀。"如言而蚀。不差毫发。太史与张率同侍帝，更有暴风自南至。李以为南五里当有哭者，张以为有音乐。左右驰马观之，则遇送葬者，有鼓吹。又尝奏曰："北斗七星当化为人，明日至西市饮酒，宜令候取。"太宗从之，乃使人往候。有婆罗门僧七人，入自金光门，至西市酒肆。登楼，命取酒一石，持碗饮之。须臾酒尽，复添一石。使者登楼，宣敕曰："今请师等至宫。"胡僧相顾而笑曰："必李淳风小儿言我也。"因谓曰："待穷此酒，与子偕行。"饮毕下楼，使者先下，回顾已失胡僧。因奏闻，太宗异焉。初僧饮酒，未入其直，及收具，于座下得钱二千。参见（宋）李昉等编《太平广记》，中华书局1961年版，第479页。

文中开头即描写唐太宗生魂在阴司惊慌失措、自言自语的情形。这种描写，为太宗入冥后忧心忡忡、色厉内荏、贪生惧死的形象塑造，定下了基调。其后，便是由《朝野佥载》中"冥官问六月四日事"一句，敷衍而成的一大篇故事，且一波三折，饶有趣味。"六月四日事"，即为玄武门之变的代称。史载，玄武门之变发生于唐高祖武德九年（626）。隋炀帝大业十三年（617），李渊在李世民支持下在太原起兵反隋，并很快占领长安。武德元年（618），隋炀帝被杀之后，李渊建立唐朝，并立世子李建成为太子。据说太原起兵是李世民的谋略，李渊曾答应他事成之后立他为太子。但天下平定后，李世民功名日盛，李渊却犹豫不决。李建成随即联合李元吉，排挤李世民。李渊的优柔寡断，也使朝中政令相互冲突，加速了诸子的兵戎相见。是年，李建成向李渊建议由李元吉做统帅出征突厥，借此掌握秦王的兵马，然后趁机除掉李世民。李世民在危急时刻决定背水一战，先发制人。玄武门之变后仅仅三天李世民便被立为皇太子，从他父亲手里接过政府的实际控制权。八月初九，唐高祖让位，李世民便做了唐王朝的第二位皇帝，后世称之为唐太宗。

《唐太宗入冥记》一反历史记事之常态，将太宗诛杀建成、元吉之事，定为其生魂入冥间受责问的缘由。可以看出，在《唐太宗入冥记》中，唐太宗生魂被拘入冥，是建成、元吉在冥间"频通款状，苦请追取"的结果。太宗入冥后的细节，则是围绕"玄武门之变"的是非，描绘唐太宗理屈词穷的窘状。如，崔子玉听说推勘太宗生魂，"惟言祸事"，显示太宗处于不利地位；借太宗之口，说出建成、元吉哀哭，借崔子玉之口，说出建成、元吉"称诉冤屈，词状颇切"，显示太宗杀兄弟之非；崔子玉劝太宗不能与建成、元吉见面"对直"，进一步表示太宗理亏；太宗"忙怕极甚"，以名利相诱，"苦嘱"崔子玉出一个容易回答的"问头"，问头中"为甚杀兄弟于前殿，囚慈父于后宫"十九个字，毫不含糊地指出太宗的罪状。太宗看了问头，"闷闷不已，如杵中心"，回答不出，只得以"（赐）卿蒲州刺史兼河北廿四州采访使，官至御史大夫，赐紫金鱼袋，仍赐蒲州县库钱二万贯与卿资家"为条件，由崔子玉代答。于是，唐太宗窝囊猥琐、贪生惧死的形象便跃然纸上了。《唐太宗入冥记》乍看是站在建成、元吉的立场上，似要为他们讨还公道，实则是假借生魂游地狱的传说，演出了一场阴阳颠倒、权权交易的游戏。太宗英明、宽容的历史形象便在这个过程中被颠覆了。

中国佛教史上，发生过"三武一宗"四次灭法事件。北周武帝，也是灭佛事件的重要人物。在文学作品中，对其形象的塑造，也显示出一种颠覆和丑化的倾向。

建德三年（574），周武帝决定强制灭佛，同时罢黜道教：

> 初断佛、道二教，经像悉毁，罢沙门道士，并令还民。并禁诸淫祀，礼典所不载者，尽除之。①

建德六年（577），周武帝灭齐入邺，召齐地僧人入殿，宣布废佛。当时沙门皆默然俯首，独有慧远挺身抗争。他廷斥武帝："恃王力自在，破灭三宝，是邪见人"，将受"阿鼻地狱"之苦。武帝怒曰："但令百姓得乐，朕亦不辞地狱诸苦"，强令在齐地废佛。②

小说家关于周武帝地狱受苦的描写，当由此而来。《冥报记》"周武帝"条，讲述武帝的一个厨师暂死入冥，在冥间见到了周武帝。文中对周武帝在冥间的情状作如此描述：

> 使者亦引仪同（武帝厨师）入，便见官门，引入庭，见武帝共一人同坐，而有加敬之容。使者令仪同拜王，王问："汝为帝作食，前后进白团几枚？"仪同不识"白团"，顾左右，左右教曰："名鸡卵为'白团'也。"仪同即答："帝食白团实不记数。"王谓帝曰："此人不记，当须出之。"帝惨然不悦而起。急见庭前有一铁床，并狱卒数十人，皆牛头人身，帝已卧床上，狱卒用铁梁押之。帝两胁剖裂，裂处鸡子全出，俄与床齐，可十馀斛，乃命数之讫，床及狱卒忽皆不见，帝又已在王

---

① （唐）令狐德棻：《周书》卷五《武帝纪》，中华书局1971年版，第85页。
② 《广弘明集》卷十《叙释慧远抗周武帝废佛事》，《大正藏》第52册，第154页上。

坐。王谓仪同还去。

周武帝尽管仍然想保有帝王的尊严，怎奈已落得"人为刀俎，我为鱼肉"的境地。面对阎王，其无奈之状呈现在了读者面前。当然作者还不忘交代周武帝在冥间受苦的原因：

> 有人引出（武帝厨师），至穴口中，又见武帝出来，语仪同云："为闻大隋天子，昔曾与我共事，仓库玉帛，亦我储之。我身为帝，为灭佛法，极受大苦，可为吾作功德也。"

文章为崇佛文人所作，对于在历史上断灭佛法的周武帝非常愤恨，于是想象其在地狱必遭诸种苦报。在这个描述中，周武帝的历史形象完全被颠覆了。无独有偶，唐代道世的《法苑珠林》卷七十九《邪见部·感应缘》之"赵文昌"条，借武帝旧臣赵文昌死而复生的叙述，描写了武帝冥间受报之狼狈：

> （王）令一人引昌从南门出。欲至门首，便见周武帝在门东房内，颈着三重钳锁，即唤昌云："汝是我本国人，暂来至此，须共汝语。"文昌见唤，走至武帝所，便即拜之。帝云："汝识我不？"文昌答曰："臣昔宿卫陛下，奉识陛下。"武帝云："卿既是我旧臣，汝今还家，为吾具向隋文皇帝说，吾诸罪并欲辩了，唯灭佛法罪重，未可得竟。当时以卫元嵩教我灭佛法。比来数追元嵩未得，以是不了。"昌问："元嵩何处去，王追不得？"武帝答云："吾当时不解元嵩意，错灭佛法。元嵩是三界外人，非是阎罗王所能管摄，以此追之不得。汝语隋帝，乞吾少物，营修功德，冀望福资，得出地狱。"昌受嘱辞行。[①]

[①] （唐）道世撰，周叔迦、苏晋仁校注：《法苑珠林校注》，中华书局2003年版，第2319—2320页。

文中所提到的卫元嵩，为武帝时还俗僧人，事迹见《续高僧传》本传。他与道士张宾熟识，武帝受此二人怂恿而最终灭佛。《续高僧传·卫元嵩传》中，武帝指其为罪魁祸首：

  隋开皇八年，京兆杜祈死，三日而苏，云见阎罗王。问曰："卿父曾作何官？"曰："臣父在周为司命上士。"王曰："若然错追，可速放去。然卿识周武帝不？"答曰："曾任左武侯司法，恒在阶陛，甚识。"王曰："可往看汝武帝去。"一吏引至一处，门窗椽瓦，并是铁作。于铁窗中见一人极瘦，身作铁色，著铁枷锁。祈见泣曰："大家，何因苦困乃尔？"答曰："我大遭苦困，汝不见耳。今得至此，大是快乐。"祈曰："作何罪业受此苦困？"答曰："汝不知耶，我以信卫元嵩言毁废佛法，故受此苦。"①

同样是一个厨师的视角，描述地狱苦报的情形亦发生在宰相、大臣身上。《广异记》有"杨再思"条，就是记载中书令杨再思因不开仓放粮，致使百姓饿殍遍野，所以杨再思在地狱里遭受了苦报：

  神龙元年，中书令杨再思卒。其日，中书供膳亦死，同为地下所由引至王所。王问再思："在生何得有许多罪状？既多，何以收赎？"再思言己实无罪。王令取簿来。须臾，有黄衣吏持簿至，唱再思罪云："如意元年，默啜陷瀛、檀等州，国家遣兵赴救少，不敌，有人上书谏，再思违谏遣行，为默啜所败，杀千馀人。大足元年，河北蝗虫为灾，烝人不粒，再思为相，不能开仓赈给，至今百姓流离，饿死者二万馀人。间相燮理阴阳，再思刑政不平，用伤和气，遂令河南三郡大水，漂溺数千人。"如此者凡六七件，示再思，再思再拜伏罪。忽有手大如床，毛鬣可畏，攫再思，指间血流，腾空而去。王问供

---

① 《大正藏》第50册，第658页上。

膳:"何得至此?"所由对云:"欲问其人。云:'无过,宜放回'。"供膳既活,多向人说其事。为中宗所闻,召问,具以实对,中宗命列其事迹于中书厅记之云。①

在这些地狱类作品中,对于历史上帝王将相形象的重塑并非目的,而只是其宣扬因果、惩恶劝善的手段而已。

为了能涅槃成佛,佛教除了有一套修行的理论和方法以外,还规定了一套行为规范和善恶标准,集中反映为"戒律"。佛教戒律非常多,据《四分律》所讲,主要为"五戒十善","五戒"是不杀生、不偷盗、不邪淫、不妄语、不饮酒。"十善"另加不两舌(不挑拨离间)、不恶口(不骂人、不说人坏话)、不绮语(不花言巧语)、不嗔恚(不愤怒)、不邪见(不违佛理)。这是从否定方面谈"十善",若从肯定的积极方面看,十善则分别是放生、布施、恭敬、实语、和合、软语、义语、修不净观、慈忍、皈信正道。与十善对立的行为就是"十恶"。行为的善恶是为"业",将决定生死轮回中的来世果报。修十善,可升"天堂",而行十恶,则堕地狱。这是崇佛人士所深信不疑的。针对世间种种罪恶,佛经中便有了种种地狱,来作对应的惩罚。从许多宣扬地狱佛经的经名即可看出此种意图,如《佛说善恶因果经》、《佛说罪业应报教化地狱经》、《正法念处经》等等。佛教以杀生为第一大戒,不可杀人,便成为"释氏辅教类"作品的叙事伦理底线。尽管在历史叙事中,将领们沙场厮杀的场景往往成为不可或缺的内容,这些将领大都战功卓著,名垂青史。在历史家看来,他们有各种各样杀人的"正当"理由和杀人后的"善良"表现,但在崇佛文人的叙事伦理中,剥夺他人的生命即是一种"罪",所以,他们一再颠覆在人们心中已经定型的将领形象,甚至不惜诋毁怒骂。《幽明录》的"王明"条记载王明死经一年,忽然还家,并"命招亲好"、"问讯乡里"。后来他路经邓艾庙,明确地表示了对邓艾和"王大将军"的谴责:

---

① (唐)戴孚撰,方诗铭辑校:《广异记》,中华书局1992年版,第135—136页。

命儿同观乡间，行经邓艾庙，令烧之，儿大惊曰："艾生时为征东将军，没而有灵，百姓祠以祈福，奈何焚之？"怒曰："艾今在尚方摩铠，十指垂掘，岂其有神！"因云："王大将军亦作牛，驱驰殆毙，桓温为卒，同在地狱。此等并困剧理尽，安能为人损益？"

邓艾为三国时魏国征西将军，与蜀将姜维激战多次，因其独立指挥的上邦战役获胜而名震一时。在上邦战役中，"（邓）艾筹画有方，忠勇奋发，斩将十数，馘首千计"①，最后，被钟会诬以谋反而被杀。"王大将军"则指王敦，晋元帝朝曾任镇东大将军。史载，王敦拥兵自重，多行无礼，犯上作乱，残杀将相。② 文中还提到桓温，其在简文帝时曾专擅朝政，羡慕王敦做事，常怀不臣之心。③ 在佛教徒看来，他们都是广造恶业之人，故推想其必堕地狱受苦报。

史书载，秦将白起长平之战共杀人四十五万，连同以前攻韩、魏于伊阙斩首二十四万，攻楚于鄢决水灌城淹死数十万，攻魏于华阳斩首十三万，与赵将贾偃战沉卒二万，攻韩于陉城斩首五万，杀人共达一百余万。④ 这在崇佛人士的眼中更是罪大恶极。所以对白起受地狱苦报的记载，则有类于诅咒。《广异记》中"河南府吏"条，载河南府吏被勘问完毕后巡游地狱，在地狱中见到了这样的景象：

初至粪池狱，纵广数顷，悉是人粪，见其妻粪池中受秽恶，出没数四。某悲涕良久，忽见一人头，从空中落堕池侧，流血滂沱，某问："此是何人头也？"使者云："是秦将白起头。"某曰："白起死来已千馀载，那得复新遇害！"答曰："白起以诈坑长平卒四十万众，天帝罚之，每三十年一斩其

---

① （晋）陈寿：《三国志》卷二八《魏书·邓艾传》，中华书局1959年版，第778页。
② （唐）房玄龄：《晋书》卷九八《王敦传》，中华书局1974年版，第2553—2583页。
③ 同上。
④ （汉）司马迁：《史记》卷七三《白起传》，中华书局1959年版，第2231—2338页。

头，迨一劫方已。"①

对"死来千载"的白起，仍不放过，"天帝罚之，每三十年一斩其头，迨一劫方已"，极尽诅咒恫吓之能事。

在中国以往诸如《左传》、《史记》、《汉书》等历史著作中，揭露和抨击暴君佞臣专横残暴、荒淫奢侈的内容并不少见。这些著作本着不虚美、不隐恶的历史精神书写着历史上实有的人物与所发生的事件，并通过这些人物和事件记录体现出鲜明的惩恶扬善的思想倾向。地狱类小说对暴君佞臣的批判和揭露，体现了对这种历史叙事传统的继承，而其特殊性在于，它表现出了对历史上的"明君贤臣"及其历史记载的解构与颠覆。地狱类小说叙事丝毫不避讳"明君贤臣"的所作所为，对于他们的讽刺和揭露更体现出了作者的政治意识和道德价值倾向。当然，读者对其道德价值倾向可以存疑，但是这种叙事手法和叙事角度，无疑拓展了以往对君王大臣形象的塑造模式，突破了传统的历史叙事模式，从宗教道德角度对史料中已经固定的人物形象进行了重塑。这种对君臣形象塑造模式的拓展也为后世文学提供了一种极有价值的叙事范式。

---

① （唐）戴孚：《广异记》，中华书局1992年版，第146页。

第 三 章

母题阐释

母题（motif）是美国著名的民间文艺学家史蒂斯·汤普森（Stith Tompson）创造的民间文学分类体系，是指民间故事、神话、叙事诗等叙事体裁的民间文学作品中反复出现的最小叙事单元，"一个母题是一个故事中最小的、能够持续存于传统中的成分"。"母题"理论早在20世纪早期，就已经被引入中国民间歌谣研究。经过民间文学、民俗学的使用，后来进入到古代传说故事与小说的本事考证、故事来源与流变考辨之中，再由古代传说故事、小说的本事考证到中印文学的比较研究。"母题"与中国学术传统——考证研究的结合，使民间故事、古典小说研究都取得了巨大成就，也使"母题"研究得到了更广泛的使用。20世纪80年代以后，古代文学研究中母题研究的论文多了起来。如王立的《中国文学中的主题与母题》一文，引用了许多母题的解释并概括了母题与主题的区别和侧重点；① 吴光正的《中国古代小说的原型与母题》一书，探讨了中国古典小说中原型与母题的关系。② 尽管在不同的学科体系中，母题的具体内涵有差异，但是有一个基本特点为一切母题现象所共有：母题必以类型化的结构或程式化的言说形态，反复出现于不同的文本之中，具有某种不变的、可以被人识别的结构形式或语言形式。③

在印欧民间文学中，"旅行地狱"就作为一种独立的故事类型

---

① 王立：《中国文学中的主题与母题》，《浙江学刊》2000年第4期。
② 吴光正：《中国古代小说的原型与母题》，社会科学文献出版社2002年版。
③ 孙文宪：《作为结构形式的母题分析——语言批评方法论之二》，《华中师范大学学报》（人文社会科学版）2001年第6期。

为民俗学者所重视，约瑟·雅科布斯（Joseph Jacobs）的《印欧民间故事型式表》列举印欧民间故事70式，其中即有"旅行地狱"（Journey To Hell type）一式。① 德国学者艾伯华（W. Eberhard）的《中国民间故事类型》一书，归纳了300余个故事类型（type），其中第十大类"阴间转世"就有"探阴间"这种故事类型。② 陈寅恪在《忏悔灭罪金光明经冥报传跋》一文中曾说："盖中国小说，虽号称富于长篇巨制，然察其内容结构，往往为数种感应冥报传记杂糅而成。"③ 中古叙事作品中，"地狱巡游"④具有母题性质和固定的叙事模式。关于"地狱巡游"故事母题，先前也曾有学者做过探讨。王立《中国古代冥游母题几种类型及演变过程——兼谈冥间世界对于阳世官场腐败的揭露》一文，运用了母题学的研究方法，分析了冥游故事中的几种常见母题模式及其衍变，凸显出该类母题影射现世官场腐败的重要功能。⑤ 范军《佛教"地狱巡游"故事母题的形成及其文化意蕴》一文，以《冥祥记》所录"入冥"故事为中心进行分析，从一个特殊的角度，揭示了佛教地狱观念为中国冥界思想增添的新内容，以及佛教地狱观念与中国固有文化融合的轨迹。⑥ 本书认为，研究中古小说中有关地狱的描述，不应仅限于对这一母题的探讨，这一母题及其固定的叙事情节类型，以及这一母题的变形和影响，也是非常值得关注的问题。

通过本书所引用的叙事作品可以看出，地狱巡游是地狱类小说中结合得非常紧密的最小事件，并且以程式化的结构和言说形态，

---

① 《印欧民间故事型式表》所列第34种故事类型，参见［德］约瑟·雅科布斯（Joseph Jacobs）《印欧民间故事型式表》，杨成志、钟敬文合译，载叶春生主编《典藏民俗学丛书》，黑龙江人民出版社2003年版，第16页。

② ［德］艾伯华：《中国民间故事类型》，王燕生、周祖生译，商务印书馆1999年版，第228页。

③ 陈寅恪：《陈寅恪集·金明馆丛稿二编》，生活·读书·新知三联书店2001年版，第292页。

④ 孙昌武：《文坛佛影》，中华书局2001年版，第89—112页。

⑤ 王立：《中国古代冥游母题几种类型及演变过程——兼谈冥间世界对于阳世官场腐败的揭露》，《东南大学学报》2003年第3期。

⑥ 范军：《佛教"地狱巡游"故事母题的形成及其文化意蕴》，《华侨大学学报》（哲学社会科学版）2005年第3期。

反复出现于不同文本之中。其程式化的叙事模式是：暂死入冥—地狱审判—巡游地狱—复活还魂—说明缘由。

一 暂死入冥

人们最早对死亡的判定是建立在经验的基础上的，多以是否呼吸为标准。在原始宗教看来，人是灵魂与肉体的统一，灵魂只有附着于肉体时，人才是活着的，而一旦灵魂离开了肉体，人也就消亡了，而灵魂附着于肉体的表现就是呼吸。在希腊文和拉丁文中，灵魂一词的原初意义就是"呼吸"、"气息"。原始先民认为，人生命的本源和内在主宰者是呼吸和气息，并由此推想住在人身中的灵魂的本质是气息，质地为气状，虽肉眼看不见，却有其维持生命活动和精神活动的作用。原始先民认为灵魂离体永不复归，便是生命的结束。古代华夏有人死后为之"唤魂"、"招魂"的风俗，一方面用以表示生者欲想尽办法令亲属复活的心愿，另一方面用特定方法检验亡者是否真死。据史书记载，古代有树立招魂幡、覆盖死者生前衣物于尸体等方法招魂。《楚辞》中《招魂》篇，反映的就是召唤死者灵魂的古老习俗。这种以呼吸停止作为判定死亡的标准是靠不住的，所以，死而复生的情况时有发生。地狱类叙事作品中，暂死入冥的叙事模式便是以这种对死亡现象的不彻底的认识为前提的。正史对于"死而复生"现象也多有记载：汉平帝元始元年（1），朔方女子病死复活；[①] 献帝初平中（190—193），长沙桓氏，死后棺殓月余复生；[②] 建安四年（199），武陵女子李娥，下

[①] 原文如下：平帝元始元年二月，朔方广牧女子赵春病死，殓棺积六日，出在棺外，自言见夫死父，曰："年二十七，不当死。"太守谭以闻。京房《易传》曰："'干父之蛊，有子，考亡咎'。子三年不改父道，思慕不皇，亦重见先人之非，不则为私，厥妖人死复生。"一曰，至阴为阳，下人为上。（汉）班固：《汉书》卷二七《五行志》，中华书局1962年版，第1473页。

[②] 献帝初平中，长沙有人姓桓氏，死，棺殓月余，其母闻棺中声，发之，遂生。占曰："至阴为阳，下人为上。"其后曹公由庶士起。（南朝·宋）范晔：《后汉书》志一七《五行五》，中华书局1965年版，第3348页。

葬十四日后复活；① 晋武帝咸宁二年（276），琅邪人颜畿病死复生；② 魏明帝太和三年（229），曹休部曲兵奚农女死而复生。③ 此类事情常被看作是"至阴为阳，下人为上"的乱象而被记之于正史。此外，小说集《太平广记》中，专门有"再生"一类，共12卷，128条，也记载了此种暂死复生之事。当然，其旨趣与正史记载已大相径庭。

总之，人们对死亡的认识是需要一个过程的，从原始时代的以呼吸停止为判定标准，到近代以心脏停跳、自主呼吸消失、血压为零作为标准，直至现代以脑死亡为判定标准，这是一个漫长的过程。古籍记载的"暂死复生"事例，其实按照现代医学的标准，"死者"也许并未真正死亡，在一定的条件下，可以重新恢复呼吸，恢复自主活动，其对死亡的判定类似于现代意义的"休克"。所以，中古小说中有很多死后未殓即复生的记载，如："贾文合"、"贺瑀"、"戴洋"、"章沈"、"曹宗之"、"庾申"等条。至于下葬六日（如上文《汉书·五行志》所载）、十日（"赵泰"条）、月余（如上文《后汉书·五行志》所载）、一年（"王明"条）乃至十八年（"崔敏壳"条）"复活"者，则较为少见。

入冥：佛经中，《佛说十八泥犁经》、《佛说罪业应报教化地狱经》、《佛说分别善恶所起经》、《佛说鬼问目连经》、《佛说罪福报应经》都是佛陀解说地狱果报的经文。佛说地狱经文中对于地狱情况的描述，主要是靠佛陀神通观照得来的。佛教称，有六种神通可

---

① 建安四年二月，武陵充县女子李娥，年六十余，物故，以其家杉木槥殓，瘗于城外数里上。已十四日，有行闻其冢中有声，便语其家。家往视闻声，便发出，遂活。（南朝·宋）范晔：《后汉书》志一七《五行五》，中华书局1965年版，第3348页。

② 咸宁二年十二月，琅邪人颜畿病死，棺殓已久，家人咸梦畿谓己曰："我当复生，可急开棺。"遂出之，渐能饮食屈伸视瞻，不能行语，二年复死。京房《易传》曰："至阴为阳，下人为上，厥妖人死复生。"其后刘元海、石勒僭逆，遂亡晋室，下为上之应也。（唐）房玄龄：《晋书》卷二十九《五行下》，中华书局1974年版，第907页。

③ 魏明帝太和三年，曹休部曲兵奚农女死复生。时人有开周世冢，得殉葬女子，数月而有气，数月而能语。郭太后爱养之。又太原民发冢破棺，棺中有一生妇人，问其本事，不知也。视其墓木，可三十岁。案京房《易传》，至阴为阳，下人为上，晋宣王起之象也。汉平帝、献帝并有此异，占以为王莽、曹操之征。（梁）沈约：《宋书》卷三四《五行五》，中华书局1974年版，第1004页。

以遍见十方六道、众生诸物、知其因果轮回。一是神足通，又称神境智证通、神境通、身如意通、如意通、身通等。据《大智度论》卷五、卷二十八所载，神足通有三种：一为随心所欲，可至任何地方之能到（飞行）；一为随意改变相状之转变（变化）；另一为随意转变外界对境（六境）之圣如意（随意自在）。其中，后者唯佛所独具者。二是天眼通，又称天眼智证通、天眼智通，即看透世间所有远近、苦乐、粗细等之作用。三是天耳通，又称天耳智证通、天耳智通，即悉闻世间一切音声之作用。四是他心通，又称他心智证通、知他心通，即悉知他人心中所想各种善恶等事之作用力（他心彻鉴力）。五是宿命通，又称宿住随念智证通、宿住智通、识宿命通，即悉知自他过去世等各种生存状态之作用力。六是漏尽通，又称漏尽智证通，即断尽烦恼，永不再生于迷界之悟力。佛门弟子大目犍连，号称神通第一，其"上穷碧落下黄泉"的救母故事，在中国古代小说、变文中大放异彩。

据《地藏菩萨本愿经》载，进入禅定状态，亦可凭借佛力神游地狱：

> 时觉华定自在王如来告圣女曰："汝供养毕，但早返舍，端坐思惟吾之名号，即当知母所生去处。"时婆罗门女寻礼佛已，即归其舍。以忆母故端坐念觉华定自在王如来，经一日一夜。忽见自身到一海边，其水涌沸，多诸恶兽，尽复铁身，飞走海上，东西驰逐。见诸男子女人，百千万数，出没海中，被诸恶兽，争取食啖。又见夜叉，其形各异，或多手多眼，多足多头，口牙外出，利刃如剑。驱诸罪人，使近恶兽，复自搏攫，头足相就，其形万类，不敢久视。时婆罗门女以念佛力故，自然无惧。[①]

此段叙述的也是地狱救母的故事，只是主角成了婆罗门女，即地藏菩萨的前身。在《目连变文》中，证得阿罗汉果位的目连，也

[①] 《大正藏》第13册，第778页下。

是依靠"晏坐禅定"来观照地狱的：

（目连）精勤持诵修行，遂证阿罗汉果。三明自在，六用神通，能游三千大千，石壁不能障碍。寻即晏坐禅定，观访二亲。

由此可见，佛经中关于地狱情况的描述者，除佛祖本人外，还有得道高僧、佛门弟子等，他们或借助佛的神力、或凭借佛教神通、或借助禅定，都可以一睹地狱。这种观察，具有相当的主动性和一定的战斗性（如目连救母故事）。与之相比，中国人冥描写则充满了被动性和前定性。中国小说中，感知地狱通常有四种类型。

（一）亡魂托梦

《太平广记》从卷二百七十六到二百八十二，凡七卷，专收写梦小说共170则，其中有不少作品是写入冥故事的。此类故事中，有一种是死去的亲属给生人托梦，讲述冥间之事。如《列异传》"蒋济"条[1]，文中开头部分叙述蒋济之妻连续两夜梦到死去的儿子，得知其在地下受苦，希望能够得到帮助，换个好点的差事。蒋济及其妻子按照亡子梦中嘱咐，为其办理诸事之后。又梦其子来报，云已得提拔。蒋济妻子的梦境，成为结构全篇的关键。再如《广异记》"扶沟令"条[2]，记扶沟令卒后半年，向其妻托梦，讲述地下罪福及冥间苦状。文中关于冥界的描述，也是根据"托梦"之事而来。

（二）死后来报

古代小说中，常记死者显灵之事。在冥间故事中，有一类就记载死者魂神突现，向生者讲述冥间之事。如《幽明录》"王明"条载："东莱王明儿居在江西，死经一年，忽形见还家，经日，命招亲好，叙平生，云天曹许以暂归，言及将离，语便流涕，问讯乡里，备有情焉。"[3] 说的是王明死后一年，忽然又现形还家，向家人

---

[1] （宋）李昉等编：《太平广记》，中华书局1961年版，第662页；（晋）陈寿：《三国志》卷一四《魏书·蒋济传》，中华书局1959年版，第455页。
[2] （宋）李昉等编：《太平广记》，中华书局1961年版，第2231页。
[3] 同上书，第2537页。

叙其冥间所见。再如《冥报记》"任五娘"条载："唐龙朔元年，雠州景福寺比丘尼修行房中，有侍童任五娘，死后，修行为五娘立灵座。经月馀日，其姊及弟于夜中忽闻灵座上呻吟。"① 说的是任五娘显灵，向亲友叙述冥间苦报之事。

（三）生入地狱

此类故事中，生人无意间进入了冥界，见到种种情形。《广异记》"钳耳含光"条载："竺山县丞钳耳含光者，其妻陆氏，死经半岁。含光秩满，徙家居竺山寺，有大墩，暇日登望，忽于墩侧见陆氏。相见悲喜，问其死事，便尔北望，见一大城，云：'所居在此。'邀含光同去。入城，城中屋宇壮丽，与人间不殊。"②钳耳含光秩满归家途中，与其亡妻陆氏相见，并受其妻之邀入冥间观看。《搜神记》卷四"胡母班"条载："胡母班曾至泰山之侧，忽于树间，逢一绛衣驺。呼班云：'泰山府君召。'班惊愕，逡巡未答。复有一驺出呼之。遂随行数十步，驺请班暂瞑。少顷，便见宫室，威仪甚严。"③生人入地狱的故事在佛经中，也可见到。《杂宝藏经》卷一"慈童女缘"，叙述的就是生人入地狱之事。文中场景描述不似佛经对地狱的典型描写，但言及"狱"及持铁叉的"狱卒"，当指地狱无疑。"慈童女"实为一男子名字，"慈童女缘"即讲述此人善恶果报之事。此经叙慈童女入海采宝，回程迷路，见一山城，遂前往入。历琉璃城、颇梨城、白银城、黄金城四座城池，受天女服侍，尽享天福。最后进入一铁城，结果，头戴火轮，受苦不已。狱卒告其果报缘由：受福受苦，皆由其在人世孝顺或忤逆老母而来。慈童女在地狱中发大愿，欲代众生受一切苦，感得火轮落地，命终生天。④此类故事在佛经中还有，兹不一一列举。在这样的叙

---

① （宋）李昉等编：《太平广记》，中华书局1961年版，第693—694页；（唐）道世撰，周叔迦、苏晋仁校注：《法苑珠林校注》，中华书局2003年版，第2716—2717页。
② （宋）李昉等编：《太平广记》，中华书局1961年版，第802—803页。
③ 同上书，第2334页。
④ 《大正藏》第4册，第450页下。

述中，阴间与阳间、人世与冥界之间的界限是模糊的，人世与冥间两个不同时空的转换是在不经意间、片刻之间完成的，无须经历什么特别的途径。

（四）阴间误勾

这是地狱故事最常用的一种叙事类型。这一情节是中国传统的"死而复生"故事模式在地狱故事中的一种遗存。在这一模式中，鬼吏枉索人命，再由冥间主者改正，往往是一个不可缺少的情节。如《幽明录》"康阿得"条载："府君问都录使者：'此人命尽邪？'见持一卷书伏地案之，其字甚细，曰：'馀算三十五年。'府君大怒曰：'小吏何敢顿夺人命！'便缚白马吏著柱，处罚一百，血出流漫。问得：'欲归不？'得曰：'尔。'府君曰：'今当送卿归，欲便遣卿案行地狱。'"① "石长和"条载："阁上问都录主者：'石贤者命尽耶？枉夺其命邪？'主者报：'按录馀四十馀年。'阁上人敕主者：'犊车一乘，两辟车骑，两吏，送石贤者。'"② 这一情节是死后复生的重要依据，同时也是宣扬"报应"的极好载体。后世的幽冥小说中，尽管在细节问题上千变万化，但这一根本性的情节却是很难改变的。

"阴间误勾"型中，还包含一种大的类型，本书称作"委摄冥职"型，而此类型又可分为"生摄冥职"和"死任冥官"两类。

《冥报记》"柳智感"条即属"生摄冥职"一类，该条记载：

> 河东柳智感以贞观初为兴州长举县令，一夜暴死，明日而苏，说云，始为冥官所追，至大官府，使者以智感见王，谓曰："今有一员官阙，故枉君来任之。"智感辞以亲老，且自陈福业，未应便死。王使勘之，信然，因谓曰："君未当死，可权判录事。"③

---

① 林辰、王永昌编校：《鲁迅辑录古籍丛编》，人民文学出版社1999年版，第266—267页。
② 同上书，第267—268页。
③ （宋）李昉等编：《太平广记》，中华书局1961年版，第797—798页。

冥间缺官，尽管柳智感"未应便死"，但是"王"还是劝其能够暂且充任冥间录事一职。因而，柳智感便"夜判冥事，昼临县职"，昼夜都不得闲。智感权判三年，直至有人"顶替"，遂得免去。

当然，生摄冥职一类记载，不限于主人公担任冥间官职之事。此类故事中，更有生人因特殊才干，被阴间"征用"的记载。《广异记》"韦璜"条云，韦璜为潞城县令周混之妻，死后附婢灵语云："太山府君嫁女，知我能妆梳，所以见召，明日事了，当复来耳。"可见，韦璜在冥间已经成为"御用"化妆师。文载太山府君嫁女，声势颇大，化妆人手尚嫌不足，还需"借用"生人：

（韦璜）复谓："府君知我善染红，乃令我染。我辞已虽染，亲不下手，平素是家婢所以，但承已指挥耳。府君令我取婢，今不得已，誓将婢去，明日当遣之还。"女云："一家唯仰此婢，奈何夺之？"韦云："但借两日耳。若过两日，汝宜击磬呼之，夫磬声一振，鬼神毕闻。"婢忽气尽。①

除了"太山府君"嫁女需要化妆人员之外，医生、文人学士等具有特殊才能的人，也受冥间"青睐。"《冥报记》"孙回璞"条，记载了殿中侍御医孙回璞两度被征入冥、两度被放还的故事：

殿中侍御医孙回璞，济阴人也。贞观十三年，从车驾幸九成宫三善谷，与魏太师邻家。尝夜二更，闻门外有人唤孙侍医声，璞出看，谓是太师之命。既出，见两人谓璞曰："官唤。"璞曰："我不能步行。"即取璞马乘之，随二人行，乃觉天地如昼日光明，璞怪讶而不敢言……至十七年，璞奉敕，驰驿往齐州，疗齐王祐疾，还至洛州东孝义驿，忽见一人来问："君是孙回璞不？"曰："是。君何问为？"答曰："我是鬼耳，魏太师

---

① （宋）李昉等编：《太平广记》，中华书局1961年版，第2672—2673页。

有文书，追君为记室。"因出文书示璞。①

《冥报记》"张公谨"条载，马嘉运素有学识，知名州里，因而被征入冥：

> 使者引（嘉运）入门，门者曰："公眠未可谒，宜可就霍司刑。"乃益州行台郎中霍璋也，见嘉运，延坐曰："此府记室阙，东海公闻君才学，欲屈为此官耳。"②

上文所叙，为"生摄冥职"一类，至于"死任冥官"的例子，则更为丰富。《冥报记》"王怀智"条载：

> 至四年六月，雍州高陵有一人，失其姓名，死经七日，背上已烂而苏。此人于地下见怀智，云见任泰山录事，遣此人执笔。口授为书，谓之曰："汝虽合死，今方便放汝归家，宜为我持此书至坊州访我家，通人兼白我娘，怀智今为泰山录事参军，幸蒙安泰，但家中曾贷寺家木作门，此既功德物，请早酬偿之。怀善即死，不合久住，速作经像救助，不然恐无济理。"此人既苏之后，即赍书故送其舍，所论家事无不暗合。③

文中记载，一人于冥间见已故王怀智，王托其向家人传语，称其在冥间任"泰山录事参军"，近况尚好，云云。此外，《异苑》"章沈条"条、《甄异传》"王思规"条、《广异记》"卢氏"条等等，均属此类叙事类型。④

上文所述诸种叙事类型，虽然想象奇特，各具特色，但在"亡

---

① （宋）李昉等编：《太平广记》，中华书局1961年版，第3000页。
② 同上书，第914—915页。
③ （唐）唐临撰，方诗铭辑校：《冥报记》，中华书局1992年版，第105—106页。
④ （宋）李昉等编：《太平御览》，中华书局1960年版，第3183页；（宋）李昉等编：《太平广记》，中华书局1961年版，第2556、704—705页。

魂托梦"、"死后来报"这两类中，故事的讲述者并不是严格意义上的入冥者。在中国这样的重视征验的文化背景下，其讲述的真实性是值得怀疑的。而在后两种——"生入地狱"和"阴间误勾"型故事中，叙述者皆为死而复生之人，他们以最可信的方式亲历幽冥世界，这大大增加了讲述的真实性。此后，这两种方式被中国人广泛接受，尤其是"阴间误勾"型，更成为历代幽冥故事中最常用的模式。

二 地狱审判

按照古人的想象，冥界也有一套完整的统治机构，基本与人世相似。[①] 从时间的发展来看，中古小说中关于地狱审判的描述，呈现出了一个非常有趣的变化，即从宣扬死后世界审判的清正严明，到描述冥间的贪赃枉法，从而折射阳世的官场腐败。

在《冥祥记》等"释氏辅教之书"中，著者往往借"地狱审判"来宣扬佛教道德伦理。正像佛经中对于杀生、偷盗、邪淫、妄语、饮酒、两舌、恶口、绮语、嗔恚、邪见诸恶业，均有对应的地狱惩罚一样，小说家也发挥其想象，为诸种"造业"之人，设想出一套颇具中国特色的惩罚方式。《冥报记》"冀州小儿"条记载了对"偷盗"者的惩罚；[②]《幽明录》"薛重"条记载了对"邪淫"者的惩罚；[③]《冥报记》"梁氏"条记载了对"两舌"、"绮语"者的惩罚；[④]《冥报记》"夏侯均"条、《广异记》"阿六"条记载对"饮酒"者的惩罚；[⑤]《冥报记》"杨师操"条，记载了对"恶口"、

[①] 参见韦凤娟《从"地府"到"地狱"——论魏晋南北朝鬼话中冥界观念的演变》，《文学遗产》2007年第1期。
[②]（唐）道世撰，周叔迦、苏晋仁校注：《法苑珠林校注》，中华书局2003年版，第1178—1179页。
[③]（宋）李昉等编：《太平御览》，中华书局1960年版，第4151页。
[④]（宋）李昉等编：《太平广记》，中华书局1961年版，第3078页。
[⑤]（唐）道世撰，周叔迦、苏晋仁校注：《法苑珠林校注》，中华书局2003年版，第2590页；（宋）李昉等编：《太平广记》，中华书局1961年版，第3060页。

"瞋恚"者的惩罚;①《幽明录》"舒礼"条、《宣验记》"程道慧"条、《冥祥记》"张应"条记载了对所谓"邪见"之人的惩罚。② 地狱类小说中所设计的如"热灰地狱"、"蒸人地狱"等,殆出自中国士人之想象,均为佛经中所未见。

古人相信,阳世的罪恶终逃不脱阴间的审判。较早的地狱类小说特别强调冥界审判的清正严明和一丝不苟。比如《冥祥记》"沙门慧达"条,写刘萨荷鬼魂在审判时的情景:有人执笔,北面而立,谓荷曰:"在襄阳时,何故杀鹿?"跪答曰:"他人射鹿,我加刅耳。又不啖肉,何缘受报?"时即见襄阳杀鹿之地,草树山涧,忽然满目。所乘黑马,并皆能言。悉证荷杀鹿年月时日。荷惧然无对。刘萨荷抵赖杀鹿,不料想冥冥之中早就记录在案,还有"现场实录"和"证人"之言。

再如《冥报记》"孔恪"条,记载的就是一场严格的审问过程:

> 武德初,遂州总管府记室参军孔恪暴病死,一日而苏,自说,被收至官所,问恪:"何因杀两水牛?"恪云:"不杀。"官云:"汝弟证汝杀,何故不承?"因呼弟,弟死已数年矣。既至,枷械甚严,官问:"汝所言兄杀牛虚实?"弟曰:"兄前奉使,招慰獠贼,使某杀牛会之。实奉兄命,非自杀也。"恪因曰:"恪使弟杀牛会獠是实,然国事也,恪何有罪?"官曰:"汝杀牛会獠,欲以招慰为功,用求官赏,以为己利,何云国事耶?"因谓恪弟曰:"以汝证兄故久留,汝兄今既承遣杀,汝无罪,放任受生。"言讫,弟忽不见,亦竟不得言叙。
>
> 官又问恪:"何因复杀他两鸭?"恪曰:"前任县令,杀鸭供官客耳,岂恪罪耶?"官曰:"官客自有食料,无鸭,汝杀供之,以求美誉,非罪如何?"又问:"何故复杀鸡卵六枚?"恪曰:"平生不食鸡卵,唯忆年九岁时,寒食日,母与六卵,自

---

① (宋)李昉等编:《太平广记》,中华书局1961年版,第3045—3046页。
② (宋)李昉等编:《太平广记》,中华书局1961年版,第2253—2254页;《辩正论》卷八注,《中华藏》第62册,第578页中;(唐)道世撰,周叔迦、苏晋仁校注:《法苑珠林校注》,中华书局2003年版,第1850页。

煮食之。"官曰："然，欲推罪母耶？"恪曰："不敢。但说其因耳，此自恪杀之也。"官曰："汝杀他命，当自受之。"

言讫，忽有数十人，皆青衣，执恪将出，恪大呼曰："官府亦大枉滥。"官闻之呼还曰："何枉？"恪曰："生来有罪，皆录不遗，生来修福，今无记者，岂非滥耶？"官问主司："恪有何福，何为不录？"主司对曰："福亦皆录，但量罪福多少，若福多罪少，先令受福；罪多福少，先令受罪。恪福少罪多，故放未论其福。"官怒曰："虽先受罪，何不唱福示之？"命鞭主司一百。倏忽鞭讫，血流溅地。既而唱恪生来所修之福，亦无遗忘。官谓恪曰："汝应先受罪，我更放汝归家七日，可勤追福。"因遣人送出，得苏。恪大集僧尼，行道忏悔，精勤行道，自说其事。至七日，与家人辞诀，俄而命终。临家兄为遂府属，故悉之。①

开始有"官"审问："何因杀两水牛？"孔恪拒不承认，结果审判者召来其弟，证实其杀牛为实；接着又问："何因复杀他两鸭？"孔恪又欲推脱，"官"义正词严，如现场亲历一般，指出其罪。最后，孔恪被判治罪，在将要执行之时，大呼冤枉，言其亦曾修福，"官"对孔恪生来所修之福"亦无遗忘"。整个审判过程非常逼真，"辩控双方"严词交涉，言语多涉"犯罪"心理和动机，从始至终审判者都能做到明察秋毫。作者正是通过这样一种事无巨细的交代，使读者体会到"地狱审判"的明察秋毫和公正无私。

时至唐代，叙写地狱故事最为详细和精彩的，非变文莫属。该时期对于地狱审判的叙写与先前已大为不同。《唐太宗入冥记》写唐太宗一入冥间，即与判官拉关系、套近乎，递上李淳风的条子，希望判官崔子玉手下留情，放其生还。由于他做了亏心事，心虚胆怯，不敢与建成、元吉对质，为了生还，他不惜自降身份，不顾皇帝尊严，满足崔子玉的自私要求。而崔子玉作为"地狱审判"的主要执行者，却因怕怠慢太宗而惶恐不安，唯恐由此涉及"五百馀

---

① （唐）唐临撰，方诗铭辑校：《冥报记》，中华书局1992年版，第66—68页。

口"家人的安全,为了得到太宗的赏识,使之满足自己的要求,就故意来迎合太宗心理,多次暗示自己官低位卑,最后终于向太宗摊牌,以阳寿十年作为交换条件,向太宗索取高官厚禄,甚至不惜用恫吓的恶劣手段进行要挟。《唐太宗入冥记》中,这样的描写已经让人开始怀疑死后的世界,是否终于屈服于强权人情与金钱了。

而《黄仕强传》则对冥界混乱、徇私枉法的情形,做了更为直接的描写。严明的"地狱审判"为人浮于事、律法废弛的场景描写所替代:

> 把文书人并三人牵仕强出金城外,傍墙东向,见有数十间舍,并朱柱白壁,复有官人坐处方榻案褥。官人并下,佐使亦无,惟有一人独守文案,见把文书人并三人撮仕强入,即问:"何为将此人来?"把文书人答云:"阎罗王遣将向曹司,勘当有死名不。"守文案人云:"官人并下,案典复无,谁为君勘当此事?任君自检案。"把文书仍与仕强共检文案,无有死名。守文案人即语把文书人云:"死案既多,难可卒遍,君向录事头检抄,即知有死名不?"仕强共把文书人,向录事头检案,又无死名。此守文案人即令仕强出去。①

人冥者竟能自行检抄生死簿,而且检文案未果,又"向录事头检抄",真是匪夷所思。从中可见阴司官场之低效无能和昏暗腐败。《唐太宗入冥记》中,唐太宗用钱买了自己十年阳寿,从冥间还魂。《黄仕强传》中,黄仕强亦用三十余文,向守文案鬼买得阳寿。

此类描写,使六朝小说中神圣威严的冥间偶像轰然崩塌。冥间成为人世官场混乱、腐败丛生的一种折射,从而开创了《聊斋志异》等讽刺类小说用冥间折射人世黑暗之先河。

---

① 参见李时人编校《全唐五代小说》,陕西人民出版社1998年版,第2548—2549页。

三　巡游地狱

完整的地狱巡游传说，初见于刘宋时期刘义庆的《幽明录》，其中以关于赵泰的传说最为详细、生动。故事说赵泰以太始五年七月十三日夜半忽然心痛而死，停尸十日后复活，自说初死时被捉入铁锡大城勘问。因无过犯，亦无功德，使为水官监做吏，后转水官都督，总知狱事，从而得以按行地狱，得见地狱诸种苦状。从路线来看，赵泰先经过"泥犁地狱"，后至"开光大舍"，又到"受变形城"、"地中"，最后，因命有余算，被放还家。

铺写"地狱巡游"的，还有康阿得故事。该故事载康阿得死，三日还苏，说死后被捉入几重黑门，见府君，以尚有余算被放还。不过放其离开之前，府君不忘遣其"按行地狱"：

> 即给马一匹，及一从人，东北出，不知几里，见一城，方数十里，有满城上屋，因见未事佛时亡伯，伯母、亡叔，叔母，皆著杻械，衣裳破坏，身体脓血。复前行，见一城，中有卧铁床上者，烧床正赤。凡见十狱，各有楚毒，狱名"赤沙"、"黄沙"、"白沙"，如此"七沙"，有刀山剑树，抱赤铜柱，于是便还。[1]

康阿得所见的地狱为："'赤沙'、'黄沙'、'白沙'，如此'七沙'。"所谓"七沙"地狱的名目，未见佛经记载，殆亦出于中国之想象。

"地狱巡游"，写得最为波澜壮阔的，当推目连故事。《大目乾连冥间救母变文》为读者提供了关于冥间最为详尽的描述，这些描述最终起到了引人敬信的宗教效果。变文在讲述目连进入可怕的地

---

[1] 林辰、王永昌编校：《鲁迅辑录古籍丛编》，人民文学出版社1999年版，第266—267页；《大正藏》第52册，第538页中；《中华藏》第62册，第577页中。

狱中时不厌其详,作者的笔触一直追随目连救母的全部过程,直至其母得善报升天。

变文对于地狱的描写是从黄泉之门开始的,"黄泉"源于中国上古宇宙观念,它是地狱的象征。在古人思维中,这里有无边的大水和无尽的黑暗。目连在这个恐怖的世界里首先遇到一群饿鬼,他们因冥府错判而不得返回人间。饿鬼用简洁的语言表达了对于中国传统祭奠方法的失望和批判,但对目连母亲的下落却一无所知。目连只得离开此处去见阎罗王,希望从那里获悉其母下落。

阎罗王在冥界主管审判,按照古人想象,不论人生时是善是恶,死后均将被召至阎罗王廷接受审判。在这里,第一个出场的是地藏菩萨,他以静虑安忍和誓愿宏大为民间百姓所熟知。地藏菩萨告知目连,其母生时广造诸罪,死后当堕地狱。接着出场的是阎罗王的三位官员:业官、司命和司录,他们掌管着地狱受罚罪人的名录。目连从业官口中得知,其母亡来已逾三载,"档案"已转至天曹录事司和太山都尉——冥界的另一冥府。此时,阎罗王唤其手下——善恶二童子,护送目连至下一冥府。传说中,此二童子隐于人们左右肩上,生时所作善恶尽被其记录在案,并最终交付阎罗王。在变文中,童子亦充当冥间使者,受阎罗王差遣。

进入下一冥府之前,目连还需经过"奈河"。这是一条流淌于冥间的巨大河流,渡过此河,即入地狱。奈河岸边站着成群的新死之人,他们在忏悔生时所造之罪。其中一些已经开始脱衣渡河,河岸由牛头狱卒持棒擎叉把守,拖延者将被驱策过河。渡过奈河,将到达令人胆战的鬼门关。此关由孔武暴戾的五道将军把守,所有被判赴地狱的人,必须经过此关。目连继续向五道将军询问其母下落,将军左右侍卫答云,目连之母三年前经过此关,被阿鼻地狱下牒召去。之后,变文继续讲述目连的巡游:

> 目连泪落忆逍逍(遥遥),众生业报似风飘。
> 慈亲到没艰辛地,魂魄於时早已消。
> 铁轮往往从空入,猛火时时脚下烧。
> 心腹(肠)到处皆零落,骨肉寻时似烂焦。

铜鸟万道望心撒，铁汁千回顶上浇。
借问前头剑树苦，何如剉䃃斩人腰。①

接着，目连进入第一个地狱打探消息。但是，第一个地狱狱主告知目连，此中皆为男子，不拘女人。目连又转向下一地狱——"刀山剑树地狱"。该狱遍插刀尖，密布利剑。罪人在此间被切为碎片。经询问得知，其母亦不在此狱。目连旋即转入"铜柱铁床狱"，该狱罪人或被钉于坚硬的铁床，或被炙烤于烧红的铜柱。接着，目连于下一地狱询问得知，其母已堕阿鼻地狱。守道的罗刹告知目连，此狱凶险异常，劝其知难而退。但是目连并未气馁，他返回佛陀处求助，佛陀授其九环锡杖。目连挥动锡杖返回地狱，在入口处打翻了试图阻拦的牛头马面、夜叉罗刹，直入阿鼻地狱：

目连前（前行），至一地狱，相去一百馀步，被火气吸着，而欲仰倒。其阿鼻地狱，且铁城高峻，莽荡连云，剑戟森林，刀枪重叠。剑树千寻以芳拨，针刺相揩（揩）；刀山万仞［□］横连，逸（巉）岩乱倒。猛火掣浚似云（雷）吼，啕（跳）踉满天；剑轮簇簇似星明，灰尘模（扑）地。铁蛇吐火，四面张鳞；铜狗吸烟，三边振吠。蒺藜空中乱下，穿其男子之胸；锥钻天上旁飞，剡刺女人之背。铁杷踔（卓）眼，赤血西流。铜叉剉腰，白膏东引。於是［□］刀山入炉炭，髑髅碎，骨肉烂，筋皮析，手胆（膊）断。碎肉迸溅於四门之外，凝血滂沛於狱垆［墙］之畔。声号叫天，炎炎汗汗；［□□］雷地，隐隐岸岸。向上云烟散散漫漫，向下铁锵撩撩乱乱。箭毛鬼喽喽窜窜，铜嘴鸟咤咤叫唤。狱卒数万馀人，总是牛头马面。②

这是一个超乎常人想象的恐怖世界，目连在此见到了阿鼻地狱主。历经一番寻找，狱主终于在该狱第七隔，发现了全身遍布四十

---

① 项楚：《敦煌变文集选注》，中华书局2006年版，第887—888页。
② 同上书，第906页。

九道长钉的青提夫人(目连之母)。目连母子终于在地狱重逢,悲喜交加以至抱头痛哭。至此,目连地狱巡游便告一段落。后文叙目连之母转生饿鬼、黑狗等,已非"地狱巡游"叙述范围。

目连变文对于地狱巡游的铺写,堪称气势雄浑、别开生面,在文学史中自有其独特意义。难怪郑振铎会说:"在中国的一切著作里,(目连变文)可以说是最早的详尽叙述周历地狱的情况的;其重要有若《奥德思》、《阿尼特》及《神曲》诸史诗。"[①]

四 复活还魂

地狱类文学作品中,入冥者往往因阴间误勾、余算未尽、蒙人相救或修福得报等原因,得以还阳。入冥者还阳,就像生人从噩梦中突然醒来一般,多有从高空坠落或堕入水中等感受。《冥报记》叙孙回璞还阳时:"(孙回璞)夜梦前鬼来召,引璞上高山,山巅有大宫殿。既入,见众君子迎谓曰:'此人修福,不得留之,可放去。'乃推璞堕山,于是惊悟,遂至今无恙矣。"[②]同书"方山开"条载:"(官人)令前二人送之。依其旧道而下,复有飞鹰欲攫之,赖此二人援之免脱。下山遂见一坑,其中极秽,逡巡之间,遂被二人推入,须臾即苏。"[③]再如《冥祥记》"支法衡"条载:"衡渴欲饮水,乃堕水中,因便得苏。"[④]

(一) 魂返本体

据小说记载,入冥者还阳后,神魂多能返回自身。《冥祥记》"程道惠"条,对于当事人还阳时如梦如幻的情形,描写得非常细

---

① 郑振铎:《插图本中国文学史》,作家出版社1957年版,第456页。
② (唐)道世撰、周叔迦、苏晋仁校注:《法苑珠林校注》,中华书局2003年版,第2712页;(宋)李昉等编:《太平广记》,中华书局1961年版,第3000页。
③ (唐)道世撰、周叔迦、苏晋仁校注:《法苑珠林校注》,中华书局2003年版,第1919页;(宋)李昉等编:《太平广记》,中华书局1961年版,第937页。
④ 林辰、王永昌编校:《鲁迅辑录古籍丛编》,人民文学出版社1999年版,第320—321页。

致："时道惠家于京师大街南，自见来还。达皂荚桥，见亲表三人，住车共语，悼惠之亡。至门，见婢行哭而市。彼人及婢，咸弗见也。"程道惠神魂还阳，看到亲友正在为其发丧。"（程道惠）至户，闻尸臭，惆怅恶之。时宾亲奔吊，哭惠者多，不得徘徊。因进入尸，忽然而苏。"① 程道惠的神魂还看到了亲朋好友凭吊自己的场面。同样的情形在同书"陈安居"条中也有记载：

安居受符而归，行久之，阻大江，不得渡，安居依言投符，蒙然如眩，乃是其家屋前中方地也。正闻家中号恸哭泣，所送之人，劝还就身，安居云："身已臭秽，吾不复能归。"此人乃强排之，蹭于尸脚上。②

入冥者还阳，小说多载神魂厌恶其尸，不愿进入。如《幽明录》"石长和"条："（石长和）倏然归家，前见父母坐其尸边，见尸大如牛，闻尸臭，不欲入其中。绕尸三匝，长和叹息，当尸头前，见其亡姊于后推之，便蹭尸面上，因即苏。"③ 石长和神魂已还阳，但见到自己的尸体浮肿，已散发臭味，不愿进入，后经外力推搡，才还于自身。《冥祥记》"慧达"条所载，亦是如此："遥见故身，意不欲还。送人推引，久久乃附形，而得稣活。奉法精勤，遂即出家，字曰慧达。太元末，尚在京师。后往许昌，不知所终。"④

冥游后返阳，当事人肉身是否仍然保存完好，是非常重要的。《广异记》中有则奇事：崔敏壳被错追入冥，十八年后始得还阳。

博陵崔敏壳，性耿直，不惧神鬼。年十岁时，常暴死，死十八年而后活。自说被枉追，敏壳苦自申理，岁馀获放。王谓

---

① （唐）道世撰，周叔迦、苏晋仁校注：《法苑珠林校注》，中华书局 2003 年版，第 1680 页。
② 同上书，第 1854 页。
③ 《中华藏》第 62 册，第 577 页中。
④ （唐）道世撰，周叔迦、苏晋仁校注：《法苑珠林校注》，中华书局 2003 年版，第 2486 页。

敏壳曰："汝合却还，然屋舍已坏，如何？"敏壳祈固求还。王曰："宜更托生，倍与官禄。"敏壳不肯。王难以理屈，徘徊久之。敏壳陈诉称冤，王不得已，使人至西国求重生药，数载方还。药至布骨，悉皆生肉，唯脚心不生，骨遂露焉。其后，家频梦敏壳云："吾已活。"遂开棺。初有气，养之月馀方愈。敏壳在冥中，检身当得十政刺史。遂累求凶阙，轻侮鬼神，卒获无恙。其后为徐州，刺史皆不敢居正厅，相传云项羽故殿也，敏壳到州，即敕洒扫。视事数日，空中忽闻大叫曰："我西楚霸王也！崔敏壳何人，敢夺吾所居！"敏壳徐云："鄙哉项羽，生不能与汉高祖西向争天下，死乃与崔敏壳竟一败屋乎！且王死乌江，头行万里，纵有馀灵，何足畏也！"乃帖然无声，其厅遂安。后为华州刺史。华岳祠傍，有人初夜闻庙中喧呼，及视，庭燎甚盛，兵数百人陈列，受敕云："当与三郎迎妇。"又曰："崔使君在州，勿妄飘风暴雨。"皆云不敢。既出，遂无所见。①

文载，（冥）王谓敏壳曰："汝合却还，然屋舍已坏，如何？"这里的"屋舍"即指人生在世所寄托的肉身。崔敏壳一再申诉，称其冤枉。冥王不得已，派使者到西国求重生之药。此药非常神奇，"药至布骨，悉皆生肉"，不过药也有缺陷，"唯脚心不生（肉），骨遂露焉"。凭借这样的"重生药"，已经死去十八年的崔敏壳，得以还阳。同样的情节出现于同书"霍有邻"条中：

> 仁杰判纸馀，方毕，回谓有邻："汝来多时，屋室已坏。"令左右取两丸药与之："持归，可研成粉，随坏摩之。"有邻拜辞讫，出门。十馀里，至一大坑，为吏推落，遂活。时炎暑，有邻死经七日方活，心虽微暖，而形体多坏，以手中药作粉，摩所坏处，随药便愈，数日能起。②

---

① （唐）戴孚撰，方诗铭辑校：《广异记》，中华书局1992年版，第57页。
② 同上书，第139页。

霍有邻被误追入冥，事实澄清后被放还。返阳途中，他遇到了在冥间做官的亡舅——狄仁杰，狄仁杰授其"重生药"。尸体虽然经炎暑七天，仍能药到便愈。这种神奇的"重生药"引发了人们种种的联想，逐渐也形成了一种独立的母题。①

（二）借尸还魂

当然，并非所有的还魂者都能幸运地得到这种神奇的"重生药。"于是，借尸还魂的方法便应运而生了。《酉阳杂俎》续集卷三载：

> 开元末，蔡州上蔡县南李村百姓李简痛疾卒。瘗后十馀日，有汝阳县百姓张弘义，素不与李简相识，所居相去十馀舍，亦因病死，经宿却活，不复认父母妻子，且言我是李简，家住上蔡县南李村，父名亮。惊问其故，言方病时，梦有二人著黄，赍帖见追。行数里，至一大城，署曰王城。引入一处，如人间六司院，留居数日，所勘责事悉不能对。忽有一人自外来，称："错追李简，可即放还。"一吏曰："李简身坏，须令别托生。"时忆念父母亲族，不欲别处受生，因请却复本身。少顷，见领一人至，通曰："追到杂职汝阳张弘义。"吏又曰："弘义身幸未坏，速令李简托其身，以尽馀年。"遂被两吏扶持却出城，但行甚速，渐无所知，忽若梦觉，见人环泣，及屋宇，都不复认。亮访其亲族名氏及平生细事，无不知也。先解竹作，因自入房索刀具，破篾成器，语音举止，信李简也，竟不返汝阳。②

李简被冥府错追，后遣还阳，冥吏说他肉身已坏，须到别处托生。李简不愿，请求恢复本身。恰逢张弘义新死，于是李简借张弘义之尸而还魂。中古小说中，有借尸还魂者，还有借别人尸体"部

---

① 王立：《佛经文学与古代小说母题比较研究》，昆仑出版社2006年版，第405—406页。

② （唐）段成式，方南生点校：《酉阳杂俎》，中华书局1981年版，第219页。

件"还阳者。这种描写非但不血腥恐怖,反而被小说家加工得饶有趣味。《幽明录》"士人甲"条载:

> 晋元帝世,有甲者,衣冠族姓,暴病亡。见人将上天诣司命,司命更推校,算历未尽,不应枉召。主者发遣令还。甲尤脚痛,不能行,无缘得归,主者数人共愁,相谓曰:"甲若卒以脚痛不能归,我等坐枉人之罪。"遂相率具白司命,司命思之良久,曰:"适新召胡人康乙者,在西门外,此人当遂死,其脚甚健,易之,彼此无损。"主者承教出,将易之;胡形体甚丑,脚殊可恶,甲终不肯。主者曰:"君若不易,便长决留此耳!"不获已,遂听之。主者令二并闭目,倏忽,二人脚已各易矣。仍即遣之,豁然复生。具为家人说,发视果是胡脚,丛毛连结,且胡臭。甲本士,爱玩手足,而忽得此,了不欲见,虽获更活,每惆怅殆欲如死。旁人见识此胡者,死犹未殡,家近在茄子浦。甲亲往视胡尸,果见其脚著胡体,正当殡殓,对之泣。胡儿并有至性,每节朔,儿并悲思,驰往抱甲脚号啕;忽行路相逢,便攀援啼哭。为此每出入时,恒令人守门,以防胡子。终身憎秽,未曾娱视。虽三伏盛暑,必复重衣,无暂露也。①

该条记司命误召甲者放还,甲者脚痛不能行,遂易乙脚归,情事皆奇。特别是作者讽刺、揶揄的语气,给作品带来了特殊的审美效果。

这种借尸还魂的叙事类型,本源自佛经,② 至中国而逐渐流行。后世所出的八仙传说中"铁拐李"借尸还魂事,亦当源于此种叙事类型。③ 还有《西游记》中刘全进瓜的传说,也是借尸还魂的典型

---

① (宋)李昉等编:《太平广记》,中华书局1961年版,第2993—2994页。
② 薛克翘:《读〈幽明录〉杂谈》,载《印度文学研究集刊》第四辑,上海译文出版社1999年版,第126—138页。
③ 党芳莉:《八仙信仰与文学研究——文化传播的视角》,黑龙江人民出版社2006年版,第143—150页。

流传。刘全入冥，其诚心感动了阎罗王，冥府让他们夫妻还阳团聚。其妻死亡日久，尸体已败，便借唐太宗御妹之躯而还魂。① 由刘全进瓜传说而来，描写借尸还魂情节的《翠莲宝卷》，直至近世仍流行于民间。

五　说明缘由

"说明缘由"是中古地狱类文学作品的一种通用程式，该部分往往记一段幽明相通的事情，冥间发生的事情在人世有了奇异的应验，以达到取信于人的目的。如《幽明录》"索卢贞"条载索卢贞被冥间误召，因余算未尽，即遣还阳。索卢贞正待还阳，文中忽然又生枝节：

> （索卢贞）忽见一曾邻居者，死亡七八年矣，为太山门主，谓卢贞曰："索都督独得归邪？"因嘱卢贞曰："卿归，为谢我妇，我未死时，埋万五千钱于宅中大床下，我乃本欲与女市钏，不意奄终，不得言于女妻也。"卢贞许之。及苏，遂使人报其妻，已卖宅移居武进矣；固往语之，仍告买宅主，令掘之，果得钱如其数焉。即遣其妻与女市钏。寻而龚颖亦亡，时果共奇其事。②

索卢贞还阳途中，遇到了先前的邻居。邻居死来已七八年，托索卢贞还阳后，从其宅中挖掘财物。这些财物是邻居死前所埋，因死亡突至，故尚未及告知家人。待索卢贞还阳，果然在其家挖得财物。

唐临《冥报记》更是如此，几乎在每条记叙幽冥传说的故事之后，都要有所交代，说明故事传说的缘由。常在故事结尾说："某

---

① （明）吴承恩：《西游记》，人民文学出版社1955年版，第133—136页。
② （宋）李昉等编：《太平广记》，中华书局1961年版，第3050页。

某人具知其事，自向临说云尔也"云云。这种方法也一直为古代记载奇闻逸事的人沿用。

"地狱巡游"这一母题及其固定的叙事模式，是以中国固有的"暂死复生"故事为基础，又加入了以佛教地狱观念为主要依据的大量想象而形成的。它熔中印古代民间信仰和佛教、道教思想于一炉，突破了中国原有的时空局限，大大拓宽了中国文学创作的思维和想象空间，对于中国古代小说的叙事构成和发展，都有着非常重要的影响。

第 四 章

地狱描写的渗入对中古小说的影响

一 汉魏六朝

　　鲁迅辑录的《古小说钩沉》共收散佚小说36种，条目多至数千，成书于1909年6月至1911年末①，最早刊行于1938年出版的《鲁迅全集》中。《古小说钩沉》所辑，基本上包括了隋以前小说的全部，林林总总，蔚为大观，堪称汉魏六朝小说的渊薮。1999年出版的《鲁迅辑录古籍丛编》是目前所能见到的鲁迅古籍整理方面最为详备的一部丛书。人民文学出版社的编辑按照鲁迅遗愿，将36种小说分集编排：第一集收《汉书·艺文志》小说家类著录者一种；第二集收《隋书·经籍志》小说家类著录者五十二种；第三集收《新唐书·艺文志》小说家类著录者十二种；第四集收隋唐志小说家以外著录者二种；第五集收史志未见著录者九种。

　　综观此36种小说，最直观、显著的变化在于篇幅的增大。汉代东方朔编撰的《神异经》中的故事，篇幅短的只有10余字，最长的也未超出200字。《搜神记》中的故事虽然短的还不足10字，但是长的却超出了五六百字。其中，最引人注目的是《冥祥记》。从现存的百条遗文来看，三百字以上者，达三十条，其中五百字以上者二十条，又有三条在千字以上。这千字以上的三条，从字数由少到多的排列顺序来看，分别是："赵泰"条、"陈安居"条和"慧达（刘萨荷）"条。从记事特点来看，这三条恰恰都包括这样的

---

① 林辰：《关于"古小说钩沉"的辑录年代》，《人民文学》1950年第12期。

叙事模式：暂死入冥—地狱审判—巡游地狱—复活还魂—说明缘由。它们都是非常典型的地狱类文学作品。

表4—1 《冥祥记》中"赵泰"条、"陈安居"条、"慧达"条的出处及字数

书名	条目	出处	字数
冥祥记	赵泰	辑自（唐）道世《法苑珠林》卷七，周叔迦、苏晋仁校注，中华书局2003年版，第1册，第255—258页	1167
		参校（宋）李昉等编《太平广记》卷三七七，中华书局1961年版，第8册，第2996—2998页	
		出自《鲁迅辑录古籍丛编》，林辰、王永昌编校，人民文学出版社1999年版，第317—320页	
	陈安居	辑自（唐）道世《法苑珠林》卷六二，周叔迦、苏晋仁校注，中华书局2003年版，第4册，第1851—1854页	1205
		参校（宋）李昉等编《太平广记》卷一一三，中华书局1961年版，第3册，第785—787页	
		出自《鲁迅辑录古籍丛编》，林辰、王永昌编校，人民文学出版社1999年版，第363—366页	
	慧达	辑自（唐）道世《法苑珠林》卷十六，周叔迦、苏晋仁校注，中华书局2003年版，第5册，第2483—2486页	1245
		出自《鲁迅辑录古籍丛编》，林辰、王永昌编校，人民文学出版社1999年版，第351—354页	

此类大篇幅作品的出现，绝非一朝一夕之功，更不是某位小说家的灵感突现所致。大篇幅作品出现，一般是历代小说家在创作中逐渐积累的结果。笔者认为，在此过程中，地狱描写的渗透，起到了至关重要的作用，这种渗透促成了此时期叙事方式的改变，对小说文体的独立有着非常显著的影响。

先以《冥祥记》"赵泰"条为例来分析：六朝以来关于赵泰故事的形成，经历了一个很长的过程。目前所见的赵泰故事，最早出

自《法苑珠林》。该书卷六《赵泰传》，无撰人，全文如下：

  赵泰传曰：泰曾奄然而绝。有使二人扶而从西入趣官治。合有三重黑门，周匝数十里，高梁瓦屋。是日亦有同死者男子五六千人，皆在门外。有吏著帛单衣，持笔疏人姓名，男女左右别记。谓曰：莫动！当将汝入呈太山府君，名簿在第二十。须臾便至。府君西向坐，边有持刀直卫。左右主者案名一一呼入至府君所，依罪轻重断之入狱。按《抱朴子》曰："按九鼎记及青灵经并云：人物之死俱有鬼也。"①

  此文记事似不完整，只是略呈梗概，记叙内容为赵泰暂死入冥之事。文中未见太多地狱描写。
  《古小说钩沉》所录《幽明录》"赵泰"条，辑自《太平广记》卷一〇九，并参校《辩正论》卷八注而成。此条中，关于地狱描写的具体细节大量渗入：

  赵泰字文和，清河贝邱人，公府辟不就，精进<small>亦见辩正论八注引邱作丘,进作思</small>典籍，乡党称名。│年三十五，宋太始五年七月十三日夜半，忽心痛而死，心上微暖，<small>宋论注作晋，误。又无十字，作七月三日。又忽作卒，微作故。</small>身体屈伸。停尸十日，气从咽喉如雷鸣，眼开，索水饮，饮讫便起。<small>论注作索饮食便起。</small>│说：初死时，有二人乘黄马，从兵二人，但言捉将去，二人扶两腋东行，不知几里，便见大城如锡铁<small>论注铁下有端正二字</small>。崔嵬，从城西门入，见官府舍，有二重黑门；数十梁瓦屋，男女当五六十，主吏着皂单衫。<small>五六十下,论注作五六十人住立,吏者著皂单衣,将五六人；主疏姓字,男女有别,言莫动,当入科呈府君,泰名云云。</small>将泰名在第三十，须臾将入，府君西坐，断勘姓名，<small>论注断勘句作科出案名。</small>复将南入黑门。一人绛衣，坐大屋下，以次呼名前，问生时所行事，有何罪故，行何功德，作何善行，言者各各不同。主者言："许汝等辞，恒遣六师督<small>论注师作部,督作都。</small>录

---

① （唐）道世撰，周叔迦、苏晋仁校注：《法苑珠林校注》，中华书局2003年版，第202页。

使者，常在人间，疏记人所作善恶，以相检校。人死有三恶道，杀生祷祠最重，奉佛持五戒十善，慈心布施，生在福舍，安稳_{论注祠作祀，佛下有法字，生作死，稳作隐}。无为。"泰答："一无所为，上_{论注所为作所事，上作亦}。不犯恶。"‖断问都竟，使为水官监作吏，将千余人接沙著岸上，昼夜勤苦，啼泣悔言："生时不作善，今堕在此处。"‖后转水官都督，总知诸狱事，给马，东到地狱按行，复到泥犁地狱，男子六千人，有火树，纵_{论注此处下有当归索代四字。马下有兵字，男子作男女，火作大，下同，纵作横}。广五十余步，高千丈，四边皆有剑，树上然火，_{论注剑下有上人着三字，火仍作大}。其下十十五五，堕火剑上，贯其身体，云："此人祝咀骂詈，夺人财物，假伤良善。"泰见父母及一弟_{论注假作毁，泰见二字到，一弟作二弟}。在此狱中涕泣。见二人赍文书来，敕狱吏，言有三人，其_{论注无其字}家事佛，为有_{论注为有二字作为其于三字}寺中悬幡盖烧香，转法华经，_{论注幡下无盖字，无转法华经四字}。祝愿救解生时罪过，出就福舍。‖已见自然衣服，往诣一门，云_{论注云下有名字}。"开光大舍"，有三重_{论注重下有黑字}门，皆白壁赤柱，此三人即入门。见大殿珍宝耀日，堂前有二师子并伏象，_{论注象作顾负二字，又曰作目}。一金玉床，云名"师子之座。"见一大_{论注无大字}人，身可长丈余，_{余作六}。姿颜金色，项有日_{日作白}光，坐此床_{床作座}上，沙门立侍甚众，四座名真人菩萨，见泰山府君来作礼，泰问吏："何人？"吏曰："此名佛，天上天下，度人之师。"便闻佛言："今欲_{论注名字作四坐并三字，萨下有又字，吏下有人是二字，言作云，欲下有慈字}。度此恶道中及诸地狱_{论注狱下有中字}人，皆令出，应时云有_{论注有下有百字}。万九千人，一时得出地狱；即时_{论注即时起作即空徒苦百里城中，其在此中，云皆奉佛法弟子，当过福舍，七日随行，所作功德，有少有无者，见呼云云}。见呼十人，当上生天，有车马_{论注车马下有侍从二字}。迎之，升虚空而去。"‖复见一城，云_{论注去下有出字，无云字}。纵广二百里，名为"受变_{论注变上有吏字，当衍}。形城"，云生来不_{论注作时未}闻道法，而地狱考治已毕者，当于此城受更_{论注二字可}变报。入北_{论注作此}门，见_{论注见下有当有二字}。数千百土屋，_{论注屋下有有坊巷三字，百作万}。中央有大瓦屋，广五十_{论注广上有当字，十作千}。余步，下有五百余吏，对录人名作善恶事状，受是变身形之路，_{论注事作者行二字，是所作，路下有各字}。从其所趋_{论注趋作趣，下有而字}。去。杀者云_{杀下有生字}。当作蜉蝣虫，朝生夕死，若_{若下有出字}。为人，常_{常下有当字}。短命；偷盗者作猪羊身，屠肉偿人；淫逸_{逸作佚}者作鹄鹜蛇身，恶_{恶作两}舌者作鸱鸮鸺鹠，恶_{鸮下四字作鸦鸺鹠鸱}声人闻，皆咒令死；抵债者为驴_{驴下有骡字}马牛鱼鳖之属。大屋下有地房_{房作户}。北向，一户南向，呼从北户，又出南户者，皆变身形作鸟兽。又见一城，纵广百里，其_{论注其下有中字}瓦屋，安居快乐。云生时不作恶，亦不为善，当在鬼趣，千岁_{论注生时起作生时不作恶行,不见大道,亦不受罪,名为鬼城,千岁云云}。得出为人。又见一城，广有_{论注无有字}五千余步，名为地中罚谪者不堪苦痛，_{论注苦痛下有还家索代,家为解谪,皆在此城中三句}男女五六万，皆裸形无服，饥困相扶，见泰叩头啼哭。_{论注啼哭下有463问吏,天道地狱道门相去几里?曰,天道地狱道门相对四句}‖泰按行毕_{毕作匝}还，主者问："地狱如法否_{否作不}卿无罪，故相浼_{浼作使}为水官都督；不尔，与狱中人无异。"泰问："人生_{生作死}何以_{以作者}为乐？"主者言："唯奉佛弟子，精进，不犯禁戒为乐耳！"又问："未奉佛时罪过山积，今奉佛_{论注今奉下无佛字}法，其过得除否？"_{否作不}曰："皆除。"主者又召都录使者，问："赵泰_{泰作文和二字}何故死？"‖来使开縢检年纪之籍云："有_{论注无云字,有下有余字}算三十年，横为恶鬼所取，今遣还家。"｜由是大小发意奉佛。为祖_{论注祖下有父母二字}及_{论注及下有二字}弟悬幡盖，诵法华经作福也。_{论注末作悬幡盖作福会也}

（按：文中｜、‖为分节符号，｜表节间的分隔，‖表层次间的分隔。下同）

《赵泰传》只言赵泰入冥，至一处所，此处"三重黑门、高梁瓦屋"，又有"泰山府君、左右主者"等等。同样的去处，在《幽冥录》中被大篇幅地扩展：赵泰因无过犯亦无功德，使为水官监作吏，后转水官都督，总知狱事，得以按行地狱，到泥犁地狱见其父母兄弟，知转《法华经》可解生时罪过，而后至开光大舍见佛度罪人出狱，复见受变形城等。因有余算，故放还家。而对于地狱诸种情节的描述成为其最主要的部分。

《冥祥记》"赵泰"条出自《法苑珠林》卷七，参校《太平广记》卷三七七而成，此条与《幽明录》"赵泰"条实为不同两条，而此点却屡为学者所混淆①，如表4—2所示：

表4—2　　　《幽明录》"赵泰"条与《冥祥记》"赵泰"条之出处

书名	条目	出处
幽明录	赵泰	辑自（宋）李昉等编《太平广记》卷一〇九，中华书局1961年版，第3册，第739—741页
		参校《辩正论》卷八注，《中华大藏经》第62册，第577页下
		见《鲁迅辑录古籍丛编》，林辰、王永昌编校，人民文学出版社1999年版，第255—258页
冥祥记	赵泰	辑自（唐）道世《法苑珠林》卷七，周叔迦、苏晋仁校注，中华书局2003年版，第1册，第255—258页
		参校（宋）李昉等编《太平广记》卷三七七，中华书局1961年版，第8册，第2996—2998页
		见《鲁迅辑录古籍丛编》，林辰、王永昌编校，人民文学出版社1999年版，第317—320页

与《幽明录》相比，《冥祥记》"赵泰"条更注重对于地狱"楚毒各殊"的描述。若将二书同样内容进行比对，即可知《冥祥记》对于地狱描写之详细更胜《幽明录》。如，赵泰经地狱审问，开始按察地狱时，《幽明录》这样描写：

　　断问都竟，使为水官监作吏，将千馀人接沙著岸上，昼夜勤苦，啼泣悔言："生时不作善，今堕在此处。"后转水官都督，总知诸狱事，给马，东到地狱按行，复到泥犁地狱，男子六千人，有火树，纵论注此处下有当归索代四字。马下有兵字，男子作男女，火作大，下同，纵作横。广五十馀步，高千丈，四边皆有剑，树上然火，论注剑下有上人着三字，火仍作大。其下十十五五，堕火剑上，贯其身体，云："此人祝咀骂詈，夺人财物，假伤良善。"

---

① 参见本书所附《〈古小说钩沉〉校勘一则》。

第四章 地狱描写的渗入对中古小说的影响　　117

同样的内容，在《冥祥记》则更为详细、具体：

> 所至诸狱，楚毒各殊。或针贯其舌，流血竟体。或被头露发，裸形徒跣，相牵而行，有持大杖，从后催促。铁床铜柱，烧之洞然；驱迫此人，抱卧其上。赴即焦烂，寻复还生。或炎炉巨镬，焚煮罪人。身首碎堕，随沸翻转。有鬼持叉，倚于其侧。有三四百人，立于一面，次当入镬，相抱悲泣。或剑树高广，广记引有此字。不知限量，根茎枝叶，皆剑为之。人众相訾，自登自攀，若有欣意，广记引作欣竞。而身首割截，尺寸离断。

两相对比，首先可发现后者字数比前者多出一倍。其次，《幽明录》虽重视对于地狱场景的描述，但"铁床铜柱"、"炎炉巨镬"，这样的场景，在文中并未出现。至《冥祥记》才渗入了这样的内容。《法苑珠林》卷七，"地狱部"云："夫论地狱幽酸，特为痛切。刀林耸日，剑岭参天。沸镬腾波，炎炉起焰。铁城昼掩，铜柱夜然。如此之中，罪人遍满。"[①] 与文中场景，非常相似。这显然是佛教地狱描述，进一步渗入志怪小说的结果。

再以《冥祥记》"慧达"条为例来分析：该文是在僧传的基础上，增补了大量地狱描述而成。梁慧皎《高僧传》卷一三有《慧达传》，关于慧达暂死复生之事，记述得非常简单：释慧达，姓刘，本名萨河，并州西河离石人。少好田猎。年三十一，忽如暂死，经日还苏，备见地狱苦报，见一道人云是其前世师，为其说法训诲，令出家，往丹阳、会稽、吴郡觅阿育王塔像。[②]

僧传中的寥寥数语被志怪小说家敷衍成了千字以上的长文：

> 晋沙门慧达，姓刘名萨荷，西河离石人也。未出家时，长于军旅，不闻佛法；尚气武，好畋猎。｜年三十一，暴病而

---

① （唐）道世撰，周叔迦、苏晋仁校注：《法苑珠林校注》，中华书局2003年版，第202页。

② （梁）慧皎撰，汤用彤校注，汤一玄整理：《高僧传》，中华书局1992年版，第477—479页。

死。体尚温柔，家未殓。至七日而稣。说云：将尽之时，见有两人执缚将去，向西北行。行路转高，稍得平衢，两边列树。见有一人，执弓带剑，当衢而立。指语两人，将荷西行。见屋舍甚多，白壁赤柱。荷入一家，有女子美容服，荷就乞食。空中声言，勿与之也。有人从地踊出，执铁杵，将欲击之。荷遽走，历入十许家皆然，遂无所得。复西北行，见一妪乘车，与荷一卷书，荷受之。西至一家，馆宇华整，有妪坐于户外，口中虎牙。屋内床帐光丽，竹席青几。复有女子处之，问荷，"得书来不？"荷以书卷与之，女取馀书比之。俄见两沙门，谓荷，"汝识我不？"荷答："不识。"沙门曰："今宜归命释迦文佛。"荷如言发念，因随沙门俱行。| 遥见一城，类长安城，而色甚黑，盖铁城也。见人身甚长大，肤黑如漆，头发曳地。沙门曰："此狱中鬼也。"其处甚寒，有冰如席，飞散着人，着头，头断；着脚，脚断。二沙门云："此寒冰狱也。"荷便识宿命，知两沙门，往维卫佛时，并其师也。作沙弥时，以犯俗罪，不得受戒。世虽有佛，竟不得见从。再得人身，一生羌中，今生晋中。又见从伯，在此狱里。谓荷曰："昔在邺时，不知事佛。见人灌像，聊试学之；而不肯还直，今故受罪。犹有灌福，幸得生天。"| 次见刀山地狱。次第经历，观见甚多。狱狱异城，不相杂厕。人数如沙，不可称计。楚毒科法，略与经说相符。自荷履践地狱，示有光景。| 俄而忽见金色，晖明皎然。见人长二丈许，相好严华，体黄金色。左右并曰："观世大士也。"皆起迎礼。有二沙门，形质相类，并行而东。荷作礼毕。菩萨具为说法，可千馀言，末云："凡为亡人设福，若父母兄弟，爱至七世姻媾亲戚，朋友路人，或在精舍，或在家中，亡者受苦，即得免脱。七月望日，沙门受腊；此时设供，弥为胜也。若制器物，以充供养，器器摽题，言为某人亲奉上三宝，福施弥多，其庆逾速。沙门白衣，见身为过，及宿世之罪，种种恶业，能于众中尽自发露，不失事条，勤诚忏悔者，罪即消灭。如其弱颜羞惭，耻于大众露其过者，可在屏处，默自记说，不失事者，罪亦除灭。若有所遗漏，非故隐

第四章 地狱描写的渗入对中古小说的影响　　119

蔽，虽不获免，受报稍轻。若不能悔，无惭愧心，此名执过不反，命终之后，克坠地狱。又他造塔及与堂殿，虽复一土一木，若染若碧，率诚供助，获福甚多。若见塔殿，或有草秽，不加耘除，蹈之而行，礼拜功德，功即尽矣。"又曰："经者尊典，化导之津。《波罗蜜经》，功德最胜。《首楞严》亦其次也。若有善人，读诵经处，其地皆为金刚，但肉眼众生，不能见耳。能勤讽持，不坠地狱。《般若》定本，及如来钵，后当东至汉地。能立一善，于此经钵，受报生天，倍得功德。"所说甚广，略要载之。荷临辞去，谓曰："汝应历劫，备受罪报。以尝闻经法，生欢喜心，今当见受轻报，一过便免。汝得济活，可作沙门。洛阳、临淄、建业、鄮阴、成都五处并有阿育王塔。又吴中两石像，育王所使鬼神造也，颇得真相。能往礼拜者，不堕地狱。"语已东行。| 荷作礼而别。出南大道，广百馀步。道上行者，不可称计。道边有高座，高数十丈，有沙门坐之。左右僧众，列倚甚多。有人执笔，北面而立，谓荷曰："在襄阳时，何故杀鹿？"跪答曰："他人射鹿，我加创耳。又不啖肉，何缘受报？"时即见襄阳杀鹿之地，草树山涧，忽然满目。所乘黑马，并皆能言。悉证荷杀鹿年月时日。荷惧然无对。须臾，有人以叉叉之，投镬汤中。自视四体，溃然烂碎。有风吹身，聚小岸边，忽然不觉还复全形。执笔者复问："汝又射雉，亦尝杀雁。"言已，又投镬汤，如前烂法。受此报已，乃遣荷去。| 入一大城，有人居焉。谓荷曰："汝受轻罪，又得还生，是福力所扶。而今以后，复作罪不？"乃遣人送荷。遥见故身，意不欲还。送人推引，久久乃附形，而得稣活。| 奉法精勤，遂即出家，字曰慧达。太元末，尚在京师。后往许昌，不知所终。① |

该文对地狱的描述似梦似醒，亦幻亦真，行文颇有意识流小说

---

① 林辰、王永昌编校：《鲁迅辑录古籍丛编》，人民文学出版社1999年版，第351—354页。

叙事之特点。慧达入冥,至一处所,入屋乞食,竟屡遭拒绝;后遇沙门,随之俱行,历寒冰地狱、刀山地狱;复遇观音大士,为其宣说解脱之法;最后,受镬汤煎熬而出。对于地狱的描述,成为全文的主要部分。

这些小说篇幅的大大加长,在南朝志怪中最为突出。作者着意求细,运用对话、描写等手段,把故事叙写得具体生动,使读者有身临其境之感。这是志怪小说在艺术上的一个很大的进步。李剑国云:(《冥祥记》之"赵泰"、"陈安居"、"慧达")此三条"置于唐传奇中亦不算逊色","在南北朝同类书中,其馀诸作莫能望其项背。"[1]

(一) 对于历史叙事的突破

从表面上看,这样巨大的篇幅增加,可能要归因于文笔华丽和行文拖沓。但是,以上所列各文章篇幅的增加,并不是这些原因造成的。它们的语言是简练的,行文也非常紧凑。从更深的层次上看,其原因在于文章叙事观念的变化。

初期短篇志怪小说的体系,是依照史书传统而建立起来的。作为中国历史叙述的传统,"春秋笔法"有着源远流长的发展过程。所谓"春秋笔法"就是坚持对历史的客观认识和基本的社会准则,通过简洁而有深意的历史叙述方式和技巧,不动声色又不留情面地表明对历史事件与人物的道德评判。[2] 随着时代的发展,春秋笔法的含义逐渐摆脱了是否以符合礼仪为标准的局限,从司马迁开始,又赋予了它"不虚美、不隐恶"的实录精神,因而写作客观真实的"信史",成为历代史家的最高追求。刘知几认为,史学叙事的正宗经历了如下发展:"昔荀悦有云:'立典有五志焉:一曰达道义,二曰彰法式,三曰退古今,四曰著功勋,五曰表贤能。'干宝之释五志也,'体国经野之言则书之,用兵征伐之权则书之,忠臣烈士孝子贞妇之节则书之,文诰专对之辞则书之,才力技艺殊异则书

---

[1] 李剑国:《唐前志怪小说史》,天津教育出版社2005年版,第478—479页。
[2] 刘勇强:《中国古代小说史叙论》,北京大学出版社2007年版,第57页。

之。'"刘知几在前代史学家的基础上,"更广以三科,用增前目:一曰叙沿革,二曰明罪恶,三曰旌怪异。……于是以此三科,参诸五志,则史氏所载,庶几无阙。"① 荀悦之说,见于《汉纪·高祖第一》,是他在汉末总结《史记》、《汉书》的基础上提出来的,代表了六朝叙事小说兴起以前的历史叙事原则。

去繁就简,是历史叙述的一个原则,历史叙述大多仅仅简略地叙述必须传达的内容。这一记录历史的传统方式在初期的志怪小说中被采用,这正可证明初期记录志怪的人只是将自己的记录视为史书的一种。他们抱着"补史之阙"的态度写作,并不需要刻意的描写,这就使初期的短篇志怪与传统史书一样简略而朴实。《神异经》、《拾遗记》、《搜神记》、《列仙传》、《博物志》等初期的志怪题目中的"经"、"记"、"传"等字眼也暗示我们,当时志怪的记录者将自己的写作,看作是对历史的另一种方式的记录。后期志怪的篇幅加长则可以视作一种从"史学"领域向"文学"领域的转变。此类故事的记录者或编辑者逐渐淡化了自觉记录补充历史的意识,而开始注重故事形式的趣味性与完整性。

而这一改变,则促成了历史叙事向小说叙事的转化。关于小说的叙述语体特征,童庆炳认为首要的是其"内指性":"小说作为一种特殊的话语系统,其话语是虚构的。这样小说所运用的叙述语体与普通语体的一个重要差别,就是其所指的对象不同。普通语体是外指性的,它指向外部的客观世界,因而必须经得起外部世界的事实的验证,语言的虚夸而经不起事实的检验,将被视为说谎和胡编乱造。"而在小说中,"故事是虚构的、幻想的,它是一个独立性格的逻辑,即指向小说语言自身是否合乎故事和性格的逻辑,无须经过外部客观事实的检验。这也就是说叙述语体是内指性的,即指向小说里的艺术世界。"② 小说之所以独立于历史之外的根本特征,就正在于叙事虚实之间的差别。

---

① (唐)刘知几著,(清)浦起龙撰:《史通通释》,上海古籍出版社1978年版,第229页。

② 童庆炳:《文体与文体的创造》,云南人民出版社1999年版,第135页。

小说叙事的独立，小说文体的兴起，必须有待于对历史叙事的超越，和对历史叙事原则的抛弃。"小说叙事从历史叙事中独立出来，其历程是艰难的，它必须有两个大的突破：一是由历史叙事的简洁性原则到小说叙事的丰赡性要求，或者说从历史叙事的事件梗概性叙述到小说叙事的故事细节化叙述；二是历史叙事的尚实原则到小说叙事的虚构要求，或者说是由历史叙事的真实性再现到小说叙事的本质真实化表现。这两个突破必须同时达到相当的程度，才能促成文学性小说文体的兴起。"[①]

在这个过程中，大篇幅的地狱类作品起了非常关键的作用。李剑国在《唐前志怪小说史》中这样评价它们："首先，它们在小说中首次具体细致地描写了入冥和地狱，给小说开辟了一个新的题材，创造了一种独特的入冥母题和叙事模式；而它作为一种独特的幻想形式和幻想素材，完全可以用来表现象唐太宗入冥、孙悟空闹地府及《聊斋志异·席方平》那样有意义的故事。其次，'赵泰'等笔触细致，描写生动，技巧性强，情态如画，历历在目，显示着志怪小说的进步。"[②]

可以看出，这种地狱类作品在叙事方式上已经明显地摆脱了历史记录的特性，而更多地体现出小说的特性。

（二）对于虚构意识的促成

清代刘熙载云："文章蹊径好尚，自《庄》、《列》出而一变，佛书入中国又一变，《世说新语》成书又一变。"[③] 这一"变"究竟变在哪里？刘熙载并没有说明。但是其所言："佛书入中国又一变"，当指汉译佛经对中国文学带来的影响。从叙事学的角度来看，其所说的"变"主要就是促成了中国叙事文学从注重真实叙事向虚构叙事的转变。

[①] 韩云波：《唐代小说观念与小说兴起研究》，四川民族出版社2002年版，第136页。
[②] 李剑国：《唐前志怪小说史》，天津教育出版社2005年版，第398—399页。
[③] （清）刘熙载：《艺概》，上海古籍出版社1978年版，第9页。

第四章 地狱描写的渗入对中古小说的影响

在中国源于史官文化的叙事文学中，史家倡导的真实性原则成了中国叙事文学的首要原则。而佛经叙事则不重真实性，存在明显的夸饰，其虚构叙事观对中国叙事文学尤其是小说叙事的影响尤为深刻，它的传入对中国文学产生了深远的影响。佛教叙事对小说虚构意识的影响，蒋述卓认为从六朝就开始了，他列举了来自佛教自身的大量例证，对佛教叙事的虚构机制做了说明：

佛教文学的虚构性是与佛教哲学的本体论分不开的。佛教哲学把世界看作虚幻不实，它虽然也讲世界是由"四大"（地、水、火、风）这些物质构成，但它又从因缘论出发，认为"四大皆空"、"诸法皆空"，如龙树所说："未曾有一法，不从因缘生，是故一切法，无不是空者。"（《中论》卷四）佛教的大乘般若经典常爱用"如梦如幻"来说明事物的虚妄不实。如《道行般若经》卷五"分别品"云："诸法空，诸法如梦，诸法如一，诸法如幻。"《放光般若经》卷二"本无品"云："五阴如梦，如响如光，如影如幻，如炎如化，终始不可得。"鸠摩罗什译《大品经》卷一云："诸法如幻，如焰，如水中月，如虚空，如响，如犍闼婆城，如梦，如影，如镜中像，如化。"这就是著名的"大乘十喻"。佛教看待世上一切众生（人物、动物）亦是如此，如鸠摩罗什译《维摩诘所说经·观众生品》云："尔时文殊师利问维摩诘言：菩萨云何观于众生？维摩诘言：譬如幻师见所幻人，菩萨观众生若此；如智者见水中月，如镜中见其面像，如热时焰，如呼声响，如空中云，如水聚沫，如水上泡，如芭蕉坚，如电久住……如空中鸟迹，……如梦中所见已寤，……如无烟之火，菩萨观众生为若此。"佛教故事里亦常举"幻化人"的故事，认为世上万相就如幻化人一样，虽然有相却本无所有，事物之有名字只不过是"假号"而已，"诸法假号不真。譬如幻化人，非无幻化人，幻化人非真人也"（僧肇《不真空论》引《放光般若》语）。鸠摩罗什解释什么是"法身"时也说："佛法身者，同于变化。……如镜中像，水中月，……幻亦如是，法身亦然。"（《罗什大义·答真法身义》）"法身可以假名说，不可以取相求。"（《罗什大义·答三十二相义》）而小乘佛教恶取空一派，也认为蕴、处、界三科都是主客观因缘条件互相作用的结果，是变化无常的，人由五蕴和合而成，是没有真实实体的，是虚无的，由此推及"四大"是空无所有。这仍然还是断定世界是虚妄不实的。正是受这种视世界为虚妄不实观念的支配，印度人对于历史也是不注重的，印度虽很早就出现史诗，但并不注重对历史的准确记载，"没有比印度人的年代记载更纷乱、更不完全的。没有一种民族在天文学、数学等方面已经如此发达而对于历史学却如此之无能"。因此，印度文学里常常出现"化身"、"化城"、"梦幻"、"幻影"等故事，作品中的一切人物、动物都被看作是假定的。印度戏剧的核心，也是摩耶（"幻象"或"幻影"）这个概念在起作用，它不是为了表现什么，而是为了创造幻影。幻术在古代印度的发达，也是由于这一原因。魏晋南北朝志怪小说对印度佛经故事的翻版、借用以及仿效，自然在形式与内容上都引起了变化，如题材的移植、情节的借用、思想的渗透，但是，更为重要的，却是随着这些故事的输入，助长了中国小说的虚构意识。它是真正触动中国小说发生根本变化的原因。①

在佛教传入之前，中国小说中并没有出现关于地狱的描写。虽然中国早期也存在着鬼神的观念，但佛教的传入，使中国的鬼神变得更为多样，作品中对鬼神的描写也随之丰富而具体。地狱以及地狱中的鬼神形象也逐渐鲜明了起来。在这个过程中，地狱描写向小说的渗入，无疑助长和促成了中国小说的虚构意识。

再回到具体作品来分析，上文所列《幽明录》之赵泰条，按内容可分为四个小节：

---

① 蒋述卓：《论佛教文学对志怪小说虚构意识的影响》，《比较文学研究》1987年第4期。

1. 赵泰简历、家世。
2. 赵泰暂死、复生。
3. 赵泰回忆入冥经历。此部分成为全篇主体，占了全文绝大部分篇幅，又可细分为七个层次：
（1）被追入冥，冥间审判。
（2）生未犯恶，委受冥职。
（3）按行泥犁，历览诸苦。
（4）开光舍中，睹佛度人。
（5）变形城内，见诸变报。
（6）按行已毕，主者教导。
（7）年算未尽，放回阳世。
4. 赵泰复生，发意奉佛。

从叙事来看，一、二、四层皆为实录，这是历史叙事的影响。第三层为虚构，构想出了一个虚拟的地狱世界，而且成为文章的主要部分。

再以《冥祥记》"慧达"条为例来分析，该文可分为八个小节：
1. 慧达出生、性情及死而复苏。
2. 被缚送往地狱时所见情景。
3. 寒冰地狱。
4. 刀山地狱。
5. 观音大士说法。
6. 慧达在地狱所受磨难。
7. 遣归。
8. 复活后出家奉法。

从叙事来看，第二、三、四、五、六、七节皆为虚构，虚构部分不但为文章的主要部分，而且其场景描写、对话描写都非常细腻曲折。第三节写到寒冰地狱时还运用了补叙手法，说清了慧达所逢两沙门的来历。

地狱类小说一边联系着现实，一边沟通着超现实，在真实的表层结构下维系着一个虚幻的深层结构，假借真实的外壳描述虚幻之事，使幻想与虚构借助真实的存在方式展示出来。对于叙事而言，其真正价值恰恰在其虚构。这些作品一气呵成，浑然一体，情节连贯，叙述生动，奇幻的描写被作为真实的存在展示于读者面前，给人一种虚幻性的现实感。这种虚构成分极强的小说，是作者自觉虚构创造的结果。有人认为此时期志怪小说的作者是将地狱作为真实的存在来叙述的，但是当叙述本身成为一个持久性的行为时，它就和事实本身的真实性拉开了距离，从而达到了一种更高层次的本质的真实。以上所列作品中，占主体的虚构部分成了小说的重心所在，小说所要表达的最重要的思想全部寄寓其中，而前后的情节叙述成为必不可少的背景交代。也只有在这样的背景下，其描述的一切才能有所依傍。

对于地狱的描述，刺激了小说叙事的虚构意识，增强了文章的叙事技巧，致使六朝小说在篇幅上大大扩充，在虚构叙事上取得了实质性的突破。在此过程中，小说借助佛教的地狱思想，打破了幽明的界限，让想象的触角延伸到了广阔的地狱世界，这不仅拓展了小说的表现领域，更促成了小说叙事对于其虚构本质的认识和追求；佛教的地狱观念也借助小说这种独特的艺术表现形式，增强了其传播力度，在民众思想中达到了一种前所未有的深入程度。

二　隋唐五代

进入唐代，小说的篇幅进一步增大。地狱描写对于该时期小说的影响，更加明显。以《冥报记》为例，就现存 68 条佚文来看，500 至 1000 字的有 18 篇，占到总数的 26%。1000 字以上有 2 篇，仍为地狱类作品，如表 4—3 所示。

《王璹》一文，讲述冥间的事情细致生动，可以说已初步具有了后来传奇小说注意细节描写的特点。《眭仁蒨》一文，所包括的情节，也从简略单一的形态向多重曲折转换的复杂形态发展。

表 4—3　　　《冥报记》中"王璹"条、"眭仁蒨"条
之出处及字数

书名	条目	出处	字数
冥报记	王璹	（唐）道世《法苑珠林》卷七九，周叔迦、苏晋仁校注，中华书局 2003 年版，第 5 册，第 2321—2324 页	1088
		（宋）李昉等编《太平广记》卷三八〇，中华书局 1961 年版，第 8 册，第 3021—3023 页	
	眭仁蒨	（唐）道世《法苑珠林》卷六，周叔迦、苏晋仁校注，中华书局 2003 年版，第 1 册，第 196—200 页	1506
		（宋）李昉等编《太平广记》卷二九七，中华书局 1961 年版，第 2364—2367 页	

地狱类作品中，尤可注意者为牛僧孺《玄怪录》所载"杜子春"故事。该故事由《西域记》"烈士池"传说演变而来。"杜子春"系列故事源自印度传说，霍世休、钱钟书等人早已揭出[1]，本文所强调的是，地狱描写的大量渗入，使该故事变得细节逼真，情节跌宕，遂成为唐代传奇中不可多得的著名篇章。《西域记》卷七"婆罗痆斯国"载：

　　施鹿林东行二三里，至窣堵波，傍有洄池，周八十馀步，一名救命，又谓烈士。闻诸先志曰：数百年前有一隐士，于此池侧结庐屏迹，博习伎术，究极神理，能使瓦砾为宝，人畜易形，但未能驭风云，陪仙驾。阅图考古，更求仙术。其方曰：

---

[1] 钱钟书：《管锥编》有按语云：卷四四《萧洞玄》（出《河东记》）、卷三五六《韦自东》（出《传奇》），两则相类，皆前承《大唐西域记》卷七婆罗痆斯国救命池节，后启《绿野仙踪》第七三回《守仙炉六友烧丹药》。《酉阳杂俎》续集卷四载顾玄绩事亦同，段成式即引《西域记》比勘。《华严经疏钞玄谈》卷二〇论"梦中所见广大，未移枕上，历史久远，未经斯须"，《宗镜录》卷六八论"三世十世等时皆从能变心生"，均举《西域记》此记为例。扑杀儿子，以试道念坚否，则葛洪书早有，如《广记》卷一二《蓟子训》（出《神仙传》）："见比屋抱婴儿，训求抱，失手堕地，儿即死。"西方中世纪苦行僧侣试其徒，抑或命之抛所生呱呱赤子于深沼中。钱钟书：《管锥编》，中华书局 1979 年版，第 655 页。

"夫神仙者，长生之术也，将欲求学，先定其志，筑建坛场，周一丈馀。命一烈士，信勇昭著，执长刀，立坛隅，屏息绝言，自昏达旦。求仙者中坛而坐，手按长刀，口诵神咒，收视反听，迟明登仙。所执铦刀变为宝剑，凌虚履空，王诸仙侣。执剑指麾，所欲皆从。无衰无老，不病不死。"是人既得仙方，行访烈士，营求旷岁，未谐心愿。后于城中遇见一人，悲号逐路。隐士睹其相，心甚庆悦，既而慰问："何至怨伤？"曰："我以贫窭，佣力自济。其主见知，特深信用，期满五岁，当酬重赏。于是忍勤苦，忘艰辛。五年将周，一旦违失，既蒙笞辱，又无所得。以此为心，悲悼谁恤？"隐士命与同游，来至草庐，以术力故，化具肴馔。已而令入池浴，服以新衣。又以五百金钱遗之，曰："尽当来求，幸无外也。"自时厥后，数加重赂，潜行阴德，感激其心。烈士屡求效命，以报知己。隐士曰："我求烈士，弥历岁时，幸而会遇，奇貌应图，非有他故，愿一夕不声耳。"烈士曰："死尚不辞，岂徒屏息？"于是设坛场，受仙法，依方行事，坐待日曛。曛暮之后，各司其务，隐士诵神咒，烈士按铦刀。殆将晓矣，忽发声叫。是时空中火下，烟焰云蒸，隐士疾引此人，入池避难。已而问曰："诫子无声，何以惊叫？"烈士曰："受命后，至夜分，昏然若梦，变异更起。见昔事主躬来慰谢，感荷厚恩，忍不报语。彼人震怒，遂见杀害，受中阴身，顾尸叹惜。犹愿历世不言，以报厚德。遂见托生南印度大婆罗门家，乃至受胎出胎，备经苦厄。荷恩荷德，尝不出声。洎乎受业、冠婚、丧亲、生子，每念前恩，忍而不语。宗亲戚属咸见怪异。年过六十有五，我妻谓曰：'汝可言矣！若不语者，当杀汝子。'我时惟念，已隔生世，自顾衰老，唯此稚子，因止其妻，令无杀害，遂发此声耳。"隐士曰："我之过也！此魔娆耳。"烈士感恩，悲事不成，愤恚而死。免火灾难，故曰救命；感恩而死，又谓烈士池。①

---

① （唐）玄奘、辩机撰，季羡林等校注：《大唐西域记校注》，中华书局1985年版，第576—578页。

"杜子春"故事情节与此极为相似，该条略云，杜子春落魄时屡受一老者馈赠，遂下决心改掉旧习，并答应老人的约定，来年中元节在老君庙前相见。第二年见面后，杜子春随老人登上华山云台峰。老人原来是一位道士，杜子春为报恩，答应为道士守护药炉。道士持白石三丸、酒一卮、虎皮一张送给杜子春，令其端坐勿语。戒曰："慎勿语，虽尊神恶鬼夜叉，猛兽地狱，及君之亲属，为所困缚万苦，皆非真实。但当不动不语，宜安心莫惧，终无所苦。当一心念吾所言"，言讫而去。杜子春果然见到诸多神异景象：先有大将军率人马来射；有猛虎、毒蛇万计，跳跃欲啮；大雨滂沱，雷电交织，洪波滔天；大将军复来，引牛头狱卒，置大锅于前；又将妻子拉来，捶打折磨，妻百般求救，终能不应；又将其魂带去见阎罗，受尽地狱熔铜、铁杖、碓捣、碾磨、火坑、镬汤、刀山、剑林之苦。杜子春皆能隐忍不言；后杜子春被杀，转世做女人，结婚生子，不忍丈夫暴怒杀子，而失声犯禁，功败垂成。

两相比对，可见《玄怪录》"杜子春"故事刻意在细节和幻象描写上，大做文章。其对于地狱描写之奇诡骇人，人物在其中之精妙传神，远胜前文。其中对于地狱考略的描述就非常逼真：

<blockquote>
道士适去，而旌旗戈甲，千乘万骑，遍满崖谷来，呵叱之声动天，有一人称大将军，身长丈馀，人马皆着金甲，光芒射人。亲卫数百人，拔剑张弓，直入堂前，呵曰："汝是何人，敢不避大将军！"左右竦剑而前，逼问姓名，又问作何物，皆不对。问者大怒，催斩，争射之，声如雷，竟不应。将军者拗怒而去。俄而猛虎、毒龙、狻猊、狮子、蝮蛇万计，哮吼拿攫而前，争欲搏噬，或跳过其上。子春神色不动。有顷而散。既而大雨滂澍，雷电晦暝，火轮走其左右，电光掣其前后，目不得开。须臾，庭际水深丈馀，流电吼雷，势若山川开破，不可制止。瞬息之间，波及坐下。子春端坐不顾。未顷而散。将军者复来，引牛头狱卒，奇貌鬼神，将大镬汤而置子春前，长枪刃叉，四面周匝，传命曰："肯言姓名即放，不肯言，即当心叉取置之镬中。"又不应。因执其妻来，捽于阶下，指曰："言
</blockquote>

姓名免之。"又不应。乃鞭捶流血，或射或斫，或煮或烧，苦不可忍。其妻号哭曰："诚为陋拙，有辱君子。然幸得执巾栉，奉事十馀年矣，今为尊鬼所执，不胜其苦。不敢望君匍匐拜乞，望得公言，即全性命矣。人谁无情，君乃忍惜一言。"雨泪庭中，且咒且骂，子春终不顾。将军曰："吾不能毒汝妻耶？"令取剉碓，从脚寸寸剉之。妻叫哭愈急，竟不顾之。将军曰："此贼妖术已成，不可使久在世间。"敕左右斩之。斩讫，魂魄被领见阎罗王，王曰："此乃云台峰妖民乎？"促付狱中。于是熔铜、铁杖、碓捣、硙磨、火坑、镬汤、刀山、剑林之苦，无不备尝。然心念道士之言，亦似可忍，竟不呻吟。

文中关于地狱情形的描写，较之《西域记》的简单叙述更加婉转曲折，从而显示了该文从宗教记载到小说创作的演变过程。

敦煌变文《唐太宗入冥记》亦是如此，《唐太宗入冥记》题材当源于《朝野佥载》，原来200余字的记载，被敷衍成长达3600余字的小说。其中大量入冥细节的铺展和人物心理的描写，成为其篇幅扩大的主要原因。具体分析前文已述，此处从略。

敦煌目连类变文可谓中印文化交流中结出的一大硕果。目连变文的形成，枝节庞杂，涉及方面众多。众所周知，目连故事缘自西晋竺法护译《佛说盂兰盆经》。据唐宗密《盂兰盆经疏》所述，《盂兰盆经》前后共有三译：一为西晋武帝时竺法护所译，名《佛说盂兰盆经》；一为晋惠帝时法炬所译，名为《灌腊经》；一为阙名译，名为《报恩经》。其中法炬所译已亡佚；《报恩经》今称《佛说报恩奉盆经》，内容和竺法护所译基本相同而较简短。[①] 在中国流传最广、影响最大的《佛说盂兰盆经》短小精悍，不足千言，兹录于下：

闻如是，一时佛在舍卫国祇树给孤独园，大目乾连始得六

[①] （唐）宗密：《佛说盂兰盆经疏》云："佛说盂兰盆经，此经总有三译：一晋武帝时，刹法师翻云盂兰盆经。二惠帝时，法炬法师译云灌腊经。应此文云，具饭百味五果汲灌盆器香油锭烛等故。三旧本别录，又有一师，翻为报恩经。约所行之行而立名故。今所释者，即初译也。"《大正藏》第39册，第506页下。

通，欲度父母，报乳哺之恩。即以道眼观视世间，见其亡母生饿鬼中，不见饮食，皮骨连立。目连悲哀，即钵盛饭，往饷其母。母得钵饭，便以左手障饭，右手抟饭。食未入口，化成火炭，遂不得食。目连大叫，悲号啼泣，驰还白佛，具陈如此。

佛言："汝母罪根深结，非汝一人力所奈何。汝虽孝顺，声动天地。天神、地神、邪魔、外道、道士、四天王神，亦不能奈何。当须十方众僧威神之力，乃得解脱。吾今当为汝说救济之法，令一切难皆离，忧苦罪障消除。"

佛告目连："十方众僧，于七月十五日，僧自恣时，当为七世父母，及现在父母，厄难中者，具饭百味、五果、汲灌、盆器、香油、锭烛、床敷、卧具；尽世甘美，以着盆中，供养十方大德众僧。当此之日，一切圣众，或在山间禅定，或得四道果，或树下经行，或六通自在、教化声闻缘觉，或十地菩萨大人，权现比丘，在大众中；皆同一心，受钵和罗饭。具清净戒，圣众之道，其德汪洋。其有供养此等自恣僧者，现在父母、七世父母、六种亲属，得出三途之苦。应时解脱，衣食自然。若复有人父母现在者，福乐百年；若已亡、七世父母生天，自在化生，入天华光，受无量快乐。"时佛勒十方众僧，皆先为施主家咒愿，七世父母，行禅定意，然后受食。初受盆时，先安在佛塔前，众僧咒愿竟，便自受食。

尔时目连比丘，及此大会大菩萨众，皆大欢喜；而目连悲啼泣声，释然除灭。是时目连其母，即于是日，得脱一劫饿鬼之苦。尔时目连复白佛言："弟子所生父母，得蒙三宝功德之力，众僧威神之力故；若未来世，一切佛弟子，行孝顺者，亦应奉此盂兰盆，救度现在父母，乃至七世父母，为可尔不？"

佛言："大善快问！我正欲说，汝今复问。善男子，若有比丘、比丘尼、国王、太子、王子、大臣、宰相、三公、百官、万民庶人，行孝慈者，皆应为所生现在父母、过去七世父母，于七月十五日，佛欢喜日，僧自恣日，以百味饮食，安盂兰盆中，施十方自恣僧，乞愿便使现在父母，寿命百年、无病、无一切苦恼之患，乃至七世父母，离饿鬼苦，得生天人中，福乐无极。"

佛告诸善男子、善女人："是佛弟子修孝顺者，应念念中常忆父母供养，乃至七世父母。年年七月十五日，常以孝顺慈忆所生父母，乃至七世父母，为作盂兰盆施佛及僧，以报父母长养慈爱之恩。若一切佛弟子，应当奉持是法。"尔时目连比丘，四辈弟子，闻佛所说欢喜奉行。①

此经叙述释迦牟尼的弟子大目乾连，初得六神通，用道眼看到自己母亲在饿鬼道中，不得饮食。目连以钵盛饭饷母，但食物未入口即化为炭火，不能得食，目连悲泣，向佛祈请。释迦告诉目连，必须在七月十五日，以百味饮食，人世甘美者，盛装于盂兰盆施僧，以报七世父母恩。目连传说正是在主人公如何克服重重障碍、拯济救拔其母的演述中，变得日益丰满和曲折腾挪起来。所有这些新生情节的演成，都可以说是当时人在《佛说盂兰盆经》内容的基础上，博采、兼容其他佛经故事记载，并注入大量改造制作功夫的结果，如表4—4所示：

表4—4　　《盂兰盆经》之外的佛经中所载的目连故事

经名及出处	章节	内容	对于目连故事的影响
吴支谦译《撰集百缘经·饿鬼品》，见《大正藏》第4册，第222页上—228页上	富那奇堕饿鬼缘 贤善长者妇堕饿鬼缘 恶见不施水堕饿鬼缘 槃陀罗堕饿鬼身体臭缘	此四卷经文，以目连与饿鬼的问答为线索，演示各色人物堕入饿鬼道所受苦报，并述其原因："心生悭贪"、"不施沙门及辟支佛"故也。	影响了目连故事中显示因果报应明验有征的叙事结构

---

① 《大正藏》第16册，第779页。

续表

经名及出处	章节	内容	对于目连故事的影响
	目连入城见五百饿鬼缘	经文云:"时大目连即便入定,观诸饿鬼为在何处,于十六大国,遍观不见。次阎浮提,至四天下,及千世界,乃至三千大千世界,都观不见。怪其所以,寻往佛所,白言:'世尊,我今为彼诸饿鬼等,劝化诸人,并其诸亲,施设大会,为作福德。遍观世界,悉不得见,不审世尊,此诸饿鬼,为在何处?'佛告目连:'彼饿鬼等,皆为业风之所吹去。非汝声闻所能知见。'"	目连上天入地寻访慈母情节
	优多罗母堕饿鬼缘	故事梗概:王舍城一长者与其妻生一子,名优多罗。优多罗长大后意欲出家,其母惜子,并未允许。不过,答应其子供养沙门之条件。日后,其母不堪沙门频繁来往,趁儿子不在家时,辱骂沙门、悭贪不施。终果堕于饿鬼中。其子随后出家,修得阿罗汉果,得闻其母堕饿鬼受苦,勤作功德,广为布施,救其母出恶道,往生天界。	主要影响了青提夫人这一人物形象,对目连故事主干情节也有一定影响
梁宝唱撰《经律异相》,见《大正藏》第53册,第74页上—74页中	目连劝弟施并示报处	目连胞弟资财丰足,起初悭吝不施,后闻佛法,开藏惠施,时隔不久,财宝竭尽,未见果报,心生懊恼、疑惑。目连得知后,以神足力,接弟至第六天,睹众善报。其弟遂明果报,广施不倦。	不仅是目连劝母施善情节的素材,还是目连父因善而进入天堂享乐的原体内容

续表

经名及出处	章节	内容	对于目连故事的影响
西晋竺法护译《佛五百弟子自说本起经》，见《大正藏》第4册，第191页上	摩诃目揵连品	全文皆为偈赞体，叙目连出家，修得辟支佛果位，能腾身飞行，神足无碍；后世亦转为沙门，为外道所杀，得阿罗汉果而灭度。四句偈赞最当重视："是故当悦心，至孝事父母，用欢悦心故，人得胜天上。"	影响了目连孝子形象的塑造
北魏慧觉等译《贤愚经》，见《大正藏》第4册，第376页中—380页上	出家功德尸利苾提品	讲目连凭神足带尸利苾提飞行诣彼地狱，目睹铜镬、刀山、毒箭、白骨等众多恐怖丑恶的事物。	为目连变文中地狱描写提供了想象的素材，也为敦煌变文有关这方面的描写开启了先河

此外《经律异相》卷四九、卷五〇《地狱部》，又连篇累牍移录佛典有关地狱可怕景象的演述，所涉及的原典有《长阿含经》、《大楼炭经》、《净度三昧经》、《问地狱经》、《观佛三昧经》和《大智度论》等。上述经文原典所载内容，俱以夸饰泥犁铁城的阴怪厉怖著称，对后代出现的地狱变相影响很大。其大量的地狱描写，也很可能对目连故事的叙事详略产生相当影响。

（一）人生表现主体性的转变

鲁迅在《中国小说史略》第八篇《唐之传奇文》中云："传奇者流，源盖出于志怪，然施之藻绘，扩其波澜，故所成就乃特异，其间虽亦或托讽喻以纾牢愁，谈祸福以寓惩劝，而大归则究在文采与意想，与昔之传鬼神明因果而外无他意者，甚异其趣矣。"① 初期的志怪内容主要是与未知世界、未知事物相关联的。志怪小说家试着借用所谓志怪形式，向人们提供大量异域奇物的情况。他们通过这样的创作，以非正史的形式试着再现全新的形式世界。与之相反，后期的志怪收回了对自然世界的关心，取而代之的是人们生与死、善与恶等与人生相关联的叙事作品的增多。当然，不论是死而复生的故事还是对地狱的亲身体验的描写，都可以视作是对未知世界的一种解释。但是，故事的中心完全转向了人间生活的本身，而不再是对自然世界的探究。

从对自然的关注到对人事的抒写，从注重宣扬地狱的真实性到借地狱叙写人情世态，这是从六朝到隋唐，志怪小说中非常明显的改变。与六朝时期注重对地狱恐怖、苦毒的描述不同，作为唐代最早的一部志怪小说集②，唐临的《冥报记》已经开始借描写地狱情形来反映人情世态了。六朝志怪中的地狱审判细致严厉且公正无私，如上文所举"赵泰"的例子，从地狱审判，到案行地狱，从对"受变形城"的描述，到"主者"的谆谆教导，无一不是为了体现地狱世界的公正无私和行善作恶必有所报的宗教思想，其叙事语调是充满了虔诚敬信的平板说教。而《冥报记》之《王璹》条，叙事风格已大异其趣。它通过对地狱的描写，反映了世俗的人情世故。人间的诬告、贿赂之事，已经出现于地狱之中了。王璹因地狱老囚李须达诉其擅自改籍而被追入冥，经过地狱审判、两相对质才洗脱诬陷，后被判还阳。通过其描写可以让人感觉到，地狱之中亦是危机四伏、杀机暗藏，下层官吏不分黑白，无耻小人招摇撞骗。当写冥官担心其无端受到牵连，令其速速离去时，文中这样描写：

  璹走，又至一门，门吏曰："汝被搭耳，耳当聋，吾为汝却其中物。"因以手挑其耳，中鸣，乃验决放出。出门外黑如漆，璹不知所之，以手摸西及南，皆是墙壁，唯东无障碍，而

---

① 鲁迅：《中国小说史略》，人民文学出版社1973年版，第55页。
② 侯忠义：《隋唐五代小说史》，浙江古籍出版社1997年版，第162—164页。

暗不可行。璹立住，少顷，见向所讯璹之吏从门出来，谓璹曰："君尚能待我，甚善，可乞我千钱。"璹不应，内自思曰："吾无罪，官放我来，何为有赇吏乎？"吏即谓曰："君不得无行，吾向若不早将汝过官，令二日受缚，岂不困顿？"璹心然之，因愧谢曰："谨依命。"吏曰："吾不用汝铜钱，欲得白纸钱耳，期十五日来。"璹许诺，因问归路，吏曰："但东行二百步，当见一故墙，穿破见明，可推倒之，即至君家也。"璹如其言，行至墙，推良久乃倒。璹从倒处出，即至其所居隆政坊南门矣。于是归家，家人哭泣，入户而苏。至十五日，璹忘不与钱。明日，复病困绝，见吏来，怒曰："君果无行，期与我钱，遂不与，今当复将汝去。"因驱行出金光门，令入大坑。璹拜谢百馀拜，请作钱，乃放归，又苏。璹告家人，买纸百张作钱送之。明日，璹又病困，复见吏曰："君幸能与我钱，而恶不好。"璹复辞谢，请更作，许之。又至廿一日，璹令以六十钱买白纸百张作钱，并酒食，自于隆政坊西渠水上烧之。既而身体轻健，遂愈。①

前文叙写王璹还阳途中，历经若干黑门；地狱官员怒斥其四处乱逛，延误不去，接着被鬼卒搭耳，推将出去。后至此门吏处，门吏为王璹挑出耳中之物，化解了因被鬼卒搭耳，几乎致聋的危险，遂向其索贿。门吏索贿不但讲出了许多的道理，而且使用了恐吓、作祟等等手段。遭遇冤情可通过地狱审判洗清，但鬼吏索贿则不可避免。此类情节在《冥报记》中大量存在，如在长约近千字的地狱类小说《李山龙》中，也有类似描写。李山龙暂死入冥，后判还阳，临行时有三人向其索物，冥吏帮此三人周旋曰："王放君，不由彼。三人者是前收录君使人，一是绳主，当以赤绳缚君者；一是棒主，当以棒击君头者；一是袋主，当以袋吸君气者。见君得还，故乞物耳。"②山龙惶惧，按照吩咐酬谢此三人。《睚仁蒨》中有言

---

① （唐）唐临撰，方诗铭辑校：《冥报记》，中华书局1992年版，第71页。
② 同上书，第43页。

曰："鬼神定是贪饕，往日欲郎君饮食，乃尔殷勤，比知无复厚利，相见殊落寞。"① 这可以作为《冥报记》对索贿鬼神形象的总结。初期印度佛典中所描写的毛骨悚然的地狱，随着时间的流逝，逐渐中国化和人性化。因此，在唐代，生与死，人间与地狱，读者似乎只能从情节发展中去了解其变幻，因为地狱的人间化描写实在让人难以区分到底何为人间何为地狱。唐临在《冥报记》中所描述的腐败丑恶的官场，必然是其官场生涯所见的缩影。

在大多数古人的思想中，死后的世界是一个明镜高悬、公正无私的裁判所，这里的鬼神可以对每个人所作善恶，做到明察秋毫，洞见一切，所谓"天网恢恢，疏而不漏"，否则人们就不再会相信死后世界的存在，或者不再相信死后世界的公正。但是毕竟也有人怀疑这个死后的世界是否真的那样公正无私，阳间的不平是否真的能在阴间里得到补偿。《冥报记》中对于地狱鬼神贪饕的大量描写，使神圣威严的冥间偶像轰然崩塌，促使人们在佛法之外寻求人生的意义。随着时间的推移，唐代出现了《唐太宗入冥记》这样的地狱类小说，在这个记载李世民死而复生的故事中，更让人怀疑死后的世界是否终将屈服于强权和金钱？李世民明明命禄已尽，如何又被崔子玉延寿十年？佛道所宣扬的"善有善报，恶有恶报"，究竟是否可信？很多人对社会的不公感到绝望时，就会寄希望于冥间的审判还人们一个公道。当对现世的不平、愤怒，延续到对阴间公正的怀疑时，就会产生大量的愤世嫉俗的小说，他们借怒骂阴间神灵，发泄对人间不公平的怨恨。唐代以后，此类小说开始大规模地涌现出来。

除此而外，对于人性的探索，对于情、爱的宣扬，也渗入到了唐代地狱类小说之中。《玄怪录》之"杜子春"条，杜子春所历幻境中就出现了地狱。"牛头狱卒"用剉碓将其妻"从脚寸寸剉之"，将杜子春"捉付狱中，于是镕铜铁杖，碓捣硙磨，火坑镬汤，刀山剑树之苦，无不备尝"，最后功亏一篑是因他"所未臻者，爱而已"。此篇故事充满哲理：人之所以为人，是有爱在。从这点来看，

---

① （唐）唐临撰，方诗铭辑校：《冥报记》，中华书局1992年版，第26—30页。

杜子春还有点可爱。还有流行于唐代的目连传说,越来越注重对于目连上天入地救度母亲这一形象的塑造,对人情、孝道的宣扬,逐渐成为其主旨之所在。用地狱之苦来反衬人情之爱,具有强烈的艺术感染力。这些文章,比之于以前的志怪类小说,旨趣已大为不同,用入冥和地狱来写人性,着重在人事而不是鬼神。

(二) 故事情节的曲折完整

地狱描写的渗入对小说的影响还在于,它使小说情节构成变得曲折完整起来。当然,这一改变并非一蹴而就的,总体来看它是随着佛教东传,地狱观念以及支撑它的果报观念的深入人心而实现的。在南北朝小说中有三条关于"张应"的记载,地狱情节的渗入过程,非常明显。在最早叙述张应故事的《灵鬼志》中,甚至未见入冥的情节:

> 历阳县张应,先是魔家,娶佛家女为妇。咸和八年,移居芜湖。妻病,因为魔事,家财略尽,不差。妻曰:"我本佛家女,乞为我作佛事。"应便往精舍中,见竺昙镜,镜曰:"佛普济众生,问君当一心受持身戒耳。"昙镜期明,当向其家。应梦见一人,长丈五六,正向,于南面趋步入门,曰:"此家寂寂,乃尔不净。"见镜随此人后,白曰:"此家始欲发意,未可一一责之。"应先手巧,眠觉,便把火作高座,及鬼子母座。镜明食时往,应高座之属,具足已成。闻应说梦,遂夫妻受五戒。病亦寻差。①

《神鬼传》为南朝作品,《古小说钩沉》未辑。《太平广记》引用书目有《神鬼传》,书中引《神鬼传》八条。在《神鬼传》"张应"条中,加入了入冥的描述:

---

① 林辰、王永昌编校:《鲁迅辑录古籍丛编》,人民文学出版社1999年版,第154页。

第四章　地狱描写的渗入对中古小说的影响　139

历阳张应本是魔家，娶佛家女为妇。妻病困，为魔事不差。妻曰："我本佛家女，乞为佛事。"应便往精舍中见竺昙铠，铠曰："佛普济众生，但当一心受持耳。"昙铠明当往其家。其夜，应梦见一人，长一丈四五尺，于南面趋走入门，曰："此家乃尔不净。"梦中见铠随此人后而白曰："此处如欲发意，未可以一二责之。"应眠觉，遂把火作高座。铠明日食时往应家，高座已成。夫妻受戒，病亦寻瘥。咸康二年，应病甚。遣人呼铠，连不在。应死得苏。说时（说时原作时说，据明抄本改）有数人，以铁钩钩将北下一板岸，岸下见镬汤、刀山、剑树、楚毒之具。应忘昙铠字，但唤"和尚救我！"语（原无语字，据明抄本补）钩将去人曰："我是佛子。"人曰："汝和尚字何等？"应忘其字，但唤佛而已。俄转近镬汤，有一人长一丈四五尺，捉金杵欲撞。应去，人怖散走。长人将应归曰："汝命尽，不得复生。与汝三日中，期诵三偈。取和尚字还，当令汝生（本书卷一一三张应条，当令汝生下有三日当复命过即生天矣十字）。"遂推应著门内，便活。后三日复死。①

与《灵鬼志》"张应"条和下文将出现的《冥祥记》"张应"条相比，《神鬼传》的记载，具有明显的过渡性质。在前文的基础上，此条加入了入冥情节，并有细节描述：有数人，以铁钩钩将北下一板岸，岸下见镬汤、刀山、剑树、楚毒之具。

在《冥祥记》中，该故事的叙事情节更加丰富起来：

晋张应者，历阳人。本事俗神，鼓舞淫祀。咸和八年，移居芜湖。妻得病，应请祷备至，财产略尽。妻，法家弟子也，谓曰："今病日困，求鬼无益，乞作佛事。"应许之。往精舍中，见竺昙铠。昙铠曰："佛如愈病之药。见药不服，虽视无益。"应许当事佛。昙铠与期明日往斋。应归，夜梦见一人，长丈馀，从南来。入门曰："汝家狼藉，乃尔不净。"见昙铠随

---

① （宋）李昉等编：《太平广记》，中华书局1961年版，第673页。

后，曰："始欲发意，未可责之。"应先巧，眠觉，便炳火作高座，及鬼子母座。昙铠明往，应具说梦。遂受五戒。斥除神影，大设福供。妻病即闲，寻都除愈。咸康二年，应至马沟籴盐。还泊芜湖浦宿。梦见三人，以铁钩钩之。应曰："我佛弟子。"牵终不置，曰："奴叛走多时。"应怖谓曰："放我，当与君一升酒调。"乃放之。谓应："但畏后人复取汝耳。"眠觉，腹痛泄痢，达家大困。应与昙铠，问绝已久。病甚，遣呼之，适值不在。应寻气绝。经日而苏活。说有数人以铁钩钩将北去。下一板岸。岸下见有镬汤刀剑，楚毒之具。应时悟是地狱。欲呼师名，忘昙铠字，但唤"和尚救我！"亦时唤佛。有顷，一人从西面来，形长丈馀，执金杵，欲撞此钩人，曰："佛弟子也，何入此中？"钩人怖散。长人引应去，谓曰："汝命已尽，不复久生。可暂还家。颂呗三偈，并取和尚名字，三日当复命过，即生天矣。"应既苏，即复怅然。既而三日，持斋颂呗，遣人疏取昙铠名。至日中，食毕，礼佛读呗，遍与家人辞别。澡洗著衣，如眠便尽。

文中明言："岸下见有镬汤刀剑，楚毒之具。应时悟是地狱。"对地狱的描述更加明确，细节也更加突出。此条将入冥的情节再加敷衍，分为梦中入冥和暂死复生两次来写，情节更加曲折，可读性增强。

到隋唐时期，从《大唐西域记》的"烈士池"传说到《玄怪录》的"杜子春"故事，从《朝野佥载》关于太宗入冥的记载，到敦煌残卷中的《唐太宗入冥记》，从《盂兰盆经》到广为流传的目连故事，无不体现了地狱描写的渗入促成了小说情节婉转曲折这一过程，而这一过程又使得许多篇章里的叙事，由"故事"变成"情节"，由"笔记"成为"小说"。

西方文论中，关于"情节"的定义，可以追溯到亚里士多德的

《诗学》中。那个关于情节的最早、最经典的定义影响深远。① 不过关于"故事"与"情节"的关系的讨论，福斯特提出的观点后来更为人们频繁地引用。"故事"是小说中的"一种很低级的形式"，而"情节"才是"小说中较高级的一面"。他说："我们给故事下过这样的定义：它是按照时间顺序来叙述事件的。情节同样要叙述事件，只不过特别强调因果关系罢了。"②

魏晋南北朝时期，佛教在中国迅速传播，并被引入中国文学领域。③ 至隋唐，佛学兴盛，并被中原文化同化为民族类文化的一支。在同化过程中，佛学被中国文化吸收改造，而佛学也将印度佛教经论中的缘起论和因果观念引入了中国传统文化当中，从而使中国传统文化的思维认识达到了一个新的层次。佛学认识事物生起的宇宙缘起论，不仅尊重事物、现象内在的因果性，由因及果的序列性，也注重因果关联相继的连续性。可以说，由因说果、果中及因是佛学的一种基本的思维模式。中国小说叙事的思维逻辑与佛学思维具有一定的同构性。

在魏晋南北朝地狱类小说中，虽然其主旨是在宣扬善恶果报、六道轮回，但在艺术形象思维上，却自觉地把讲究因果逻辑以及叙事秩序的思维机制灌注于故事的艺术叙述之中。小说也由此摆脱了历史叙事的时间排列顺序，从而形成了一种新的富有意义的秩序，这种秩序包含着事件之间的内在联系。

唐临在《冥报记》自序中，反复强调的就是一种因果思想。

> 释氏说教，无非因果，因即是作，果即是报，无一法而非因，无一因而不报。然其说报，亦有三种：一者现报，于此身中作善恶业，即于此身而受报者，皆名现报；二者生报，谓此

---

① [古希腊]亚里士多德：《诗学》，陈中梅译，商务印书馆1996年版，第63—65页。
② [英]爱·摩·福斯特：《小说面面观》，苏炳文译，花城出版社1984年版，第75页。
③ 参见普慧《论刘勰及其〈文心雕龙〉的佛教神学思想》，《文艺研究》2006年第10期。

身作业不即受之，随业善恶，生于诸道，皆名生报；三者后报，谓过去身作善恶业，能得果报，应多身受，是以现在作业，未便受报，或于后生受，或五生十生，方始受之，是皆名后报。于此三报，摄一切法，无所不尽。足令诸见，涣然大瘳。然今俗士尚有惑之，多习因而忘果，疑耳而信目，是以闻说后报，则若存若亡；见有受验，则惊嗟信服。昔晋高士谢敷、宋尚书令傅亮、太子中舍人张演、齐司徒从事中郎陆杲，或一时令望，或当代名家，并录《观世音应验记》，及齐竟陵王萧子良作《宣验记》、王琰作《冥祥记》，皆所以征明善恶，劝戒将来，实使闻者深心感寤。临既慕其风旨，亦思以劝人，辄录所闻，仍具陈所受及闻见由缘，言不饰文，事专扬确，庶人见者能留意焉。①

在唐临看来，佛教报应之说与中国本土的传统文化有相契合之处，二者都是人生命运的一种内在因缘。本可相互认同、沟通。报应之说，有显著的道德教育作用，因而佛家报应记才有了源远流长的传统。

这种因果报应之说，为小说叙事提供了一种思想方法。本文所列唐代地狱类小说，就特别强调这种因果报应思想。这种对因果报应的强调，使每一事件都必有它的原因，也必有它的结果，从而使故事的因果关系趋于完整。因为完整的故事，必有开头、高潮、结局，这就使故事进一步曲折化。完整的故事不是直线发展，而是可以形成波澜、造成曲折，使篇幅拉长。

如唐临《冥报记》"张公瑾"条（《太平广记》作《张公瑾妾》，《唐五代志怪传奇叙录》作《马嘉运》）中，便显现出一种因果关系环环相套的格局。"因"是冥中东海公缺一名记事，马嘉运素有学识，知名州里，"果"是马嘉运被追入冥；马嘉运入冥的"果"后来又成为陈子良、张公瑾被追入冥"因"；而二人入冥的"因"，又造成了马嘉运为推脱冥职，与冥府司刑霍璋串通，所说谎

---

① （唐）唐临撰，方诗铭辑校：《冥报记》，中华书局1992年版，第2页。

言被揭穿的"果";这一"果"又差点成为马嘉运再次被追入冥的"因",幸得其有赎生之福,故得脱免。与马嘉运入冥故事相并列,该文还有另一条线索:"因"是张公瑾妾被丈夫杀死,在冥间告状,且与马嘉运为旧识,"果"是二人冥间相遇,马嘉运得闻此事;又"因"张公瑾受到同乡王五戒(冥界主者)的袒护,三年才得申冤,"果"是张公瑾受报而死。文中两条线索交错进行,使得情节更加曲折宛转,扑朔迷离。

在唐代地狱类小说中,对于表面因果的强调,逐渐让位于对隐蔽因果逻辑的强化。对于因果的强调和对于地狱的铺写,巧妙地结合起来,从而使地狱类小说具有了更高的文学价值。在现存的目连故事中,以《目连缘起》文字最为简练,情节相对集中。该文写到青提夫人悭吝时,不仅写其贪悭不施,还叙其杀生无度,不敬僧侣,不恤孤老,最后欺诳目连,赌咒发誓。这些不敬信佛法的原因,都成为导致其死堕地狱的结果。全文约4000字,对其母悭贪的叙写,前后相加,约占全文四分之一的篇幅。对其母罪孽的大篇幅叙写,致使目连救母的合理性大打折扣(接受者会认为其母作恶,咎由自取),以致目连冥间救母所经历的千难万险,难以引起接受者的有效共鸣。在《大目乾连冥间救母变文》中,这种对目连母亲堕入地狱原因的叙写被简略化,更多的笔墨用于叙写目连冥间救母的难度、地狱的恐怖之状。由于目连与其母见面的难度增加,小说的情节波折和审美趣味也大为增强,这样也更能抓住接受者的注意力;对刀山剑树地狱、铜柱铁床地狱、阿鼻地狱等诸地狱的种种恐怖场景的铺叙,起到了警醒接受者视听,从而说法布道、播施慈悲的宗教作用。文中情节因素的组合、排列呈现出一定的规律性,人物的性格逻辑也基本确定。对于表面因果的回溯,也为隐蔽的叙事因果逻辑所取代。这样的小说已经不限于摹写生活、复述故事,或者释放自我意识,它还通过情节的叙述,显示出了一种特有的价值。由此,唐代小说的叙事就变得因果完整、情节曲折,而且表达着一定意义与价值,不再仅仅是搜奇记异的客观呈现了,也就具有了更高的文学价值。

第 五 章

唐代地狱观念的传播及其对唐诗的影响

许多学者在探讨韩愈诗歌时，都会论及其险重、怪奇的诗歌风格以及"以丑为美"的审美取向。那么，韩诗的"险重"、"怪奇"究竟源于哪些方面？"以丑为美"中"丑"的意象到底取材于哪些地方？笔者以为，唐代广为流传的地狱观念对此应当有不小的影响。关于此论题，前人鲜有论及。陈允吉曾就唐代寺庙壁画对于韩愈诗歌的影响发表过专论，分析了韩愈诗文对于"地狱变相"的吸收。① 笔者认为，在唐代，地狱观念是通过多种渠道传播的，其对诗人及诗歌创作的影响，也应该是多方面的。故笔者不揣浅陋，试图就此论题，从不同角度、不同层面继续进行挖掘。

一 唐代地狱观念的传播及其对韩愈的影响

（一）佛教类书与地狱观念的传播

释道世（？—683），字玄恽，是唐代一位非常重要的僧人，其生平事迹，见北宋赞宁《宋高僧传》卷四以及《法苑珠林》附录等。② 他所撰集的两部类书《诸经要集》和《法苑珠林》，成为后人研究地狱观念的重要参考资料。本书援引的地狱定义，也正是出

---

① 陈允吉：《古典文学佛教溯缘十论》，复旦大学出版社 2002 年版，第 129—148 页。
② （宋）赞宁撰，范祥雍点校：《宋高僧传》卷四《唐京师西明寺道世传》，中华书局 1987 年版，第 66—67 页；（唐）道世撰，周叔迦·苏晋仁校注：《法苑珠林校注》附录《唐京师西明寺道世传》，中华书局 2003 年版，第 2909—2910 页。

于《诸经要集》。这两部著作在佛教地狱观念的传播方面，更起到了重要的作用。

《诸经要集》又称《善恶业报论》，共录佛典资料一千余条，书中注重对善恶业报事缘方面的论述。全书按三十部分类编次，类下多又分"篇"，篇下再分"缘"，共立缘一百八十五部，书中专门设有"地狱部"，讲述佛教地狱观念。道世的第二部类书《法苑珠林》，也是理解中国风土民俗的重要资料。《法苑珠林》所引用的典籍约有四五百种，其中佛教的经、律、论和汉地佛教集传占三分之二，佛教以外诸子百家的各种著作占三分之一。清代以来就有学者指出，它是校刊、辑佚的宝贵资源。民国以来，鲁迅辑录《古小说钩沉》、汪绍楹校辑《搜神记》、《搜神后记》等，也曾用为材料。《法苑珠林》亦设"地狱部"，博采多种佛典关于地狱的记载。

《诸经要集》和《法苑珠林》的"地狱部"又分"述意缘（部）"、"会名缘（部）"、"受报缘（部）"、"时量缘（部）"、"典主缘（部）"、"王都缘（部）"、"业因缘（部）"、"诫勖缘（部）"八小部，介绍了佛教地狱的一般知识。《法苑珠林》中有关地狱的内容，是在《诸经要集》的基础上增补、扩编而成的，但与《诸经要集》不同的是，《法苑珠林》在地狱部之下，还立有"感应缘"，广引地狱感应故事作为证验。在唐代，地狱观念的传播除依靠佛经外，很多时候是通过佛教类书及其"感应缘"中所收录的故事，传播给大众的。

（二）唱导、俗讲、变文与地狱观念的传播

我国的佛教唱导发端于佛法东传之初，经东晋高僧慧远（334—416）的鼎力提倡，后代僧人将其定为一种有规定法式的佛事。至唐代，此项艺术已非常繁荣。《高僧传》卷十三《唱导传论》云："唱导者，盖以宣唱法理，开导众心也。"[1] 总体来讲，唱导是一种以歌唱事缘、杂引譬喻来宣唱法理、开导众心的一种佛教

---

[1] （梁）慧皎撰，汤用彤校注，汤一玄整理：《高僧传》卷一三《唱导传论》，中华书局1992年版，第521页。

讲唱艺术。该书同卷另有一段文字云：

> 至如八关初夕，旋绕行周，烟盖停氛，灯惟靖耀，四众专心，又指缄默。尔时导师，则擎炉慷慨，含吐抑扬，辩出不穷，言应无尽。谈无常则令心形战栗，语地狱则使怖泪交零，征昔因则如见往业，敷当果则已示来报，谈怡乐则情抱畅悦，叙哀戚则洒泪含酸。于是阖众倾心，举堂恻怆。五体输席，碎首陈哀。各各弹指，人人唱佛。

此段记载屡为学者征引，被用来考证、描述唱导的程式及周围气氛。文中明言："谈无常则令心形战栗，语地狱则使怖泪交零。"可见，宣传地狱观念，是唱导程式中一个非常重要的环节，而且往往能起到非常良好的宗教宣传效果。

与唱导相比，俗讲是一种更为理想的宣佛模式，它有着更为广泛的受众群体。在唐代，上自帝王大臣，下至普通百姓，都是俗讲的忠实听众。《资治通鉴·唐纪》记敬宗宝历二年（826）六月己卯听俗讲事，云："幸兴福寺，观沙门文溆俗讲。"① 僖宗乾符年间（874—879）诗人李洞诗《题新安国寺》云："开讲宫娃听，抛生禁鸟餐。钟声入帝梦，天竺化长安。"② 此诗描述的即是皇帝率宫人到寺中听俗讲的情景。又有《赠入内供奉僧》曰："因逢夏日西明讲，不觉宫人拔凤钗。"③ 求得布施是进行俗讲的一个主要目的，此诗即言宫人随帝王去听俗讲，因感动而拔下头上凤钗作为布施之事。皇帝率众入寺听讲，对民间风气有很大影响。唐代俗讲最广大的接受群体是普通百姓。姚合（781—846）《听僧云端讲经》诗云："无生深旨诚难解，唯是师言得正真。远近持斋来谛听，酒坊鱼市尽无人。"④ 此诗记述了俗讲灵活自由、贴近百姓的宣讲特点，及其轰动一时、万人空巷的宣传效应。

---

① （宋）司马光：《资治通鉴》，中华书局1956年版，第7850页。
② （清）彭定求等编：《全唐诗》，中华书局1960年版，第8279页。
③ 同上书，第8293页。
④ 同上书，第5712页。

第五章 唐代地狱观念的传播及其对唐诗的影响

讲唱目连地狱救母故事，是俗讲之一大宗，也是华夏文明接收外来养分结出的一大硕果。现存各种版本的目连变文，即是当时目连俗讲的记录本。目连变文记述了佛陀弟子目连拯救亡母出离地狱之事，其对地狱的描写最为生动。郑振铎在《插图本中国文学史》中讲："在中国的一切著作里，（目连变文）可以说是最早的详尽叙述周历地狱的情况的；其重要有若《奥德思》、《阿尼特》及《神曲》诸史诗。"[1] 考证目连故事的来龙去脉，并非本书之重点，本书所要阐明的是目连故事及其载体——俗讲艺术，在唐代盛极一时的景况。中唐时期很多诗人都是俗讲的热心听众。刘禹锡（772—842）《送慧则法师上都，因呈广宣上人》诗曰："昨日东林看讲时，都人象马踏琉璃。"[2] 姚合《赠常州院僧》诗云："仍闻开讲日，湖上少鱼船。"[3] 元稹（779—831）《答姨兄胡灵之见寄五十韵》诗有："尽日听僧讲，通宵咏月明。"[4] 白天听讲不倦终日，夜晚对月吟咏通宵，这种情形几乎是当时士子文化生活的一个写照。韩愈的《华山女》一诗，描述了中唐民众争听俗讲，热闹非凡的情形："街东街西讲佛经，撞钟吹螺闹宫庭。广张罪福资诱胁，听众狎恰排浮萍。"[5]（11/1093）韩愈以反佛著称，此诗似非赞美佛教俗讲之词，但却真实地记录了长安市民观听俗讲的生动场景。

孟棨《本事诗》中记述张祜（792—853）和白居易（772—846）的一段对话尤其有名：

> 诗人张祜未尝识白公，白公刺苏州，祜来谒。才见白，白曰："久钦籍，尝记得君款头诗。"祜愕然曰："舍人何所谓？"白曰："鸳鸯钿带抛何处，孔雀罗衫付阿谁，非款头何耶？"张顿首微笑，仰而答曰："祜亦常记得舍人《目连变》。"白曰：

---

[1] 郑振铎：《插图本中国文学史》，作家出版社1957年版，第456页。
[2] （唐）刘禹锡撰，卞孝萱校订：《刘禹锡集》，中华书局1990年版，第394页。
[3] （清）彭定求等编：《全唐诗》，中华书局1960年版，第5650页。
[4] （唐）元稹撰，冀勤点校：《元稹集》，中华书局1982年版，第124页。
[5] （唐）韩愈著，钱仲联集释：《韩昌黎诗系年集释》卷一一《华山女》，上海古籍出版社1994年版，第1093页。本章所引韩愈诗歌作品，均从此本，其余仅标卷页，不一一详注。

"何也？"祜曰："上穷碧落下黄泉，两处茫茫皆不见，非《目连变》何耶？"遂与欢宴竟日。①

这条记载亦见于五代王定保所撰《唐摭言》。② 文中出现的张祜诗句，是一首题为《感王将军之柘枝妓之殁》七言律诗中的一联③，而白居易的诗句则是《长恨歌》中的一联。其时为宝历元年（825），白居易赴任苏州刺史，张祜在苏州令狐楚属下。文中白居易所言"款头"，在《唐摭言》中作"问头"，它并非一个普通用语，而是唐代变文中的一个专用词汇。蒋礼鸿在《敦煌变文字义通释》第三编中有详细的解释。④ 其本义是指官府审问犯人的问题，也指唐人考试对策用的问题，它们都采用书面形式。值得注意的是，"问头"一词亦见于唐代变文《唐太宗入冥记》中⑤，文中所言"问头"，指的是地狱冥官对入冥者罪状的讯问。"问头"和"目连变"皆为唐代描写地狱情状的变文用语，所以，张祜面对白居易之调侃，才能作出这样的联想和对答。在此处"款头"和"目连变"皆用为谑语，即是用来开玩笑的"嘲弄语"。张祜以《目连变》喻《长恨歌》的两句诗，可见，他不仅熟悉《目连变》这种文学形式，而且精通《目连变》的内容。面对张祜"目连变"的谑语，白居易不但没有反驳，反而坦然接受，两人意气投合，遂至"欢宴竟日"。这段文字也说明了唐代士人对《目连变》的熟悉程度：张祜信手拈来，白居易欣然领会。由此亦可推知《目连变》、《唐太宗入冥记》等地狱类故事之深入人心。

---

① 丁福保：《历代诗话续编》，中华书局1983年版，第21页。
② 《唐摭言》卷一三"矛盾"条所载，与前文略有出入，兹录于下：张处士《忆柘枝诗》曰："鸳鸯钿带抛何处，孔雀罗衫属阿谁？"白乐天呼为"问头。"祜矛楯之曰："鄙薄问头之诮，所不敢逃；然明公亦有《目连经》，《长恨辞》云：'上穷碧落下黄泉，两处茫茫都不见。'此岂不是目连访母耶？"（五代）王定保撰，姜汉椿校注：《唐摭言》，上海社会科学院出版社2003年版，第271页。
③ 原诗如下：寂寞春风旧柘枝，舞人休唱曲休吹。鸳鸯钿带抛何处，孔雀罗衫付阿谁。画鼓不闻招节拍，锦靴空想挫腰肢。今来座上偏惆怅，曾是堂前教彻时。（清）彭定求等编：《全唐诗》，中华书局1960年版，第5827页。
④ 蒋礼鸿：《敦煌变文字义通释》，上海古籍出版社1981年版，第85—87页。
⑤ 项楚：《敦煌变文集选注》，中华书局2006年版，第1965—1995页。

变文，作为唱导的记录本，亦在民间广为传抄。在唐人看来，抄写变文具有消减灾难、除却业障、集聚福德的功用。敦煌文献北京盈字76号目连写卷，卷末有云："太平兴国二年，岁在丁丑闰六月五日，显德寺学仕郎杨愿受一人恩微，发愿作福，写尽此《目连变》一卷。后同释迦牟尼佛一会弥勒生作佛为定。后有众生同发信心，写尽此《目连变》者，同池（持）愿力，莫堕三途。"① 现存的敦煌变文中，有关目连的变文抄本之多，为所有变文抄本之最。文人学士是变文的重要书写者和基本的阅读群。在记录和阅读变文的过程中，地狱观念必然借助此种媒体在文人中广泛传播。缘于目连救母故事的盂兰盆法会，其形式之繁盛，历史之悠久，也为中国民间各种节会所罕有。详细情况，可参考美国学者太史文（Stephen Teiser）《幽灵的节日——中国中世纪的信仰与生活》一书。

（三）变相与地狱观念的传播

在各类变相中，有一部分与变文是互为表里，相辅相成的。变文是变相的文字说明，变相是变文的直观表现。如敦煌文献 S. 2614号卷子的标题是"大目乾连冥间救母变文并图一卷并序"，现此图虽已佚失，然标题本身说明原来有图配合，这图自然是变相图。地狱变，亦为变相之一大宗。唐时吴道子擅长佛教寺院壁画，《唐朝名画录》云其"凡画人物、佛像、鬼神、禽兽、山水、台殿、草木，皆冠绝于世，国朝第一"②。杜甫《冬日洛城北谒玄元皇帝庙》赞其画云："森罗回地轴，绝妙动宫墙。"③ 地狱变相，是吴道子画得最多的题材。如优秀的唱导师，总能够"绮综成词、指事造形"一样④，吴道子画地狱变相也引用闻见，贴近生活。其地狱变相的胜人之处不在于渲染地狱中油锅鼎沸、刀锯林立的恐怖景象，

---

① 黄征、张涌泉：《敦煌变文校注》，中华书局1997年版，第1069页。
② （唐）朱景玄撰，温肇桐注：《唐朝名画录》，四川美术出版社1985年版，第3页。
③ （唐）杜甫著，（清）仇兆鳌注：《杜诗详注》，中华书局1979年版，第91页。
④ （梁）慧皎撰，汤用彤校注，汤一玄整理：《高僧传》卷一三《唱导传论》，中华书局1992年版，第521页。

而在于其能够"杂金胄于桎梏"①，精心描写贵胄子弟、达官显贵因作恶多端被鬼神捉拿押解、桎梏加身恐怖莫名的状况。画图所表达的"诸恶莫作"的佛教思想和触目惊心的审美效果，使见过的人都不能无动于衷："京师屠沽渔罟之辈，见之而惧罪改业者，往往有之，率皆修善"②，"吴生画此地狱相，都人咸观，惧罪修善。两市屠沽经月不售。"③苏轼化用此事为《地狱变相偈》云："我闻吴道子，初作酆都变。都人惧罪业，两月罢屠宰。"④除吴道子之外，据《唐朝名画录》，尚有张孝师、卢棱伽善画地狱变，⑤二人皆以吴道子画为蓝本进行创作。如本文开头所述，韩愈有些诗，素有"狠重奇险"之称，作者尤喜搜罗各种丑恶可怕的事物，将其置于诗中，作为艺术美而给予强有力的表现。韩愈《谒衡岳庙遂宿岳寺题门楼》有诗云："森然魄动下马拜，松柏一径趋灵宫。粉墙丹柱动光彩，鬼物图画填青红。"（3/277）。诗中描写的当是他去拜谒衡岳庙，进入寺院，见到壁画、雕塑时的情形。在《唐代寺庙壁画对韩愈诗歌的影响》一文中⑥，陈允吉主要分两个方面，阐述了韩愈诗文对于"地狱变相"的吸收：第一，关于火的描绘；第二，关于行刑的场面。本文认为，地狱观念对韩愈诗歌的影响不限于此。吸收地狱变相入诗，只是地狱观念对韩愈诗歌影响的一个方面。

（四）唐人小说与地狱观念的传播

"地狱之说，儒者不道"⑦这一传统观念的流行，致使地狱观念

---

① 岳仁译注：《宣和画谱》，湖南美术出版社1999年版，第40页。
② （唐）朱景玄撰，温肇桐注：《唐朝名画录》，四川美术出版社1985年版，第4页。
③ （宋）黄休复等撰：《益州名画录》，四川人民出版社1982年版，第31页。
④ （宋）苏轼撰，孔凡礼点校：《苏轼文集》，中华书局1986年版，第644页。
⑤ 《唐朝名画录》记载："张孝师画亦多变态，不失常途；惟鬼神地狱，尤为最妙，并可称妙品"；"卢棱伽善画佛，于庄严寺，与吴生对画神，本别出体，至今人所传道"。（唐）朱景玄撰，温肇桐注：《唐朝名画录》，四川美术出版社1985年版，第26页。
⑥ 陈允吉：《古典文学佛教溯缘十论》，复旦大学出版社2002年版，第129—148页。
⑦ （清）阮葵生：《茶余客话》，中华书局1959年版，第424页。

尽可能地退出了文人所垄断的诗、词等文学领域，而在日后反映平民情趣的通俗叙事文学里扎下了营垒。从南朝开始，描写地狱的作品由于其新奇的构思方式、神异的情节效应和深入人心的思想观念，很快成为中国传统小说中的一个重要范型。唐人笔记小说中，更夹杂着大量的地狱描写。《朝野佥载》、《隋唐嘉话》、《明皇杂录》、《酉阳杂俎》、《博异志》、《独异志》、《剧谈录》、《玄怪录》等等，每一部书都有许多反映地狱观念的笔记作品。张鷟、刘𫗧、郑还古（谷神子）、段成式、李亢、康骈等，均为当时科场得意，官场扬名之人。牛僧孺更是名震京师，官居要位，处于中唐"牛李党争"风口浪尖的风云人物。其《玄怪录》在当时影响甚巨，鲁迅言："造传奇之文，荟萃为一集者，在唐代多有，而煊赫者莫如牛僧孺之《玄怪录》。"① 牛僧孺既有才名，又历高位，其著作遂能盛传于世，而仿作、续作者亦多。这些文人学士和小说著作，对韩愈不可能没有影响。

韩愈自称"生七岁而学圣人之道，以修其身"，又曾说自己"非三代两汉之书不敢观，非圣人之志不敢存"②，时时刻刻不忘以儒家道统自居。在著名的《五原》中，他给人的印象绝对是一位威仪俨然的儒家宗师，但其实这只是韩愈的一面。韩愈是一个复杂的人物，他性格深处并不是一味地威风凛凛，他还有风趣好奇的一面。他喜欢奇特的事物，喜欢游戏。韩愈诗歌之奇，在其气、在其神、更在其非同寻常的喜好。韩愈诗文中时有驳杂无实、调侃谐谑之辞，题目中有"醉"、"玩"、"戏"、"调"、"嘲"等字者，多为此类。张籍曾致书韩愈指摘其弊：

> 比见执事多尚驳杂无实之说。使人陈之于前以为欢。此有以累于令德。③

---

① 鲁迅：《中国小说史略》，人民文学出版社1973年版，第71页。
② （唐）韩愈著，阎琦校注：《韩昌黎文集注释》卷三《与凤翔邢尚书书》，三秦出版社2004年版，第300—302页。
③ （清）董诰等编：《全唐文》卷六八四《上韩昌黎书》，中华书局1983年版，第7008页。

韩愈答曰：

> 吾子又讥吾与人为无实驳杂之说。此吾所以为戏尔。比之酒色，不有间乎？①

张籍再次致书云：

> 君子发言举足，不远于理。未尝以驳杂无实之言为戏也。执事每见其说，亦附抃呼笑。是挠气害性，不得其正矣。苟正之不得，曷所不至焉。②

韩愈再答曰：

> 驳杂之讥，前书尽之。吾子其复之。昔者夫子犹有所戏。诗不云乎："善戏谑兮，不为虐兮。"记曰："张而不弛，文武不能也。"恶害于道哉？吾子其未之思乎！③

陈寅恪指出：

> 设韩愈所好"驳杂无实之说"非如《幽怪录》、传奇之类，此外，更无可指实。虽籍致愈书时，愈尚未撰写《毛颖传》，而由书中陈述，固知愈于小说，先有深嗜。后来《毛颖传》之撰作，实基于早日之偏好。④

---

① （唐）韩愈著，阎琦校注：《韩昌黎文集注释》卷二《答张籍书》，三秦出版社2004年版，第201页。
② （清）董浩等编：《全唐文》卷六八四《上韩昌黎第二书》，中华书局1983年版，第7009页。
③ （唐）韩愈著，阎琦校注：《韩昌黎文集注释》卷二《重答张籍书》，三秦出版社2004年版，第204页。
④ 陈寅恪：《陈寅恪集·讲义及杂稿》，生活·读书·新知三联书店2002年版，第441页。

由此可知，韩愈从小就喜欢阅读小说，文中所言《幽怪录》即牛僧孺所撰之《玄怪录》，今本《玄怪录》第一篇"杜子春"条，就有丰富的地狱描写。文中写杜子春所经受的阎罗王、牛头狱卒、熔铜、铁杖、碓捣、硙磨、火坑、镬汤、刀山、剑林之苦，皆为佛教经典及中国小说关于地狱考略的典型描述。另外，《玄怪录》之"崔环"、"刘讽"、"董慎"等条，均涉地狱之事。小说中的地狱描述，必然会影响到喜怪尚奇的韩愈，及其诗歌创作。

综上所述，从佛教类书到文人小说，从民俗节日到民间传说，从佛教讲唱到寺庙壁画无不体现了唐代丰富的"地狱文化"。如此丰富的地狱信息，不可能对韩愈的诗文创作没有影响。

（五）韩愈诗歌中的地狱意象

韩愈诗歌中地狱意象的出现，一部分是由于唐代地狱观念深入人心，诗人在创作的过程中，不自觉地将其运用于诗歌，无意所致；还有一部分是诗人为追求险重、怪奇的诗歌风格，有意而为。首先，本文试就第一种情况进行分析：

1."山林之牢"

贬谪，是韩愈生命历程中一个不可忽视的重要环节。韩愈从小即对贬谪之苦有过刻骨铭心的体验。大历十二年（777），因受元载牵连，韩愈长兄韩会被贬韶州，韩愈曾随兄嫂举家南迁，时年韩愈十一岁。[①] 长兄韩会，也因悲伤和劳累过度死于贬所。在韩愈的记忆中，贬谪的痛苦和死亡的恐惧是掺和在一起的。

贞元十九年（803）十二月，韩愈因言获罪，被贬阳山。他在《祭河南张员外文》[②]里回顾被贬情形时说："彼婉娈者，实惮吾曹。侧肩帖耳，有舌如刀。我落阳山，以尹鼯猱；君飘临武，山林之牢。岁弊寒凶，雪虐风饕。颠于马下，我泗君咷。"其中，"我落阳山，以尹鼯猱；君飘临武，山林之牢"这四句，描述了他们被贬至岭南的自然环境。"阳山"即连州阳山县，"张员外"即其友张

---

① 卞孝萱等：《韩愈评传》，南京大学出版社1998年版，第48页。
② （唐）韩愈著，阎琦校注：《韩昌黎文集注释》，三秦出版社2004年版，第469—476页。

署，其贬谪地"临武"，即郴州临武县，位于郴州西南。连州与郴州连界，阳山与临武二县，距离不足二百里。"以尹鼯猱"、"山林之牢"两句相通，都表现了流放地的荒蛮、恶劣，也都表露了对"婉娈者"如此处分"吾曹"的愤怒。其中，以山林为牢狱的说法，发前人所未发，可谓新颖独特。

"地狱"作为我国固有名词，本身即有用以比喻苦难危险的境地之意。①《三国志·蒋济传》中"贼据西岸，列船上流，而兵入洲中，是为自内地狱，危亡之道也"②即用此意；佛教地狱一词，最早被译为"泥犁"，到了唐代，玄奘法师在译经中，始舍弃"泥犁"一词不用，而用"捺落迦"，意译为苦具、苦器、受罪处。③所以"地狱"一词中本身就具有"危险境地"和"受苦之处"的内涵，这与韩愈对当时所处环境的感受非常契合。地狱观念又是由佛教根本的人生观发展而来的，"一切皆苦"既是佛教人生观的基本组成部分，也是佛教区别于其他思想的四个根本标志（"四法印"）之一。④地狱，就是一个把苦恼纯粹化、客观化了的世界。⑤

笔者以为，韩愈诗歌中对于地狱意象的借鉴倒并不表现在它是一种对于死后世界的想象，而是表现在视山林为牢狱的说法，及其对于贬谪之地凶险恐怖、一无可乐的反复强调。

在《送区册序》中，韩愈对阳山是这样描写的：

> 阳山，天下之穷处也，陆有丘陵之险，虎豹之虞，江流悍急，横波之石，廉利侔剑戟，舟上下失势，破碎沦溺者，往往有之。县郭无居民，官无丞、尉，夹江荒茅篁竹之间，小吏十

---

① 《辞源》中有解曰：地狱，比喻苦难危险的境地。参见商务印书馆修订组编《辞源》，商务印书馆1988年版，第319页。
② （晋）陈寿，（南朝·宋）裴松之注，陈乃乾点校：《三国志》卷一四《魏书·蒋济传》，中华书局1959年版，第451页。
③ 慈怡主编：《佛光大辞典》，台北：佛光出版社1989年版，第2311页中—2313页上。
④ 方立天：《佛教哲学》，中国人民大学出版社1986年版，第98页。
⑤ ［日］梅原猛：《地狱的思想》，刘瑞枝、卞立强译，四川人民出版社2005年版，第6页。

馀家，皆鸟言夷面。始至，言语不通，画地为字，然后可告以出租赋，奉期约，是以宾客游从之士，无所为而至。①

在韩愈诗中，阳山为"天下之穷处也"，是蛮荒的、恐怖的；这里的居民"鸟言夷面"，是另类的、丑恶的。韩愈对贬谪之地山水风物的描写，不自觉地借鉴了地狱的意象。《题炭谷湫祠堂》云："万生都阳明，幽暗鬼所寰。嗟龙何独智，出入人鬼间……祠堂像俖真，攫玉纤烟鬟。群怪俨伺候，恩威在其颜。"（2/177）这是他对当地祠堂的描述；《八月十五夜赠张功曹》云："洞庭连天九疑高，蛟龙出没猩鼯号。十生九死到官所，幽居默默如藏逃。下床畏蛇食畏药，海气湿蛰熏腥臊。"（3/257）这是他对当地山林的描写；《赴江陵途中寄赠三学士》云："远地触途异，吏民似猿猴。生狞多忿很，辞舌纷嘲啁。白日屋檐下，双鸣斗鹎鹠。有蛇类两首，有蛊群飞游。穷冬或摇扇，盛夏或重裘。飓起最可畏，訇哮簸陵丘。雷霆助光怪，气象难比侔。病疫忽潜遘，十家无一瘳。猜嫌动置毒，对案辄怀愁。"（3/289）这是他对当地民风的回忆。韩愈诗歌中的暗幽祠堂、鬼物图画、毒蛇湿气以及刁民恶俗，跟作者世路艰难的感受和焦躁愤郁的情感纠结在了一起，使读者感到，他的贬谪之地是一个充满苦难、一无可乐的受罪之所。

如果说，在这些夹杂着种种地狱意象的恐怖描写中，尚有写实的因素的话，那么，以下诗歌的描写则更为阴森恐怖，不似人间。如："青鲸高磨波山浮，怪魅炫耀堆蛟虬。山獑讙噪猩猩游，毒气烁体黄膏流。"（2/222）"湖波翻日车，岭石坼天罅。毒雾恒熏昼，炎风每烧夏。"（2/229）关于环境"险峻"、"酷热"、"腥臊"、"毒臭"的描述，很容易让人想起敦煌变文中有关地狱的描写。《大目乾连冥间救母变文》云："罪人业报随缘起，造此（次）何人救得伊。腥血凝脂长夜臭，恶染阇梨清净衣。"② 韩愈诗歌对当地"毒雾炎风"的描述，尤似地狱景象。《目连缘起》有云："其地狱者

---

① （唐）韩愈著，阎琦校注：《韩昌黎文集注释》卷四《送区册序》，三秦出版社2004年版，第404—405页。

② 王重民等：《敦煌变文集》，人民文学出版社1957年版，第720页。

黑壁千重，乌门千刃，铁城四面，铜苟喊呀，红焰黑烟，从口而出。"① 韩愈诗歌正是借鉴此类地狱意象，凭借对于贬谪之地的恶劣、艰苦的反复渲染，才不无夸张地传达了其"居蛮夷之地，与魑魅为群"的贬谪之苦，从而引发了朝廷对他的怜悯之情。②

韩愈还喜欢以剑喻山，如《郴口又赠二首》其一云："山作剑攒江写镜，扁舟斗转急于飞。"（3/269）《答张彻》云："泉绅拖修白，石剑攒高青。"（4/397）《喜侯喜至赠张籍张彻》诗云："地遐物奇怪，水镜涵石剑。荒花穷漫乱，幽兽工腾闪。"（5/620）诗中利用了剑的锋利、尖挺、高直的特点作为比喻，并指出了隐藏在幽暗角落的凶禽猛兽，这与唐代小说中关于地狱"刀山剑树、毒龙猛兽"的描写极为相类。在《玄怪录》"杜子春"条中，当写到杜子春经受各种冥间考验之时，就有这样的描写：

> 左右竦剑而前，逼问姓名，又问作何物，皆不对。问者大怒，催斩，争射之，声如雷，竟不应。将军者拗怒而去。俄而猛虎、毒龙、狻猊、狮子、蝮蛇万计，哮吼拿攫而前，争欲搏噬，或跳过其上。③

地狱中尖刀林立，幽兽腾闪的描述，与韩愈诗歌中相关描写非常类似。《大目乾连冥间救母变文》中的"刀山剑树"的描写，则更具文学性："剑戟森林，刀枪重叠。剑树千寻似芳拨，针刺相楷（揩）；刀山万仞［□］横连，谗（巉）嵓乱倒。"④ 这种刀山地狱非常恐怖，变文云："狱中罪人，生存在日，侵损常住，游（游）泥伽蓝，好用常住水果，盗常住柴薪。今日交（教）伊手攀剑树，

---

① 王重民等：《敦煌变文集》，人民文学出版社1957年版，第704页。
② （唐）韩愈著，阎琦校注：《韩昌黎文集注释》卷八《潮州刺史谢上表》，三秦出版社2004年版，第403—407页。宋善卿《祖庭事苑》载：愈至潮阳上表，其略云："臣经涉岭海，水陆万里。州南世界，涨海连天。毒雾瘴氛，日夕发作。臣少多病，年才五十，发白齿落，理不久长。单立一身，朝无亲党。居蛮夷之地，与魑魅为群。"上览而悯之，授袁州刺史。《卍新纂续藏经》第64册，第365页中。
③ （唐）牛僧孺：《玄怪录》，中华书局1982年版，第5页。
④ 项楚：《敦煌变文集选注》，中华书局2006年版，第906页。

支支节节皆零落处：刀山白骨乱纵横，剑树人头千万颗。"① 这是一个对于生前造"恶业"之人的惩罚之所，这里只有苦痛，并无半点乐趣可言。

与"刀山"极为类似的"剑轮"一词，则更具佛教地狱特色。② 中国小说中，早在南朝齐王琰所撰《冥祥记》中，已有关于"剑轮"的记载。书中"支法衡"条云："俄见有铁轮，轮上有铁爪，从西转来；无持引者，而转驶如风。有一吏呼罪人当轮立；轮转来轹之，翻还；如此数，人碎烂。"③ 李白《化城寺大钟铭》一诗，亦运用了这一地狱术语："赦汤镬于幽途，息剑轮于苦海。"④ 这些都是地狱意象在文学作品中的反映。

唐宪宗元和十四年（819），韩愈向朝廷进献著名的《论佛骨表》，数日后，再次被贬。与十五年前被贬阳山不同，这次韩愈被贬潮州，是其一生所遭受的最大打击。是年诗人已五十二岁，进入老境，天又大寒，全家扶老携幼，状况非常悲惨。最凄惨的是韩愈幼女挐，病死于商山南层峰驿。韩愈有诗云："女挐年十二，病在席，既惊痛与其父诀，又舆致走道，撼顿失食饮节，死于商南层峰驿，即以瘗道南山下。"⑤ 种种惨状，已非昔年阳山可比。韩愈《泷吏》（11/1109）一诗，继承了其视贬谪之地为牢笼、地狱的一贯思想。诗中首先描写了行至潮州时的路途险恶："南行逾六旬，始下昌乐泷。险恶不可状，船石相春撞。"继而，渲染了贬所的恐怖："下此三千里，有州始名潮。恶溪瘴毒聚，雷电常汹汹。鳄鱼大于船，牙眼怖杀侬。州南数十里，有海无天地。飓风有时作，掀簸真差事。"从文中"下此三千里，有州始名潮"、"恶溪瘴毒聚，雷电

---

① 项楚：《敦煌变文集选注》，中华书局2006年版，第842—945页。
② 《正法念处经》卷九《地狱品》云："彼铁刀轮，上下皆有，以恶业故，如是铁轮利刀遍满，彼轮疾转，炎火炽燃，磨彼妄语恶业之人，碎如眇末。"《大正藏》第17册，第49页中。
③ 林辰、王永昌编校：《鲁迅辑录古籍丛编》，人民文学出版社1999年版，第320页。
④ （唐）李白著，（清）王琦注：《李太白全集》，中华书局1977年版，第1343页。
⑤ （唐）韩愈著，阎琦校注：《韩昌黎文集注释》卷七《女挐圹铭》，三秦出版社2004年版，第320页。

常汹汹"等语句，已经不自觉地借用了有类于"地狱"的意象，是一种对于受苦之处的非写实描述。诗中又云"州南数十里，有海无天地"，这里是天地之尽头，恶物出没，飓风不息，雷电汹汹，苦毒皆具。"比闻此州囚，亦有生还侬。官无嫌此州，固罪人所徙"，被囚于此，凶多吉少，山毒水恶，生机难觅。

韩诗的意象峥嵘奇特、壮伟瑰怪，意象之间往往突起突结、撑拄突兀。意象瑰奇，源于处在矛盾冲突、斗进躁郁中的心灵，艺术上需要有这样的对应物。韩愈贬谪诗歌中的山水，常以险巇、蛮荒、阴晦的面貌出现，正跟作者道之不行，且陷身蛮夷的躁郁感受相对应。诗中出现的地狱意象，跟作者遭受贬谪的恐惧、愤郁之情相结合，催化了韩诗险重怪奇之风格特点的形成。

2. 月蚀仿作

上文就韩诗中无意识地运用地狱意象的情况，做了简单的分析。但其诗歌中，有意借用地狱意象的情况，更值得注意。韩愈的诗文创作，主张语惊四座，独树一帜，彪炳千秋，垂范后世。他反对泛泛而谈、平淡无奇，提倡危言耸听、怪怪奇奇。在《荆潭唱和诗序》中，韩愈宣扬"搜奇抉怪，雕镂文字"，赞赏"铿锵发金石，幽眇感鬼神"。所谓"搜奇抉怪"，即选择新奇怪异的事物而表现之。如此，才能超凡脱俗、标新立异、出奇制胜、令人叹服。当然，这种奇怪之文也是讲究传达技巧的，在形式上要求雕镂、铸炼，在语言上必须音韵铿锵，掷地有金石之声，在造境上追求幽邃绵邈、精微玄妙，在审美效果上要惊天地而泣鬼神。他在《贞曜先生墓志铭》中，赞美孟郊为诗"刿目钅术心，刃迎缕解，钩章棘句，摇擢胃肾，神施鬼设，间见层出"[1]，所谓"刿目钅术心"，所谓"摇擢胃肾"等，均为惊心动魄、耸人听闻的言辞，意思是说，要用令人耳目一新、出乎意料的甚至恐怖的传达媒介，去表现要表现的东西。韩愈的《月蚀诗效玉川子作》，正是意欲模仿《月蚀诗》，有意将恐怖怪奇的地狱意象运用于诗歌创作。

---

[1] （唐）韩愈著，阎琦校注：《韩昌黎文集注释》卷六《贞曜先生墓志铭》，三秦出版社2004年版，第141页。

第五章 唐代地狱观念的传播及其对唐诗的影响

卢仝（？—835）自号玉川子。其《月蚀诗》趋险尚怪①，想象神奇恢宏，多用奇言僻字及散文句法，力求生新拔俗。孙樵称此诗"拔地倚天，句句欲活，读之如赤手捕长蛇，不施鞚勒骑生马，急不得暇，莫可捉搦。"② 饶宗颐曾经指出，卢仝此诗，即参用地狱鬼神的形象来描写天上的魔鬼。③

> 新天子即位五年，岁次庚寅，斗柄插子，律调黄钟。
> 森森万木夜僵立，寒气颗颇顽无风。

诗歌的开头即渲染了阴森可怖的气氛，一个"僵"字，把寒夜中的万木，活化为僵立的鬼怪。

> 此时怪事发，有物吞食来。轮如壮士斧斫坏，
> 桂似雪山风拉摧。百炼镜，照见胆，平地埋寒灰。
> 火龙珠，飞出脑，却入蚌蛤胎。摧环破璧眼看尽，
> 当天一搭如煤炱。磨踪灭迹须臾间，便似万古不可开。
> 不料至神物，有此大狼狈。星如撒沙出，争头事光大。
> 奴婢炷暗灯，挢菱如玳瑁。今夜吐焰长如虹，孔隙千道射户外。

在这样一个阴气逼人的夜晚，怪事发生了：皎洁的圆月被吞食，宇宙间一片昏暗。星光忽然显得亮了起来，如沙一般散开，或密或疏，却不忘争当头领。油灯吐着忽上忽下的火焰，从残破的墙缝中射向幽暗的户外。星火和油灯如同地狱的鬼怪，跳窜不已，鬼气阴森。实令人感觉"惨切惊魂，莹煌射眼"。

> 东方苍龙角，插戟尾捭风。当心开明堂。统领三百六十鳞虫，

---

① （清）彭定求等编：《全唐诗》，中华书局1960年版，第4365—4367页。
② （清）董浩等编：《全唐文》卷七九四《与王霖秀才书》，中华书局1983年版，第8325页。
③ 陈允吉：《古典文学佛教溯缘十论》，复旦大学出版社2002年版，第148页。

坐理东方宫。月蚀不救援,安用东方龙。南方火鸟赤泼血,
项长尾短飞跛躄,头戴井冠高䧿栭。月蚀乌宫十三度,
鸟为居停主人不觉察,贪向何人家。行赤口毒舌,
毒虫头上吃却月,不啄杀。虚眨鬼眼明,鸟罪不可雪。
西方攫虎立踦踦,斧为牙,凿为齿。偷牺牲,食封豕。
大蟆一脔,固当软美。见似不见,是何道理。
爪牙根天不念天,天若准拟错准拟。北方寒龟被蛇缚,
藏头入壳如入狱。蛇筋束紧束破壳,寒龟夏鳖一种味。
且当以其肉充臛,死壳没信处,唯堪支床脚,
不堪钻灼与天卜。岁星主福德,官爵奉董秦。忍使黔娄生,
覆尸无衣巾。天失眼不吊,岁星胡其仁。荧惑躩铄翁,
执法大不中。月明无罪过,不纠蚀月虫。年年十月朝太微。
支卢谪罚何灾凶。土星与土性相背,反养福德生祸害。
到人头上死破败,今夜月蚀安可会。太白真将军,
怒激锋芒生。恒州阵斩郾定进,项骨脆甚春蔓菁。
天唯两眼失一眼,将军何处行天兵。辰星任廷尉,
天律自主持。人命在盆底,固应乐见天盲时。天若不肯信,
试唤皋陶鬼一问。一如今日,三台文昌宫,作上天纪纲。
环天二十八宿,磊磊尚书郎。整顿排班行,剑握他人将。
一四太阳侧,一四天市傍。操斧代大匠,两手不怕伤。
弧矢引满反射人,天狼呀啄明煌煌。痴牛与騃女,
不肯勤农桑。徒劳含淫思,旦夕遥相望。蚩尤簸旗弄旬朔,
始捶天鼓鸣珰琅。枉矢能蛇行,眊目森森张。
天狗下舐地,血流何滂滂。

此段是在指责天空四像二十八宿失职。对"东方苍龙"之"统领三百六十鳞虫,坐理东方宫"、"南方火鸟"之"行赤口毒舌,毒虫头上吃却月,不啄杀"、"西方攫虎"之"斧为牙,凿为齿"、"北方玄龟"之"藏头入壳如入狱"的形象塑造,就是借用了地狱鬼神的描述。"枉矢能蛇行,眊目森森张。天狗下舐地,血流何滂滂",更是典型的地狱描写。

第五章　唐代地狱观念的传播及其对唐诗的影响　　161

卢仝此诗造景宏阔，设想奇诡，在唐诗中是不可多得的鸿篇巨制。韩愈对其深为赞赏，有《月蚀诗效玉川子作》：

> 元和庚寅斗插子，月十四日三更中。森森万木夜僵立，
> 寒气屭奰顽无风。月形如白盘，完完上天东。
> 忽然有物来啖之，不知是何虫？如何至神物，遭此狼狈凶？
> 星如撒沙出，攒集争强雄。油灯不照席，
> 是夕吐焰如长虹。玉川子，涕泗下，中庭独行。
> 念此日月者，为天之眼睛。此犹不自保，吾道何由行？
> 尝闻古老言，疑是虾蟆精。径圆千里纳女腹，
> 何处养女百丑形？杷沙脚手钝，谁使女解缘青冥？
> 黄帝有四目，帝舜重其明。今天只两目，何故许食使偏盲？
> 尧呼大水浸十日，不惜万国赤子鱼头生。女于此时若食日，
> 虽食八九无馋名。赤龙黑鸟烧口热，
> 翎鬣倒侧相搪撑。婪酣大肚遭一饱，饥肠彻死无由鸣。
> 后时食月罪当死，天罗磕匝何处逃汝刑？
> 玉川子立于庭而言曰：地行贱臣仝，再拜敢告上天公。
> 臣有一寸刃，可刳凶蟆肠。无梯可上天，天阶无由有臣踪。
> 寄笺东南风，天门西北祈风通。丁宁附耳莫漏泄，
> 薄命正值飞廉慵。东方青色龙，牙角何呀呀。从官百馀座，
> 嚼啜烦官家。月蚀汝不知，安用为龙窟天河。赤乌司南方，
> 尾秃翅鯺沙。月蚀于汝头，汝口开呀呀。虾蟆掠汝两吻过，
> 忍学省事不以汝嘴啄虾蟆？於菟蹲于西，旗旄卫毵毸。
> 既从白帝祠，又食于蜡礼有加。忍令月被恶物食，
> 枉于汝口插齿牙。乌龟怯奸怕寒，缩颈以壳自遮。
> 终令夸蛾抉汝出，卜师烧锥钻灼满板如星罗。此外内外官，
> 琐细不足科。臣请悉扫除，慎勿许语令啾哗。
> 并光全耀归我月，盲眼镜净无纤瑕。弊蛙拘送主府官，
> 帝箸下腹尝其蟠。依前使兔操杵臼，玉阶桂树闲婆娑。
> 恒娥还宫室，太阳有室家。天虽高，耳属地。感臣赤心，

> 使臣知意。虽无明言，潜喻厥旨。有气有形，皆吾赤子。
> 虽忿大伤，忍杀孩稚？还汝月明，安行于次。尽释众罪，
> 以蛙磔死。（7/747）

韩愈此诗是就卢仝原诗删削修改而成，大量古代的神话和传说，更增加了诗歌的传奇色彩。诗人想落天外，把蛤蟆吞日的情态写得活灵活现。尤其值得注意的是，韩愈有意地学习、模仿了卢仝奇峭、险怪的诗歌风格，将怪异的地狱意象与生僻的文字和奇特的表述熔于一炉。

3. 地狱描述

在《调张籍》一诗中，韩愈表达了自己追慕李杜，升天入地，求之不舍的情怀，"精诚忽交通，百怪入我肠。刺手拔鲸牙，举瓢酌天浆。"（9/989）这两句描述了韩愈在文学创作过程中，种种奇思异想充斥思维，喷薄欲出的状态。应当注意的是，韩愈诗歌的奇思异想中也包含了很多丑恶可怖的事物。在韩愈诗作中，丑的事物不仅是美的陪衬，还往往比美更能揭示本真，激发美感。审美主体在克服对丑的排拒心理之后，可以获得更大的审美快感。韩愈的一些诗作，直截了当地描写了地狱的事物，并使读者获得了一种奇特的审美快感。韩愈将"阿鼻"、"牛头"、"马面"等地狱意象，运用到了诗歌之中。其《嘲鼾睡》云：

> 澹师昼睡时，声气一何猥。顽飙吹肥脂，坑谷相嵬磊。
> 雄哮乍咽绝，每发壮益倍。有如阿鼻尸，长唤忍众罪。
> 马牛惊不食，百鬼聚相待。木枕十字裂，镜面生痱瘟。
> 铁佛闻皱眉，石人战摇腿。孰云天地仁，吾欲责真宰。
> 幽寻虱搜耳，猛作涛翻海。太阳不忍明，飞御皆惰息。
> 乍如彭与黥，呼冤受菹醢。又如圈中虎，号疮兼吼馁。
> 虽令伶伦吹，苦韵难可改。虽令巫咸招，魂爽难复在。
> 何山有灵药，疗此愿与采。（6/666）

此诗用怪异夸张的手法，精心描写了澹公鼾声的灾难性后果。

"有如阿鼻尸,长唤忍众罪"一句中,运用了佛教地狱的专门用语"阿鼻","阿鼻"是指地狱中之最深重者,义译"无间"。《地藏菩萨本愿经》卷上云:"又五事业感,故称无间。何等为五?一者日夜受罪,以至劫数,无时间绝,故称无间。二者一人亦满,多人亦满,故称无间。三者罪器叉棒,鹰蛇狼犬,碓磨锯凿,剉斫镬汤,铁网铁绳,铁驴铁马,生革络首,热铁浇身,饥吞铁丸,渴饮铁汁,从年竟劫,数那由他,苦楚相连,更无间断,故称无间。四者不问男子女人,羌胡夷狄,老幼贵贱,或龙或神,或天或鬼,罪行业感,悉同受之,故称无间。五者若堕此狱,从初入时,至百千劫,一日一夜,万死万生,求一念间暂住不得,除非业尽,方得受生,以此连绵,故称无间。"① 诗人用处于地狱最深层的厉鬼经受百般折磨时发出的嚎叫,比拟澹公那令人窒息的鼾声。此鼾声,直惊得"牛马不食,百鬼相待"。此诗通过地狱中的丑恶事物,发挥了其怪异的想象,营造了一种诙谐夸张与雄桀怖厉相糅合的美感。

此外韩愈还有《送无本师归范阳》云:"众鬼囚大幽,下觑袭玄窨。"(7/820)《城南联句》云:"裂脑擒撑振,猛毙牛马乐。"(5/484)牛马:俗语中"牛头马面"的简称,是对地狱中鬼卒的称呼。关于"牛头",《五苦章句经》云:"狱卒名阿傍,牛头人手,两脚牛蹄,力壮排山,持钢铁叉。"② 我国僧传中也有此类记载,如《出三藏记集》卷十三《竺叔兰传》云:"叔兰走避,数十步,值牛头人欲叉之。"③ 中国小说关于地狱中"牛头狱卒"的记载,更是堪称丰富。刘义庆《幽明录》"舒礼"条载:"使吏牵著熬所,见一物,牛头人身,捉铁叉,叉礼著熬上,宛转,身体焦烂,求死不得。"④ 唐临《冥报记》"周武帝"条载:"急见庭前有一铁床,并狱卒数十人,皆牛头人身,帝已卧床上,狱卒用铁梁押

---

① 《大正藏》第13册,第780页中。
② 《大正藏》第17册,第547页中。
③ (梁)僧祐撰,苏晋仁、萧炼子点校:《出三藏记集》卷一三《竺叔兰传》,中华书局1995年版,第520页。
④ 林辰、王永昌编校:《鲁迅辑录古籍丛编》,人民文学出版社1999年版,第200—201页。

之。"① 戴孚《广异记》"崔明达"条云："须臾，见二牛头卒悉持死人于房外炙之，臭气冲塞。"② 如此种种，不一而足。中国小说中，牛头狱卒总是地狱刑罚的执行者。"马面"，又称"马头罗刹"，《楞严经》卷八云："亡者神识见大铁城，火蛇火狗，虎狼狮子，牛头狱卒，马头罗刹，手执枪矟，驱入城门，向无间狱。"③ 此种"马头罗刹"的形象亦出现于中国文学作品之中，如《大目乾连冥间救母变文》云："至一地狱，高下可有一由旬，黑烟蓬勃，臭气薰天。见一马头罗刹，手把铁杈，意气而立。"④ 在中国文学作品中，马头罗刹成了地狱的看守者。

韩愈诗歌中，将地狱中的死囚，面目狰狞的牛头马面，一一搬演到了作品里面。各种丑恶的地狱意象在诗歌中的出现，正是为了追求一种"粗鄙化"与"陌生化"的审美效果，这给中唐诗坛吹来了一股清新之风。韩愈这种"以丑为美"的美学取向，在当时也引发了一场对诗歌传统审美观念的革命。"那些可怕的、可憎的、野蛮的、混乱的东西，都被他运用艺术的强力纳入了诗的世界，使之成为一种'反美'之美，'不美'之美。"⑤

综此，唐代流行于民间的地狱观念，深刻影响了韩愈的诗歌创作。韩愈把地狱意象成功地移植和运用到诗歌创作领域，同时也将地狱观念融入其"狠重怪奇"的诗歌风格以及"以丑为美"的审美取向之中。

二 唐代白话诗中的地狱世界——以王梵志、寒山、拾得、庞居士诗为中心

在唐代百花盛开的诗坛上，存在着一个游离于主流诗歌之外的白话诗派。这个诗派与佛教有着深刻的联系，可以说是一个佛教诗

---

① （唐）唐临撰，方诗铭辑校：《冥报记》，中华书局1992年版，第49页。
② （唐）戴孚撰，方诗铭辑校：《广异记》，中华书局1992年版，第130—132页。
③ 《大正藏》第39册，第938页上。
④ 项楚：《敦煌变文集选注》，中华书局2006年版，第842—945页。
⑤ 舒芜：《论韩愈诗》，《中国社会科学》1982年第5期。

派。该诗派创作丰富,人物众多,其中最具代表性的是王梵志、寒山、拾得、庞居士四人。

如前文所说,地狱观念在唐代极为兴盛,它不但通过佛教类书在僧人中流传,更借助变文、变相、小说、诗歌等多种文艺形式在全社会传播。就诗歌而言,以王梵志、寒山、拾得、庞居士为代表的白话诗最能反映唐人的地狱观念。本章即以此四人白话诗为中心,探讨唐代白话诗中的地狱世界。

(一) 白话诗中的地狱所在

与唐代文言诗相比,白话诗中的地狱世界与佛教教义更为契合。佛教宣称,人是凭借业力在三界中轮回的。寒山亦有诗云:

> 可畏三界轮,念念未曾息。才始似出头,又却遭沉溺。
> 假使非非想,盖缘多福力。争似识真源,一得即永得。[1]

诗中说,众生在三界之中轮回,片刻不得停歇。似乎刚刚脱身恶道,转眼却又沉沦苦海。即使通过修行达到三界的最高境界,若无福德之力,终究不得解脱。未若了知真如佛性,一劳永逸,永得正果。首句之"三界轮",即是说众生轮回生死于三界之中。佛教的宇宙观,在四阿含经尤其是《长阿含经·世记经》、《大楼炭经》、《起世经》、《起世因本经》、《阿毗达磨俱舍论》等经论里面,有详细的描述。《杂阿含》卷十七说:"有三界,云何三?谓欲界、色界、无色界。"这三种界不仅指的是空间意义上的物质世界,同时指生命意义上的众生世界。三界中的生命形式各自所属不同界别,《起世因本经》卷八说:

> 此三界中,有三十八诸众生类。何者是其三十八种?诸比丘,欲界之中有十二种,色界中有二十二种,无色界中复有四种。诸比丘,于中何者是其欲界十二种类?所谓地狱、畜生、

---

[1] 项楚:《寒山诗注》,中华书局2000年版,第550页。

饿鬼、人、阿修罗、四天王天、三十三天、夜摩天、兜率陀天、化乐天、他化自在天、魔身天等，此名十二。何等色界二十二种？谓梵身天、梵辅天、梵众天、大梵天、光天、少光天、无量光天、光音天、净天、少净天、无量净天、遍净天、广天、少广天、无量广天、广果天、无想天、无烦天、无恼天、善见天、善现天、阿迦腻吒天等，此二十二属于色界。其无色界四种者，谓空无边天、识无边天、无所入天、非想非非想天，此四种类属无色界。①

欲界众生，指的是没有摆脱世俗情欲的众生，饮食、男女和睡眠是这类众生的最基本的需求。具体而言，欲界众生包括六种生命形式，由下而上为：地狱、饿鬼、畜生、人、阿修罗、天。

色界、无色界是比欲界众生更为高级的生命形式，已经超出本书的探讨范围，我们暂把焦点集中于欲界。佛教宣扬须弥山中心说，认为须弥山是一个两头粗中间细的腰鼓形柱子，山高八万四千由旬（长度单位），山顶上为帝释天，四面山腰为四天王天，周围是七香海和七金山（七轮围山），一层层地围绕着。第七金山外还有铁围山所围绕的咸海。咸海中有四大洲（也称四大部洲）、八中洲和无数小洲。四大洲为：南瞻部洲、东胜神洲、西牛贺洲、北俱卢洲。我们人类居住于南瞻部洲。

欲界天又叫六欲天，分为六处，由下而上分别是：四天王天、忉利天、夜摩天、兜率天、化乐天和他化自在天。欲界天与阿修罗、人、畜生、饿鬼和地狱，共享一个太阳、一个月亮，它们构成佛教所谓一个"小世界"（如图5—1所示）。

如此一千个"小世界"构成一个"小千世界"，一千个"小千世界"构成一个"中千世界"。一千个"中千世界"构成一个"大千世界"。这样一个"大千世界"，因为有小、中、大三个层次的千数，所以又被称为"三千大千世界"。

按照《增一阿含经》、《大楼炭经》和《起世经》的说法，地

---

① 《大正藏》第2册，第118页上。

狱在两座大铁围山之间:

> 诸比丘!于四大洲、八万小洲,诸余大山及须弥山王之外,别有一山,名斫迦罗(前代旧译云铁围山),高六百八十万由旬,纵广亦六百八十万由旬,弥密牢固,金刚所成,难可破坏。诸比丘!此铁围外,复有一重大铁围山,高广正等,如前由旬。两山之间,极大黑暗无有光明,日月有如是大威神大力大德,不能照彼令见光明。诸比丘!于两山间,有八大地狱。①

既然一小世界的两大铁围山之间有此八大地狱,那么三千大千世界之中则应包含无数地狱。

佛经中,地狱处于两大铁围山之间的说法,固然已非常具体,但它并不是以我们人类所居住的南瞻部洲为参照的。那么地狱与南瞻部洲究竟关系如何?《起世经》给出了答案:

> 此南瞻部洲下过二万,有阿鼻旨大奈落迦。深广同前,谓各二万。故彼底去此四万逾缮那,以于其中受苦无间,非如余七大奈落迦受苦非恒,故名"无间"。②

在我们南瞻部洲以下两万瑜缮那(长度单位)的地方,是最底下、最痛苦的无间地狱,无间地狱的底部距离南瞻部洲就有四万逾缮那。无间地狱上面,是重叠着的七大地狱。佛经的这种叙述已经暗示:地狱虽处于两大铁围山之间,但也是分层的,最深者为"无间地狱"(佛经之"八大地狱"后来在中国被附会为"八层地狱"乃至"十八层地狱"等)。既然南瞻部洲在地面以上,那么说无间地狱在南瞻部洲地下很远、很深的地方自然也是没有问题的。但准确地讲,地狱并非处于南瞻部洲垂直的地下,而是偏离该洲,处于两大铁围山之间的地下。

---

① 《大正藏》第1册,第32页中。
② 《大正藏》第29册,第58页中。

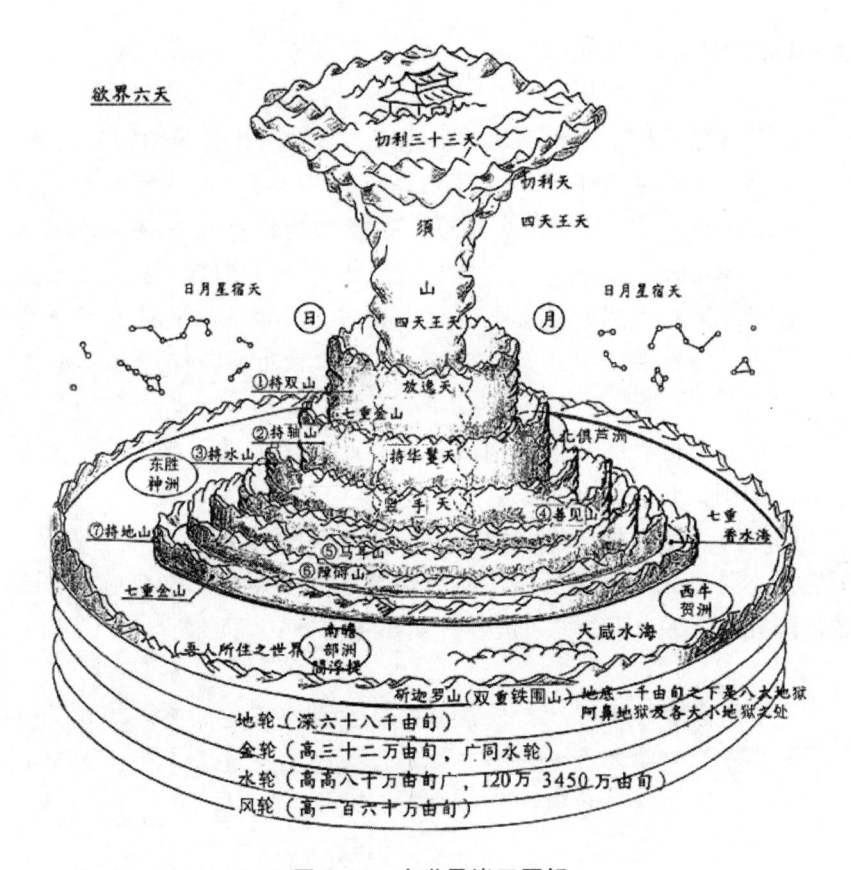

图 5—1　小世界诸天图解

佛教的这种宇宙观对唐代白话诗人还是有很深影响的，深谙佛理的庞居士曾有诗曰：

　　　　一切有求枉用功，想念真成着色空。
　　　　差之毫厘失千里，有生劫劫道难通。
　　　　痴心望出三界外，不知元在铁围中。①

庞居士在诗中教导民众，人们一切功利性的修行和追求，指望能跳出三界外，其实都是徒劳的，因为这样终究是跳不出铁围山的。

---

① 谭伟：《庞居士研究》，四川民族出版社 2002 年版，第 478 页。

第五章　唐代地狱观念的传播及其对唐诗的影响

实际上，这些都只是地狱方位的大致情况，在不同佛经中对其叙述又会有些许的差别。

> 问曰：地狱多种，或在地下，或处地上，或居虚空，何故并名地狱？答曰：旧翻地狱，名狭处局不摄地空。今依新翻经论，梵本正音名那落迦，或云捺落迦。此总摄人，处苦集故名捺落迦。又新婆沙论云：问何故彼趣名捺落迦？答：彼诸有情，无悦无爱无味无利无喜乐，故名那落迦。或有说者，由彼先时造作增长，增上暴恶身语意恶行，往彼令彼相续，故名捺落迦。有说彼趣以颠坠，故名捺落迦。①

此段引文出自唐代道世的《诸经要集》，文中提到的"新翻经论"即指玄奘法师的新译佛经，此时玄奘将地狱译为"捺落迦"。道世将地狱所处的空间做了地下、地上和虚空的划分。

但在唐代民众中，这样的表述并非主流。人们早已熟知的"黄泉"、"幽都"等名词已经暗示，幽冥世界是处于地下的。况且，佛教最早专讲地狱情状的《佛说十八泥犁经》有云："侮父母、犯天子，死入泥犁。中有深浅，……"② 因而，地狱处于地下很深很远的地方，并且分层的观念，在中国百姓思想中还是根深蒂固的。

（二）白话诗中对地狱的想象

唐代民众对死后世界有着丰富的想象，王梵志《沉沦三恶道》（之一）一诗就很具典型性：

> 沉沦三恶道，负特愚痴鬼。荒忙身卒死，即属伺命使。反缚棒驱走，先渡奈河水。倒拽至厅前，枷棒遍身起。死经一七日，刑名受罪鬼。牛头铁叉扠，狱卒把刀掇。碓捣硙磨身，覆生还覆死。③

---

① （唐）道世：《诸经要集》卷一八，《大正藏》第54册，第166页中。
② （东汉）安世高译：《佛说十八泥犁经》，《大正藏》第17册，第528页。
③ 项楚：《王梵志诗校注》，上海古籍出版社2010年版，第31页。

此诗描述了人死后的大致经历：人死之时，总是匆匆忙忙。恍惚之中被司命鬼带入冥间。接着被反手捆绑、棍棒驱赶至奈河边，渡过奈河之后，就抵达"厅前"——一个负责审判的地方。经过"地狱审判"，罪人将经受种种刑罚。死经七日后，将会遭遇牛头狱卒（中国传说中的"牛头马面"），面临更为严酷的地狱果报。

1. 勾命鬼

司命或无常是传说中索取人命的鬼卒，相传人死之后首先见到的就是他们。"司命"又作"伺命"，在王梵志诗中一共出现过6次[1]。作为勾命鬼的"无常"在王梵志诗中只出现过1次[2]。诗中出现司命或无常，首先描写了生命匆忙结束，甚至来不及同亲人告别。如"双盲不识鬼，伺命急来追"、"伺命门前唤，不容别邻里"；又如"阎老忽嗔迟，即棒伺命使。火急须领兵，文来且取你。不及别妻儿，向前任料理"[3]；再如"无常煞鬼至，火急被追催。露头赤脚走，不容得著鞋"[4]。这些诗句都描述了生命瞬间结束的仓促和无奈。其次，描述了生命结束时痛苦、煎熬的感受。如"伺命把棒忽至，遍体白汗如浆"、"伺命张弓射，苦痛剧刀锥"[5]。据诗中描述，鬼卒勾人性命之时，会给人带来巨大的生理痛苦，人体如被弓箭射中，汗下如雨。

鲁迅曾说过，"无常"应当是中国民间信仰的产物[6]。笔者所见唐代及之前的小说中，勾魂鬼多为一个，很少见两个同时出现的。后世所谓的"黑白无常"配对而出的景象，应当是在唐代以后才逐

---

[1] 在《大有愚痴君》、《伺命取人鬼》、《出门拗头戾跨》、《生儿拟替公》中各出现一次，《双盲不识鬼》中出现两次。项楚：《王梵志诗校注》，上海古籍出版社2010年版，第28、261、372、607、55页。

[2] 项楚：《王梵志诗校注》，上海古籍出版社2010年版，第201页。

[3] 同上书，第607页。

[4] 同上书，第201页。

[5] 同上书，第372、55页。

[6] 鲁迅说："我也没有研究过小乘佛教的经典，但据耳食之谈，则在印度的佛经里，焰摩天是有的，牛首阿旁也有的，都在地狱里做主任。至于勾摄生魂的使者这无常先生，却似乎于古无征，耳所习闻的只有什么'人生无常'之类的话。大概这意思传到中国之后，人们便将他具体化了。这实在是我们中国人的创作。"鲁迅先生纪念委员会编：《鲁迅全集》，人民文学出版社1973年版，第376页。

步演化而成的。

2. 奈河

相传,奈河是一条流淌于冥间的巨大河流,新死之人渡过此河,即入地狱。"奈河"在王梵志和寒山诗中各出现1次,王梵志诗云:"反缚棒驱走,先渡奈河水。"寒山诗云:"临死度奈河,谁是喽罗汉。"[①] 中国百姓对死后地下世界的想象,可以追溯到公元前八世纪以上。《左传》隐公元年(公元前722年)所引的郑庄公之语"不及黄泉,无相见也"[②] 可以说反映了最早的关于地下世界的观念。到汉代,"黄泉"更成为死后世界的代名词。《论衡·薄葬篇》云:"亲之生也,坐之高堂之上;其死也,葬之黄泉之下。黄泉之下,非人所居,然而葬之不疑者,以死绝异处,不可同也。"[③]《太平经》曰"故善者上行,命属天,犹生人属天也;恶者下行,命属地,犹死者恶,故下归黄泉,此之谓也。"[④] "黄泉"是中国上古宇宙观念中冥界的象征,其特点是无边的大水和无尽的黑暗。[⑤] 因而古人认为冥界之中必定会有泉水、大河的阻隔。王梵志诗云:"不虑天堂远,非愁地狱虚……泉门一闭后,开日定知无。"[⑥] 寒山诗云:"临死度奈河,谁是喽罗汉。冥冥泉台路,被业相拘绊。"[⑦] 虽然如此,从古老的"黄泉"说,过渡到后世的"奈河"说,还是有相当距离的。

顾炎武《山东考古录·考奈河》记:

> 岳之西南,有水出谷中,为西溪,自大岭口至州城之西南,流入于泮,曰漆河。其水在高里山之左,有桥跨之,曰漆河

---

① 王梵志诗见项楚《王梵志诗校注》,上海古籍出版社2010年版,第31页;寒山诗见项楚《寒山诗注》,中华书局2000年版,第609页。
② 杨伯峻编著:《春秋左传注》,中华书局1981年版,第14页。
③ (东汉)王充撰,黄晖校释:《论衡校释》,中华书局1990年版,第965页。
④ 王明:《太平经合校》,中华书局1960年版,第279页。
⑤ 叶舒宪:《中国神话哲学》,中国社会科学出版社1992年版,第17页。
⑥ 项楚:《王梵志诗校注》,上海古籍出版社2010年版,第729页。
⑦ 项楚:《寒山诗注》,中华书局2000年版,第609页。

桥，世传人死魂不得过，而曰漆河。①

清俞樾《茶香室丛钞》卷一六《漆河桥》：

> 国朝顾炎武《山东考古录》云："岳之西南，有水出谷中，为西溪。自大峪口至州城之西南，流入于泮，曰漆河。其水在高里山之左，有桥跨之，曰漆河桥。世传人死魂不得过，而言奈河，此如汉高帝云柏人者迫于人也。"按顾氏又辨高里山云："俗传蒿里山者，高里之讹。《史记·封禅书》：'上亲禅高里。'《汉书·武帝纪》：'太初元年十二月，禅高里。'乃若高里之名，见于古《挽歌》，不言其地。自晋陆机《泰山吟》，始以梁父、蒿里并列，而后之言鬼者山之，遂令古昔帝王降禅之坛，变而为阎王鬼伯之祠矣。"余谓后世言神言鬼皆托之泰山，虽虚诞之说，而未始无理。盖因天事天，因地事地，此封禅之所起也。《史记正义》云："泰山上筑土为坛以祭天，报天之功，故曰封；泰山下小山上除地，报地之功，故曰禅。神道属天，王者既封泰山以报天，则泰山有神道矣。鬼道属地，王者既禅泰山下小山，如云云、亭亭、梁父、高里诸山以报地，则云云、亭亭、梁父、高里诸山有鬼道矣。"《遁甲开山图》云："梁父主死。"然则高里何不可以主死乎？高里之变为蒿里，古字相通。师古注《汉书·五子传》曰："蒿里，死人里。"此不得其说，而强为之说，死人之里果安在乎？高里山左有漆河桥，而世俗遂附会为奈何桥，虽似可笑，亦未谬。②

奈河本是泰山西南，高里山之东的一条河流。河上的桥叫"奈何桥"，后人逐步将之附会为地狱中的"奈河"和"奈河桥"。

季羡林曾撰《关于"奈河"的一点补充》云：

---

① 王云五：《丛书集成初编·山东考古录》，商务印书馆1936年版，第6页。
② （清）俞樾：《茶香室丛钞》，中华书局1995年版，第348—349页。

奈河是梵文 naraka 的音译，naraka 意即"地狱"，在中国奈河有时候也翻译做"那落迦"、"奈若迦"，有时候也把迦省略掉。日本著名梵文学者中村元的《佛教大辞典》里就把奈河释作"奈落四河"。在中国，地狱这玩意儿本来就是印度货，地狱里面的河来自印度，也完全是顺理成章的。[①]

季羡林为梵文专家，他从梵文音译的角度考察奈河的来源似乎不错。但是也不能忽视，唐代中国民众思想中的奈河，必然是一个华梵文化结合的产物。

因而，项楚在《说"奈河"》中作为总结的那段话，还是较为公允的。

漆河本是泰山和高里山下的一条小河，而泰山和高里自古相传是治鬼之所，由于地理上的联系，漆河便从泰山和高里山获取了与阴间鬼界相关的含义。中国古代吊丧或丧葬时有口唱"奈何"的习俗，"漆河"与"奈何"有谐音关系，因而又从"奈何"获取了与死丧相关的含义。当地狱观念随着佛教传入中国以后，与阴间和死丧相关的奈河便很自然地被移植到地狱之中，成为地狱中生离死别的河界。因此，"奈河"观念的形成，是中国古代人们的思想和习俗在心理上复杂转移的结果，也是两种不同文化嫁接的果实。[②]

奈河在唐代俗文学中非常流行，除王梵志诗以外，还出现在敦煌歌辞《苏幕遮》中：

罗汉岩头观漆河，不得久停，为有神龙㤿。[③]

此诗共六首，诗名中原有"大唐曲子六首，寄在苏幕遮"云

[①] 季羡林：《关于"奈河"的一点补充》，《文史知识》1989年第4期。
[②] 项楚：《说"奈河"》，《文史知识》1988年第10期。
[③] 任半塘：《敦煌歌辞总编》，上海古籍出版社2006年版，第1722页。

云。据诗中记载，五台山曾化现一处叫作"生地狱"的地方。此外，敦煌变文《目连变文》和由之演变而来的《大目乾连冥间救母变文》中也多次提到奈河。

> 圣者来於幽径，行至奈河边，见八九个男子女人，逍遥取性无事。其人遥见尊者，礼拜于谒再三。①

目连变文叙述的是目连之母青提夫人因不信佛而堕入地狱，得证善果的目连凭借佛力，遍历地狱探救其母。《目连变文》中，奈河只是分割幽明的一条河水，河边景象也并不恐怖。再看《大目乾连冥间救母变文》中的相应描写：

> 目连闻语，便辞大王即出。行经数步，即至奈河之上，见无数罪人，脱衣挂在树上，大哭数声，欲过不过，回回惶惶，五五三三，抱头啼哭。目连问其事由之处：奈河之水西流急，碎石巉岩行路涩，衣裳脱挂树枝傍，被趁不交（教）时向立。河畔问（闻）他点名字，胸前不觉沾衣湿。今日方知身死来，双双傍树长悲泣。生时我舍事吾珍，今（金）轩驷马驾珠（朱）轮。为言万古无千（迁）改，谁知早个化为尘。呜呼哀哉心里痛，徒埋白骨为高冢。南槽龙马子孙乘，北牖香车妻妾用。异口咸言不可论，长嘘叹息更何怨。造罪诸（之）人落地狱，作善之者必生天。如今各自随缘业，定是相逢后回难。握手丁宁须努力，回头拭泪饱相看。耳里唯闻唱道急，万众千群驱向前。牛头把棒河南岸，狱卒擎叉水北边。水里之人眼盼盼，岸头之者泪涓涓。早知别后（到没）艰辛地，悔不生时作福田。②

《大目乾连冥间救母变文》是在《目连变文》的基础上敷衍而

---

① 黄征、张涌泉编：《敦煌变文校注》，中华书局1997年版，第1072页。
② 项楚：《敦煌变文集选注》（增订本），中华书局2006年版，第875页。

成的，重点放在了对于青提夫人转生饿鬼道的叙述。篇幅大大变长，文章情节也变得更加曲折。当写到奈河之时，加入了罪人的啼哭，牛头狱卒的驱赶等情节，令人感到阴森恐怖。

通过对王梵志诗、敦煌歌辞和目连变文的考察，我们可以确定，在唐代"奈河"观念已经深入民间，并产生了重要的影响。

3. 阎罗王

随着佛教的传播，阎罗王这一地狱人物形象也逐渐为国人所熟知。唐代白话诗中，阎罗王也被称为"阎罗"、"阎王"、"阎老"等。在王梵志诗中出现4次，寒山诗中出现1次，拾得诗中出现3次，庞居士诗中出现2次。① 阎罗王在白话诗歌中的普遍出现，也说明了阎罗王信仰在民间的普及。

在唐代白话诗中，正直耿介的阎罗王自然是世间善恶的最终审判者和执行者，王梵志《自死与鸟残》、《我肉众生肉》二诗云：

自死与鸟残，如来相体恕。莫养图口腹，莫煞共盘箸。
铺头钱买取，饱唉何须虑。倪见阎罗王，亦有分踈取。

我肉众生肉，形殊性不殊。元同一性命，只是别形躯。
苦痛教他死，将来作已须。莫教阎老断，自想意何如？②

众生本平等，一切贪图口腹之欲杀生害命的恶行，最终都会遭受阎罗王的惩罚。

刻薄寡恩、钻营取巧、见利忘义者，也必受惩罚。拾得和庞居士诗云：

---

① 参见王梵志《自死与鸟残》、《生儿拟替公》、《我肉众生肉》、《梵志死去来》诗，参见项楚《王梵志诗校注》，上海古籍出版社2010年版，第280、607、627、796页；寒山《劝你休去来》诗，参见项楚《寒山诗注·拾得诗注》，中华书局2000年版，第745页；拾得《嗟见世间人》、《银星钉称衡》、《闭门自造罪》诗，参见项楚《寒山诗注·拾得诗注》，中华书局2000年版，第824、871、873页；庞居士《若能相用语》、《世人皮上黠》诗，参见谭伟《庞居士研究》，四川民族出版社2002年版，第445、449页。

② 项楚：《王梵志诗校注》，上海古籍出版社2010年版，第280、627页。

> 银星钉称衡,绿丝作称纽。买人推向前,卖人推向后。
> 不愿他心怨,唯言我好手。死去见阎王,背后插扫帚。①
>
> 世人皮上黠,心里没头痴。他贪目前利,焉知己后非。
> 谩胡欺得汉,夸道手脚迟。走向见阎老,倒拖研米槌。
> 恐君不觉悟,今日报君知。②

阎罗王进行惩罚的依据是人们生前的善恶。唐人想象,所有人生前的善恶均由专人记录在案,丝毫不差,所谓"举头三尺有神明":

> 闭门私造罪,准拟免灾殃。被他恶部童,抄得报阎王。
> 纵不入镬汤,亦须卧铁床。不许雇人替,自作自身当。③

佛经记载,每一个人出生的时候都有两个鬼神跟随着,一生之中一分一秒都不会离开,他们叫作"善恶童子"。善童子记录人的小善,恶童子记录人的小恶。他们最终将记录送至阎罗王处,丝毫不会有差。

> 尔时世尊告大众言:谓诸众生有同生神魔奴阇耶(同生略语),左神记恶,形如罗刹,常随不离,悉记小恶;右神记善,形如吉祥,常随不离,皆录微善,总名双童。亡人先身,若福若罪,诸业皆书,尽持奏与阎魔法王,其王以簿推问亡人,算计所作,随恶随善。而断分之。④

诗歌后半部分所谓"镬汤"、"铁床"之类,都是地狱中的刑

---

① 项楚:《寒山诗注·拾得诗注》,中华书局2000年版,第871页。
② 谭伟:《庞居士研究》,四川民族出版社2002年版,第449页。
③ 项楚:《寒山诗注·拾得诗注》,中华书局2000年版,第873页。
④ 参见《佛说地藏菩萨发心因缘十王经》,《卍续藏》,第1册,第405页上。

具。相传"镬汤"是用来蒸煮罪人的,"铁床"是用来烧烤罪人的,其间还有牛头阿旁、马面罗刹等地狱鬼卒负责行刑,其场面是非常残忍血腥的。佛经中对于地狱惩罚的描写连篇累牍,非常丰富。这些在唐传奇、敦煌变文中大放异彩的篇章,却并非白话诗的主要内容。白话诗对于地狱惩罚的描写,往往只是点到为止,并无太多渲染。

唐代白话诗中的地狱世界,既是佛教地狱观的体现,又具有自己的独特之处。它糅合了民间的神秘信仰和道教观念,是一种中国化了的想象。考察唐代白话诗中的地狱世界,不但可以加深对唐代白话诗的理解,同时也为理解唐代民间信仰、民俗学乃至文化史提供了一个独特视角。

第 六 章

中古文学对汉译佛经的影响
——以地狱故事为中心的考察

佛教关于地狱的记载影响了中国文学，反过来，中国有关地狱游历的故事也被佛教吸收，有的甚至直接被编成了疑伪之经。这也就是我们所说的文学与宗教相互影响的一种重要方式。

一 《弟子死复生经》

《大正藏》第十七册收有《弟子死复生经》一卷，叙述的就是优婆塞见谛暂死游冥间事。[①] 若将该经文按照叙事情节进行整理，即可看出，这是一篇典型的地狱故事：

> ……尔时，有贤者优婆塞，本奉外九十六种道，厌苦祷祠委舍入法，奉戒不犯，精进一心，勤于诵经，好喜布施，笃意忍辱，常有慈心。暴得疾病，遂便命过。临当死时，嘱其亲属及其父母言："我病若不讳之日，莫殡敛七日，若念我者，不违我言。"遂奄忽如死，父母亲属诸家如其所言，停尸七日。到八日，亲属诸家言："死人已八日，眠眠无所复知，当急殡殓。"父母言："虽已日久，亦不膨胀，亦不臭处。小复留之，以到十日。"语言未竟，死人便即开眼，诸家父母大小，踊跃欢喜。未能动摇，诸家共守之。至十日，便能起坐，善能语

---

① （南朝·宋）沮渠京声译：《弟子死复生经》，《大正藏》第 14 册，第 868 页中—870 页上。

言。众人问所从来，尽见何等？言有吏兵，来将我去。往到一大城，中有大狱，狱正黑。四面悉以铁作城，城门悉烧铁正赤，狱中系人身，皆在大火中坐。上下火烧，炙之青烟出。或有人以刀割其肉，啖食之。狱中有王问我言："若何等人犯坐？何等乃来到是中？是中治五逆，不孝父母，不忠信事其君，治诸恶人处。若罪何重乃尔？"答言："我少小为人以来，为恶人所惑，奉事外道。少为世间愚痴，杀生祠祀，天地饮酒。又于市里采取财利，升斗尺寸欲以自饶，会后与善师相得，相教作善。牵我入佛道中，得见沙门道人，授我五戒，奉行十善。自尔以来，至于今日，不复犯恶。恩由明王哀我不及，我便叩头。"……王即起，叉手谓我言："止止，清信之人，不应当尔。"便与我座，便坐。……王言："……急案名录，寿命应尽未？"吏白王言："以命录理之，未应死耶，尚有馀算二十。以其先小时，所犯罪恶，后乃欲作善，是以取之。使其党辈，小复自下。"……吏白王言："诚如大王所言，小吏罪之所致，不别真伪，请得遣之还。"王曰："善！"吏便辞谢人，使自还去。人便如从高堕下，霍然而稣，便得生活。

此经原题为刘宋沮渠京声译，事又见《经律异相》卷三十七①。《出三藏记集》中，僧祐将其归入"新集续撰失译杂经录"中②。《新编汉文大藏经目录》中，吕澂将其编入"论藏"之"疑伪外论"部分③。到底是《弟子死复生经》影响了当时的地狱故事，还是后者影响了前者。关于这一问题，研究者有着不同的看法。薛克翘、赵杏根等学者认为，是《弟子死复生经》影响了魏晋六朝的地狱类文学作品；④ 王青等学者认为，是文学作品影响了

---

① （梁）僧旻、宝唱等：《经律异相》卷三七《有人命终十日还生述所经见》，第202页。
② （梁）僧祐撰，苏晋仁等点校：《出三藏记集》卷四《新集续撰失译杂经录》，中华书局1995年版，第139页。
③ 吕澂：《新编汉文大藏经目录》，齐鲁书社1981年版，第92页。
④ 薛克翘：《读〈幽明录〉杂谈》，载《印度文学研究集刊》第四辑，上海译文出版社1999年版，第138页；赵杏根：《唐前释氏辅教小说》，载《寒山寺佛学》第二辑，上海古籍出版社2003年版，第158页。

佛经。① 笔者以为，此二者的影响是双向的，但地狱类文学作品先影响到佛经的可能性较大。

首先，从叙事情节来看，此经文包含了中国地狱故事的典型情节：暂死入冥—地狱审判—巡游地狱—复活还魂—说明缘由。只是在叙述的详略上，做了很大的调整。经文叙述的重点，放在了"地狱审判"和"说明缘由"这两部分。地狱审判部分，引入了阎罗王和冥吏大篇幅的论辩；说明缘由部分，导入了佛祖现身说法、劝导众生的教化。而"地狱巡游"部分则被紧缩，置于"暂死入冥"之后，来简略叙述。

在现存的汉译佛经中，这种暂死复生的叙事情节就非常少见。佛经中情节与之相类者，还有《佛说灌顶经》卷十一《佛说灌顶随愿往生十方净土经》②和《经律异相》卷四十五引《杂譬喻经》之"老母悭病时见地狱，婢行善睹有天堂"故事③。关于前者真伪问题，僧祐在《出三藏记集》中的辨析已经非常明确，定其为伪经的理由也很充足。④ 至于《经律异相》所引《杂譬喻经》贪悭老母之

---

① 王青：《西域文化影响下的中古小说》，中国社会科学出版社2006年版，第215页。
② 经云：于是那舍忽得重病，奄便欲死，唯心上暖，家中大小，未便殡殓。至七日后，乃得苏解。家中问言，那舍长者病苦如是，本死今苏，从何而来？长者那舍语其家言："我数日来，善神将我，示以福堂，无极之乐。又到地狱，靡不经历。眼中所睹，唯苦痛耳。……"《大正藏》第21册，第530页下—531页上。
③ 原文如下：昔王舍城东有一老母，悭贪不信。其婢精进，常行慈心。念用二事，利益群生。一者不持热汤泼地，二者洗器残粒常施人。老母得病有气息，魂神将之入地狱中。见火车炉炭镬汤涌沸，刀山剑树苦楚万端。老母见问讯："是何物？"狱卒答曰："此是地狱，王舍城东有悭贪老母，应入其中。"老母自知，悚然愁悸。小复前行，七宝宫舍，妓女百千，种种珍异。问此何物？答言："天宫，王舍城东悭贪老母，有婢精进命尽生中。"老母忽活，忆了向事。而语婢言，汝应生天。汝是我婢，岂得独受，汝当共我。婢答之言，脱有此理？转当奉命，但恐善恶随形，不得共受耳。母即不悭贪，大作功德。《大正藏》第53册，第235页下。
④ 僧祐云："《灌顶普广经》一卷。本名《普广菩萨经》或名《灌顶随愿往生十方净土经》，凡十一经。从《七万二千神王咒》至《召五方龙王咒》，凡九经，是旧集《灌顶》，总名《大灌顶经》。从《梵天神策》及《普广经》、《拔除过罪经》，凡三卷，是后人所集，足《大灌顶》为十二卷。其《拔除过罪经》一卷已摘入《疑经录》中，故不两载。"（梁）僧祐撰，苏晋仁等点校：《出三藏记集》卷四《新集续撰失译杂经录》，中华书局1995年版，第177页。

第六章　中古文学对汉译佛经的影响　181

故事，现存《杂譬喻经》未见收录，其可信度也非常低。

《弟子死复生经》当产生于南朝刘宋到萧梁时期。① 但是，早在刘宋以前的小说作品中，此类暂死复生的叙事情节就已经出现。如魏时曹丕《列异传》"蔡支妻"条。叙县吏蔡支本欲谒见太守，忽迷路昏厥，魂神进入冥间，见到掌管生死的泰山神和天帝。天恩浩荡，天帝将蔡支连同其亡故的妻子一同放回。蔡支苏醒后掘发妻冢，果有生验。② 还有晋代荀氏《甄异传》的"章沈"、"华逸"等条，均记死而复生之事。③ 因此，从叙事情节出现的先后来看，应当是中国地狱类文学作品先影响到了佛经。

其次，从经文内容来看，感觉《弟子死复生经》思想驳杂，有道释杂糅的特点。如，经文中出现了"命录"、"余算"等道教用语。"命录"的说法源自中国很早就有的天受人命之说。④ 道教经典《太平经》中亦有"天受人命"的提法。⑤ 该论认为，人的寿命福禄事先已由天命安排好了。"天"有意志、可以决定人间之吉凶祸福。这时天被赋予了人格化特征，具有绝对意志和神圣情感。此观念反映了古人对自然力量的拟人化和神圣化倾向，宗教意义上的敬畏天命的精神即由此而生。

"命录"也称"命籍"，《太平经》第一百一十卷《大功益年书

---

① 《弟子死复生经》原题刘宋沮渠京声译。沮渠京声为北凉主沮渠蒙逊之从弟，封安阳侯，后倦意世务，于刘宋时期专意于经文翻译。在僧祐的《出三藏记集》和僧旻、宝唱等撰写《经律异相》中，已有关于《弟子死复生经》的记载。所以，大体来看，该经的出现应不早于沮渠京声译经的刘宋时期，也不会晚于僧祐生活的梁代。关于沮渠京声的记载，可参见比丘明复编《中国佛学人名辞典》，中华书局1988年版，第197页。

② "蔡支妻"条，参见（宋）李昉等编《太平广记》，中华书局1961年版，第2984—2985页。

③ "章沈"条，参见（宋）李昉等编《太平御览》，中华书局1960年版，第3183页；"华逸"条，参见（宋）李昉等：《太平广记》，中华书局1961年版，第2556页。

④ 吕思勉：《洪范庶民惟星解》，《吕思勉读史札记》，上海古籍出版社1982年版，第485—493页。

⑤ 该经卷一〇二《右问天师书文征信明诀》云："天受人命，自有格法。天地所私者三十岁，比若天地日月相推，有余闰也，故为私命，过此者应为仙人。天命：上寿百二十岁为度，地寿百岁为度，人寿八十岁为度，霸寿以六十岁为度，仵寿五十岁为度。"王明：《太平经合校》卷一〇二《右问天师书文征信明诀》，中华书局1960年版，第464页。

出岁月戒》云："延者有命，录籍有真，未生豫著其人岁月日时在长寿之曹，年数且升，乃施名各通，在北极真人主之。"① 卷一百一十一《有德人禄命诀》又云："生命之日，司候在房，记著录籍，不可有忘。"② 由此可知，"命录"说宣称，每个人的寿命都由上天依据生死命簿来给予安排，天上有长生簿，地下有死鬼簿；若列入长生簿，便可获长生久视，入死鬼簿，则会短命减寿。《太平经》所体现的"命录"观念，后来成为天师道管理信徒所采用的组织制度——"宅录命籍"③。在整个道教思想体系中，此观念基本是一以贯之的。

"命有余算"的说法，较早见于《抱朴子·微旨篇》。该篇云，天地有掌管过失之神，按照所犯过失的轻重来夺人的"算"。夺算之事有几百件，不能一一论述。人的身体里有"三尸"，此物会将人的过失报告司命神；此外，灶神也会上天禀告人的罪状；最后，掌管过失之神就会根据所犯罪状的大小，夺人"纪"、"算"。由这些表述可知，"余算"之说，很早就是和天命、善恶相联系的。④《老子想尔注》云："天曹左契，算有馀数，精乃守之"，"人非道言恶，天辄夺算。"⑤ 天庭每年对世人之品行进行考核，并酌情增减其先天寿命。《太平经》卷一百一十《大功益年书出岁月戒》云："过无大小，天皆知之。簿疏善恶之籍，岁日月拘校，前后除算减年。"⑥ 这种源于道教的"命有余算"的说法，在中国小说中屡屡

---

① 王明：《太平经合校》卷一一〇《大功益年书出岁月戒》，中华书局1960年版，第531页。
② 王明：《太平经合校》第一一一卷《有德人禄命诀》，中华书局1960年版，第547页。
③ 陆修静：《陆先生道门科略》载："天师立治置职，犹阳官郡县城府治理民物。奉道者皆编户著籍，各有所属。令以正月七日、七月七日、十月五日，一年三会。民各投集本治师，当改治录籍，落死上生，隐实口数，正定名籍，三宣五令，令民知法。其日，天官地神，咸会师治，对校文书。"《道藏》1988年版，第780页。
④ 《太平经》云："此人生各得天算，有常法，今多不能尽其算者。天算积无訾，故人有善得增算，皆此余算增之。"又，"余算一岁一算，格在天上，人行失天道，无能取者。"王明：《太平经合校》，中华书局1960年版，第464、695页。
⑤ 饶宗颐：《老子想尔注校证》，上海古籍出版社1991年版，第31页。
⑥ 王明：《太平经合校》卷一一〇《大功益年书出岁月戒》，中华书局1960年版，第526页。

出现，成了人暂死复生的基本依据。

可见，"命录"、"余算"等说法，是源自中国，后来为道教所采用的观念，并非来源于天竺佛教。

通过上述情节和内容的分析，基本可以确定，《弟子死复生经》是受到中国地狱类文学作品的影响而出现的疑伪经典。此类疑伪经典的出现，必然有其特定的社会功用，也必然会反过来影响中国文学。

《弟子死复生经》开头云："尔时，有贤者优婆塞，本奉外九十六种道，厌苦祷祠委舍入法，奉戒不犯，精进一心，勤于诵经，好喜布施，笃意忍辱，常有慈心。"可见，这个故事的主人公见谛，是一个抛弃"外道"，皈依"正法"的人。此段本是对于佛经语言的一种模仿。据说，早在佛陀生活的时代，古印度思想界就出现了"九十六外道"，见解有"三百六十三见。"佛教徒把那些不信仰佛教的其他宗教和学说贬称为"外道"或"外学"。《弟子死复生经》开头部分，即模仿了此种用语，称经文的主人公见谛，本信九十六种外道。

天竺佛教就是在反"外道"的斗争中发展壮大起来的。但是，佛教一入中国，即遭遇儒学、道教等学派的强烈抵制。尤其在佛道斗争中，道教往往力图利用它土生土长的优势而以华夷之辨来排斥佛教，传入中国的佛教被指为外来的"外道。"道教徒所作的《华夷论》、《三破论》都针对佛教"外道"的性质而发，在当时引起了巨大反响。佛教徒当然也不示弱，他们撰写《灭惑论》、《二教论》等文，针对道教徒的攻击做了有力的回应。尤其是佛教在中国站稳脚跟后，佛教徒继承其古老的传统，将中国的其他宗教和学说都称为"外道"。在南北朝时期，佛教徒甚至否认道教有资格与儒、佛并列，称"诡托老庄"的道教，是违背"老庄立言本理"的"鬼道"，其法为"鬼法"①。《宋书》卷八十二《周朗传》载宋孝武帝即位后，周朗上书说："凡鬼道惑众，妖巫破俗，触木而言怪

---

① 《广弘明集》卷八《二教论》云：但今之道士始自张陵，乃是鬼道，不关老子。何以知之？李膺蜀记曰："张陵避病疟于丘社之中，得咒鬼之术书，为是遂解使鬼法……"《大正藏》第52册，第140页上。

者不可数,寓采而称神者非可算。其原本是乱男女,合饮食,因之而以祈祝,从之而以报请,是乱不诛,为害未息。凡一苑始立,一神初兴,淫风辄以之而甚。今修堤以北,置园百里,峻山以右,居灵十房,糜财败俗,其可称限。"① 可见,只要将道教指实为"鬼道",佛教就有可能凭借朝廷、国家的力量,给其以沉重打击。《弟子死复生经》在中国的出现,应当是该时期佛道思想斗争的产物。经文中反"外道"的提法,即是为了配合佛教对道教的斗争而出现的。

　　从刘宋到萧梁时期,中国地狱类文学作品,也配合了这样的宗教斗争的需要,呈现出一种强烈的反"外道"倾向。如刘义庆的《幽明录》"舒礼"条载:舒礼原本是巫,入冥后,见道人(佛教徒)置身"福堂",自然饮食,而自身被捉送太山接受惩罚。后因余算未尽,被遣还阳。还阳之时,太山府君警告云:"今遣卿归,终毕馀算;勿复杀生淫祀。"礼忽还活,遂不复作巫师。② 又如,南齐王琰《冥祥记》"陈安居"条载:陈安居伯父"少事巫俗,鼓舞祭祀,神影庙宇,充满其宅"。陈安居暂死入冥,冥间主者判曰:"汝伯有罪,但宜录治。"③ 再如同书之"张应"条载:张应"本事俗神,鼓舞淫祀",后因妻子生病,张应舍却外道,皈依佛教,经过虔心祈祷,其妻遂病愈。④ 这些故事中,舒礼和陈安居的伯父都为巫师,张应本信"外道","鼓舞淫祀"。可见,当时的许多巫术和祭祀,都被佛教徒称为"淫祀"。虽然,"淫祀"的含义比较宽泛,在不同时代具有不同的指称和针对性。⑤ 在这些文学作品中,将"外道"、"巫术"、和"淫祀"并称的说法,其重点在于突出它们不合理法的荒谬性。

---

① (梁)沈约:《宋书》卷八十二《周朗传》,中华书局1974年版,第2100—2101页。
② 参见(唐)道世撰,周叔迦、苏晋仁校注《法苑珠林校注》,中华书局2003年版,第1849页。
③ 同上书,第1851—1854页。
④ 同上书,第1850页。
⑤ 蔡宗宪:《淫祀、淫祠与祀典——汉唐间几个祠祀概念的历史考察》,载《唐研究》第十三卷,北京大学出版社2007年版,第203—232页。

作为"释氏辅教之书",许多志怪小说更是将反"外道"的矛头直指道教。如《宣验记》"程道慧"条云:"程道慧,字文和,武昌人。旧不信佛,世奉道法。沙门乞者,辄诘难之。论云:'若穷理尽性,无过老庄。'后因疾死,见阎罗王,始知佛法可崇,遂即奉佛。"①《幽明录》"李通"条载:"蒲城李通,死来云:见沙门法祖为阎罗王讲《首楞严经》;又见道士王浮身被锁械,求祖忏悔,祖不肯赴。孤负圣人,死方思悔。"② 在此类文学作品中,佛教徒极尽排挤、恫吓之能事,利用地狱主者的权威,对攻击佛教的道教徒进行了严厉的"制裁",从而有力地配合了现实中的佛道斗争。

经过南北朝这个宗教大发展的时代,时至唐代,随着儒、释、道三教并存、三足鼎立局面的形成,地狱类文学作品中这种反"外道"的倾向,亦不复出现。

二 《地藏菩萨本愿经》

《地藏菩萨本愿经》在中国地藏信仰的发展史上,具有重要作用,它与《占察善恶业报经》、《大乘大集地藏十轮经》并称为"地藏三经。"大藏经所录《地藏菩萨本愿经》二卷,题为唐初实叉难陀译,却不见于自唐至元诸家旧录,一直到明代才被人编入藏经,吕澂《新编汉文大藏经目录》即将其列为"明初新得"的"疑伪之经。"③《地藏菩萨本愿经·忉利天宫神通品》中,有婆罗门圣女地狱寻母故事:

> 又于过去不可思议阿僧祇劫,时世有佛,号曰觉华定自在王如来,彼佛寿命四百千万亿阿僧祇劫。像法之中,有一婆罗

---

① 参见林辰、王永昌编校《鲁迅辑录古籍丛编》,人民文学出版社1999年版,第278页。
② 同上书,第266页。
③ 吕澂:《新编汉文大藏经目录》,齐鲁书社1981年版,第92页。

门女，宿福深厚，众所钦敬，行住坐卧，诸天卫护。其母信邪，常轻三宝。

是时，圣女广说方便，劝诱其母，令生正见。而此女母，未全生信。不久命终，魂神堕在无间地狱。

时婆罗门女，知母在世，不信因果，计当随业，必生恶趣。遂卖家宅，广求香华，及诸供具，于先佛塔寺，大兴供养。见觉华定自在王如来，其形像在一寺中，塑画威容，端严毕备。时婆罗门女，瞻礼尊容，倍生敬仰，私自念言："佛名大觉，具一切智。若在世时，我母死后，傥来问佛，必知处所。"

时婆罗门女，垂泣良久，瞻恋如来。忽闻空中声曰："泣者圣女，勿至悲哀。我今示汝母之去处。"婆罗门女合掌向空，而白空曰："是何神德，宽我忧虑？我自失母已来，昼夜忆恋，无处可问，知母生界。"时空中有声，再报女曰："我是汝所瞻礼者，过去觉华定自在王如来。见汝忆母，倍于常情众生之分，故来告示。"

婆罗门女闻此声已，举身自扑，支节皆损。左右扶侍，良久方苏，而白空曰："愿佛慈愍，速说我母生界，我今身心将死不久。"时觉华定自在王如来告圣女曰："汝供养毕，但早返舍，端坐思惟吾之名号，即当知母所生去处。"

时婆罗门女寻礼佛已，即归其舍。以忆母故，端坐念觉华定自在王如来。经一日一夜，忽见自身到一海边，其水涌沸，多诸恶兽，尽复铁身，飞走海上，东西驰逐。见诸男子、女人，百千万数，出没海中，被诸恶兽争取食啖。又见夜叉，其形各异，或多手、多眼、多足、多头，口牙外出，利刃如剑。驱诸罪人，使近恶兽，复自搏攫，头足相就。其形万类，不敢久视。

时婆罗门女，以念佛力故，自然无惧。有一鬼王，名曰无毒，稽首来迎，白圣女曰："善哉！菩萨！何缘来此？"时婆罗门女问鬼王曰："此是何处？"无毒答曰："此是大铁围山西面第一重海。"圣女问曰："我闻铁围之内，地狱在中，是事实不?"无毒答曰:"实有地狱。"

圣女问曰:"我今云何得到狱所?"无毒答曰:"若非威神,即须业力。非此二事,终不能到。"

圣女又问:"此水何缘,而乃涌沸,多诸罪人,及以恶兽?"无毒答曰:"此是阎浮提造恶众生,新死之者,经四十九日后,无人继嗣,为作功德,救拔苦难,生时又无善因,当据本业所感地狱,自然先渡此海。海东十万由旬,又有一海,其苦倍此。彼海之东,又有一海,其苦复倍。三业恶因之所招感,共号业海,其处是也。"

圣女又问鬼王无毒曰:"地狱何在?"无毒答曰:"三海之内,是大地狱,其数百千,各各差别。所谓大者,具有十八;次有五百,苦毒无量;次有千百,亦无量苦。"

圣女又问大鬼王曰:"我母死来未久,不知魂神当至何趣?"鬼王问圣女曰:"菩萨之母,在生习何行业?"圣女答曰:"我母邪见,讥毁三宝。设或暂信,旋又不敬。死虽日浅,未知生处。"无毒问曰:"菩萨之母,姓氏何等?"圣女答曰:"我父,我母,俱婆罗门种。父号尸罗善现,母号悦帝利。"

无毒合掌启菩萨曰:"愿圣者却返本处,无至忧忆悲恋。悦帝利罪女,生天以来,经今三日。云承孝顺之子,为母设供修福,布施觉华定自在王如来塔寺。非唯菩萨之母,得脱地狱,应是无间罪人,此日悉得受乐,俱同生讫。"鬼王言毕,合掌而退。

婆罗门女,寻如梦归,悟此事已,便于觉华定自在王如来塔像之前,立弘誓愿:"愿我尽未来劫,应有罪苦众生,广设方便,使令解脱。"

佛告文殊师利:"时鬼王无毒者,当今财首菩萨是。婆罗门女者,即地藏菩萨是。"[1]

这段记载与唐代广为流传的目连救母故事,有很多相似之处。

---

[1] 《大正藏》第13册,第778页中—779页上。

在探讨目连地狱救母故事的形成时,曾有学者将该文作为生成目连故事的原型材料,这其实犯了本末倒置的错误。目连故事在唐代以前早已流传,敦煌变文写卷之目连冥间救母变文,是我们目前所能见到的该传说故事最早的书面记载,也是唐五代后续出的众多目连作品的共同祖本。据考,《地藏菩萨本愿经》产生于后晋至北宋初期这段时间。[1] 从二者产生的时间来看,应当是目连救母故事影响了《地藏菩萨本愿经》。

从叙事和语言的角度,我们也可以看到《大目乾连冥间救母变文》与《地藏菩萨本愿经·忉利天宫神通品》所录婆罗门圣女地狱寻母故事有大量相似之处,后者受前者影响的痕迹也很明显。

首先,从叙事情节来看。

《大目乾连冥间救母变文》的叙事情节大体如下:

1. 回顾目连身世,及其母堕入地狱原因;
2. 目连修得正果,上天寻父;
3. 目连探访地狱,营救母亲。

第三部分为变文的主要部分,该部分以大量的篇幅,对地狱以及罪人在其中遭受苦报的情状做了描述。《地藏菩萨本愿经·忉利天宫神通品》中婆罗门女地狱寻母故事的叙事情节与目连变文非常相似,只是将上天寻父的第二部分,做了省略。

其次,从叙事细节来看。

1. 二人出身:《大目乾连冥间救母变文》云:"昔佛在世时,弟子厥号目连,在俗未出家时,名曰罗卜,深信三宝,敬重大乘",其母亡后,目连"舍却荣贵,投佛出家,精勤持诵修行,遂证阿罗汉果"[2]。可见,目连家道殷富,虔诚信佛,并终于修得正果。《地藏菩萨本愿经·忉利天宫神通品》这样描写婆罗门女:"像法之中,有一婆罗门女,宿福深厚,众所钦敬,行住坐卧,诸天卫护。"该女出身婆罗门,不但种姓高贵,而且"宿福深厚",行住坐卧,皆有诸天卫护,亦非比寻常。二人出身相似处在于,都是出身荣贵、

---

[1] 《地藏菩萨本愿经》产生时代的上限为后晋天福年间,其下限推定为公元974年。参见尹富《〈地藏菩萨本愿经〉综考》,《四川大学学报》2006年第4期。

[2] 参见项楚《敦煌变文集选注》,中华书局2006年版,第842—945页。

家道殷实、虔诚信佛并修得善果。

2. 其母堕入地狱的原因：目连之母"生悭吝之心，欺诳凡圣"。婆罗门女"其母信邪，常轻三宝"。可见，此二人母亲堕入地狱，都是因为不礼敬佛僧所致。

3. 入冥方法：目连"承佛威力，腾身向下，急如风箭。须臾之间，即至阿鼻地狱"。婆罗门女"端坐念觉华定自在王如来，经一日一夜"。他们都需凭借佛菩萨之神力，才能进入地狱。

4. 进入地狱后的情状：皆有迎者。目连遇到多个角色，婆罗门女只见到一个"无毒鬼王"。不过，迎者出现的意义都在于，向读者（听众）介绍地狱情况。

最后，从语言分析。

《大目乾连冥间救母变文》在描写主人公悲痛欲绝时，常用："举身自扑太山崩，七孔之中皆洒血"、"浑捶自扑如山崩"、"举身自扑，由（犹）如五太山崩，七孔之中皆流迸血，良久而死，复乃重苏"等语句。① 这些语句在变文中的反复出现，不同于语汇层面的简单重复，它其实是一种变文专用的套语。这种套语的运用，是表演性口头叙事的一个重要特征，而且在后世的话本中不断得到丰富和发展。有趣的是，此类极具口头叙事特征的变文套语，亦出现于《地藏菩萨本愿经》中。该经《忉利天宫神通品》写婆罗门女虔心瞻礼觉华定自在王如来，忽闻其示语，竟"举身自扑，肢节皆损。左右扶持，良久方苏"，与《大目乾连冥间救母变文》套语的用法如出一辙。变文对于经文的影响，由此亦可见一斑。

通过考察可以看出，《地藏菩萨本愿经·忉利天宫神通品》婆罗门女地狱寻母故事，还受到了其他因素的影响。比如，北魏慧觉等译《贤愚经·出家功德尸利苾提品》，讲目连凭神足带尸利苾提在地狱上空飞行，目睹铜镬、刀山、毒箭、白骨等众多恐怖丑恶的事物的描述，也影响了该文。② 但不可否认的是，该故事也受到了

---

① 项楚：《敦煌变文集选注》，中华书局2006年版，第917、936、924页。另，此类套语在变文中较早出现于《汉将王陵变》，该文云："举身自扑似山崩，耳鼻之中皆撒血。"王重民等：《敦煌变文集》，人民文学出版社1957年版，第46页。

② 《大正藏》第4册，第376页中—380页上。

《大目乾连冥间救母变文》的影响,这也是地狱类文学作品影响佛经叙事的一个典型例证。

中古时期,一部分疑伪经典与文学作品呈现出一种有趣的双向影响关系,它们在各自发展中,密切配合,相得益彰。

第七章

地狱类文学作品与僧传

《高僧传》，全书十四卷，记录从后汉明帝永平十年（67）至梁武帝天监十八年（519），历东汉、魏、吴、晋、宋、齐、梁、北魏、后秦共九个朝代高僧的事迹。其中正传257人，而傍出附见的有239人，汉至梁453年之重要高僧几为《高僧传》网罗殆尽。在《高僧传》中，慧皎按照"译经"、"义解"、"神异"、"习禅"、"明律"、"忘身"、"诵经"、"兴福"、"经师"和"唱导"十门，对活跃在佛教领域的高僧进行了记载和评价。

这部成就卓著的佛教传记作品历来广受关注，它不仅在佛教史上占有重要的地位，也为研究哲学、历史、文学、艺术的学者提供了宝贵的史料。《高僧传》的文学史料价值早已引起了人们的注意。清代严可均校辑《全上古三代秦汉三国六朝文》，就曾利用过慧皎的《高僧传》。① 作为我国现存最早、最完整的一部僧人传记著作，它在文学史研究方面也有重要价值。② 作为传记文学作品，《高僧传》有些描写也颇具文学性，其内容与中古地狱类小说有相互影响的痕迹。

《高僧传》中，涉及地狱记载的有安世高、帛远、慧达、释昙始等人的传记。《高僧传》卷一《安清传》情节较为简单，全文分两条线索叙事：第一条线索围绕安世高之三世轮回展开。按文章所载，安世高前世已经出家，由于宿世因缘，在广州被仇人所杀，遂

---

① 如《全晋文》卷一一九桓玄《与释慧远书劝罢道》、《与桓谦等书论沙门应致敬王者》和桓谦《找答桓玄书明沙门不应致敬王者》等文，就是辑自《高僧传》卷六。
② 参见曹道衡《〈高僧传〉与文学史研究》，《古典文学知识》1997年第2期。

转生为现世的安息王子，并游化中国。此后，又因宿缘，于会稽市中为人误杀。另一条线索围绕安世高度脱同学之事而展开。此线索叙安世高有一同学，前世恚恨，不思悔改，亡后受恶形，成一蟒蛇，为䢼亭湖神。同学对前世悔恨交加，且恐此身灭后，堕入地狱。后经安世高度脱，免入恶道，还得人形。

在安世高传中，我们看到了僧传所宣扬的六道轮回、三世因果等思想。正如慧皎所言，这些记录乃是为了"明三世之有征"①。三世也就是过去世、现在世和未来世。三世因果论的核心是，过去之业为因，招感现在之果；复由现在之业为因，招感未来之果。如是因果相续，生死无穷，构成了整个世界的现状。这种三世观并非仅仅只是简单地将时间由纵向逐渐展开，而是认为一个人的生命不仅仅只存在于现世，在此生诞生以前，以及死亡以后，还曾经和将要存在于另外的世界之中。笔者认为，在安世高传中，关于三世因果和六道轮回记载的最终定型，是经历了一个过程的。

首先，通过相关文献的辑考，笔者发现《安清传》中，对于安世高同学形象的塑造，就借用了中国关于䢼亭湖神的传说。《水经注·庐江水》云："庐山，彭泽之山也，非五岳之数，穹窿嵯峨，寔峻极之名山也。……（匡）俗兄弟七人，皆好道术，遂寓精于宫亭之山，故世谓之庐山。……山下又有神庙，号曰宫亭庙，故彭湖亦有宫亭之称也。"② 由此可知，在古代彭湖有宫亭之称。

古人认为，山水皆有灵性，有些山水被赋予了种种神奇的力量，宫亭湖就是其中之一。③ 如上文所说，宫亭湖即今彭泽湖，位于今江西省境内，是当时的交通重镇之一。④ 中国宫亭湖神形象的定型，也经历了一个较长的过程。早在晋干宝《搜神记》卷四，就

---

① （梁）慧皎撰，汤用彤校注，汤一玄整理：《高僧传》卷一《汉洛阳安清传》，中华书局1992年版，第6页。

② （北魏）郦道元著，陈桥驿校证：《水经注校证》卷三九《庐江水》，中华书局2007年版，第293—204页。

③ 朱大渭：《魏晋南北朝社会生活史》，中国社会科学出版社2005年版，第247—250页。

④ 盛弘之《荆州记》曰："宫亭即彭蠡泽也，谓之彭泽湖，一名汇泽。"（唐）徐坚：《初学记》，中华书局2004年版，第139页。

有两条关于宫亭湖庙传说的记载：

> 宫亭湖孤石庙，尝有估客至都，经其庙下，见二女子，云："可为买两量丝履，自相厚报。"估客至都，市好丝履，并箱盛之。自市书刀亦内箱中。既还，以箱及香置庙中而去。忘取书刀。至河中流，忽有鲤鱼跳入船内。破鱼腹，得刀焉。

> 南州人有遣吏献犀簪于孙权者，舟过宫亭庙而乞灵焉。神忽下教曰："须汝犀簪。"吏惶遽，不敢应。俄而犀簪已前列矣。神复下教曰："俟汝至石头城，返汝簪。"吏不得已，遂行。自分失簪，且得死罪。比达石头，忽有大鲤鱼，长三尺，跃入舟。剖之得簪。①

此二则故事，讲的都是宫亭神庙之事，文中叙述了庙神借鲤鱼之腹，还人遗物的神异故事。这些故事本身情节较单纯，只为记录神异而为。但随着故事的传演，其情节逐渐变得复杂起来。

晋代王浮的《神异记》"陈敏"条，记录了陈因失信，被宫亭神谪罚之事：

> 陈敏，孙皓之世为江夏太守，自建业述职，闻宫亭庙验，过乞在任安稳，当上银杖一枚。年限既满，作杖拟以还庙。抚锤铁以为干，以银涂之。寻征为散骑常侍，往宫亭，送杖于庙中讫，即进路。日晚，降神巫宣教曰："陈敏许我银杖，今以涂银杖见与，使投水中，当送以还之。欺蔑之罪，不可容也。"于是取杖看之，剖视，中见铁杆，乃置之湖中，杖浮在水上，其疾如飞，遥到敏舫前，敏舟遂覆也。②

此时的宫亭神，既能保佑官吏安稳在任，也能在受骗时，大发

---

① （晋）干宝撰，汪绍楹校注：《搜神记》，中华书局1979年版，第50页。
② 林辰、王永昌编校：《鲁迅辑录古籍丛编》，人民文学出版社1999年版，第464页。

神威，惩罚失信之人。

刘宋时期刘义庆的《幽明录》，将宫亭神传说的相关情节进一步曲折化：

> 南康宫亭庙，殊有神验，晋孝武世，有一沙门至庙，神像见之，泪出交流，因标姓字，则是昔友也。自说："我罪深，能见济脱不？"沙门即为斋戒诵经，语曰："我欲见卿真形。"神云："禀形甚丑，不可出也。"沙门苦请，遂化为蛇，身长数丈，垂头梁上，一心听经，目中血出。至七日七夜，蛇死，庙亦歇绝。①

此则记载将宫亭庙神与佛教沙门联系了起来，并有了《高僧传·安清传》中庙神为长蛇，求沙门度脱的记载。只是文中沙门之身份并未确指。

《幽明录》的另一条记载，与现存《高僧传·安清传》已十分接近：

> 安侯世高者，安息国王子，与大长者共出家，学道舍卫城。值王不称，大长者子辄恚，世高恒呵戒之。周旋二十八年，云当至广州，值乱，有一人逢高，唾手拔刀曰："真得汝矣！"高大笑曰："我夙命负对，故远来相偿。"遂杀之。有一少年云："此远国异人，而能作吾国言，受害无难色，将是神人乎？"众皆骇笑。世高神识还生安息国，复为王作子，名高安侯。年二十，复辞王学道，十数年，语同学云："当诣会稽毕对。"过庐山，访知识，遂过广州，见年少尚在，径投其家，与说昔事，大欣喜，便随至会稽。过䅼山庙，呼神共语，庙神蟒形，身长数丈，泪出，世高向之语，蟒便去，世高亦还船。有一少年上船，长跪前受祝愿，因遂不见。广州客曰："向少年即庙神，

---

① 林辰、王永昌编校：《鲁迅辑录古籍丛编》，人民文学出版社1999年版，第218页。

第七章 地狱类文学作品与僧传 195

得离恶形矣。"云庙神即是宿长者子。后庙祝闻有臭气，见大蟒死，庙从此神歇。前至会稽，入市门，值有相打者，误中世高头，即卒。广州客遂事佛精进。①

所不同的是，文中未见关于庙神担心死后堕入地狱的说法。

齐祖冲之《述异记》"黄苗"条，又一次记载了宫亭庙神对不守诺言者的惩罚：

宋元嘉中，南康平固人黄苗为州吏，受假违期。方上行，经宫亭湖，入庙下愿，希免罚坐，又欲还家；若所愿并遂，当上猪酒。苗至州，皆得如志，乃还。资装既薄，遂不过庙。行至都界，与同侣并船泊宿。中夜，船忽从水自下，其疾如风，介夜四更，苗至宫亭，始醒悟。见船上有三人，并乌衣，持绳收缚苗，夜上庙阶下。见神年可四十，黄白，披锦袍，梁下悬一珠，大如弹丸，光辉照屋。一人户外白："平固黄苗，上愿猪酒，遁回家。教录，今到。"命谪三年，取三十人。遣吏送苗穷山林中，锁腰系树，日以生肉食之。苗忽忽忧思，但觉寒热身疮，举体生斑毛。经一旬，毛被身，爪牙生，性欲搏噬。吏解锁放之，随其行止。三年，凡得二十九人。次应取新淦一女，而此女士族，初不出外，后值与娣妹从后门出亲家，女最在后，因取之。为此女难得，涉五年，人数乃充。吏送至庙，神教放遣。乃以盐饭饮之，体毛稍落，须发悉出，爪牙堕，生新者，经十五日，还如人形，意虑复常，送出大路。县令呼苗具疏事，覆前后所取人；遍问其家，并符合焉。髀为戟所伤，创瘢尚在。苗还家八年，得时疾死。②

此则故事记载黄苗遇事，初向宫亭湖神许愿，事若如己之意，当上猪酒。后，事如意，但黄苗失言。被庙神收缚，化作野兽，时

---

① 林辰、王永昌编校：《鲁迅辑录古籍丛编》，人民文学出版社1999年版，第261—262页。
② 同上书，第292页。

历五年。此文中庙神的神通更大，具有变人为兽的本领。黄苗的经历也与中国小说中暂死入冥者所经历的情节大体相同。庙神的形象极似冥界主者，其手下更像勾人魂魄的鬼使。

在这些记载中，宫亭湖神心胸狭小、嗔怒无常的性格特征逐渐凸显，其为大蛇的外貌特征也已确定，再加上宫亭神的故事与中国小说入冥故事非常相似，所以，笔者认为梁代慧皎《高僧传·安清传》是融合了如上种种传说，并将佛教的地狱之说引入僧传之中而成的。

> 世高游化中国，宣经事毕，值灵帝之末，关洛扰乱，乃杖锡江南。云："我当过庐山度昔同学。"行达䢼亭湖庙。此庙旧有灵验，商旅祈祷，乃分风上下，各无留滞。尝有乞神竹者，未许辄取，舫即覆没，竹还本处。自是舟人敬惮，莫不慑影。世高同旅三十馀船，奉牲请福。神乃降祝曰："舫有沙门，可便呼上。"客咸共惊愕，请世高入庙。神告世高曰："吾昔在外国，与子俱出家学道，好行布施。而性多嗔怒，今为䢼亭湖神，周回千里，并吾所统。以布施故，珍玩无数；以嗔恚故，堕此神中。今见同学，悲欣可言！寿尽旦夕，而丑形长大，若於此舍命，秽污江湖，当度山西空泽中也。此身灭，恐堕地狱，吾有绢千疋，并杂宝物，可为我立塔营法，使生善处也。"世高曰："故来相度，何不现形？"神曰："形甚丑异，众人必惧。"世高曰："但出，众不怪也。"神从床后出头，乃是大蟒蛇，至世高膝边，泪落如雨，不知尾之长短。世高向之胡语，傍人莫解，蟒便还隐。世高即取绢物，辞别而去。舟侣扬帆，神复出蟒身，登山顶而望。众人举手，然后乃灭。倏忽之顷，便达豫章，即以庙物造立东寺。世高去后，神即命过。暮有一少年上船，长跪世高前，受其咒愿，忽然不见。世高谓船人曰："向之少年，即䢼亭庙神，得离恶形矣。"於是庙神歇没，无复灵验。后人於西山泽中见一死蟒，头尾相去数里，今寻阳

郡蛇村是其处也。①

僧传中，安世高同学嗔恚过重的性格特征与宫亭湖神的嗔怒无常的性格特点非常契合，于是在僧传中，二者合而为一。与此同时，地狱观念也成功地渗入到了僧传之中，与佛教六道轮回、三世因果的教义结合了起来。

僧传的地狱之说，也刺激了中国小说对于地狱巡游的想象。如《高僧传》之慧达传，对于慧达入地狱受苦报的描述，只有短短百余字：

> 释慧达，姓刘，本名萨河，并州西河离石人。少好田猎。年三十一，忽如暂死，经日还苏，备见地狱苦报，见一道人云是其前世师，为其说法训诲，令出家，往丹阳、会稽、吴郡觅阿育王塔像。礼拜悔过以忏先罪。既醒，即出家学道，改名慧达。精勤福业，唯以礼忏为先。②

这个故事在《冥祥记》中则被敷衍成了千字以上的长文③，对地狱情况的铺写，是其篇幅扩大的主要原因。可见，地狱类小说与僧传的叙事也存在一个相互影响的过程，在此过程中，二者相互影响，相互促进，都得到了一定的发展。

---

① （梁）僧祐撰，苏晋仁、萧炼子点校：《出三藏记集》卷一三《安世高传》，中华书局1995年版，第509页。
② （梁）慧皎撰，汤用彤校注，汤一玄整理：《高僧传》，中华书局1992年版，第477—479页。
③ 参见林辰、王永昌编校《鲁迅辑录古籍丛编》，人民文学出版社1999年版，第351—354页。

结 论

　　地狱信仰是世界各大宗教的基本信仰。地狱观念随佛教传入中国，继而被道教吸收，同时也深刻影响了中国文学。地狱，既涉及时间的延续，又关乎空间的变换。地狱观念的引入，为中国文学家带来了一种崭新的时空模式，他们的创作思维在这里得以驰骋，他们的想象力在这里得以充分地展开，由此为中国的文学创作开创了一个崭新的局面。

　　地狱观念的传播，还为中古文学增添了一批鲜活的"人物"形象。从冥界神灵到历史人物，"地狱类"文学作品塑造的形象都具有鲜明的特点。"地狱巡游"成了中古文学中一种独特的母题，并由此演化出一整套程式化的叙事模式，这在中古文学的叙事研究中，颇具典型性。"地狱巡游"还集中体现了中国古人对于死后世界的看法，他们通过文学作品，描绘出一个包罗万象，含蕴丰富的冥间想象世界。这个世界，在相当程度上，体现了古人对于生命、死亡的超越。故事中所宣扬的善恶果报、六道轮回的思想，与传统的儒道报应观念相结合，从而确立了大量古典小说的基本构思框架。

　　地狱观念渗入了中古小说，并对其产生了巨大影响：它突破了历史叙事对早期小说的限制；促成了小说虚构意识的发展；导致了小说人生表现主体性的转变；并最终影响了小说情节的曲折和完整。唐代流行于民间的地狱观念，也深刻影响了诗人的诗歌创作。比如，韩愈就把地狱意象，成功地移植和运用到诗歌创作当中，也将地狱观念化入其"狠重怪奇"的诗歌风格以及"以丑为美"的审美取向之中。

中古时期地狱类文学作品还被一些疑伪经典和僧传直接吸收、利用。这些经典和僧传又通过传播，大大宣传了地狱类文学作品的内容，二者形成一种相互借鉴、相互影响、相得益彰的密切关系。

附录一

也谈《古小说钩沉》的用书版本
——以《辩正论》为中心的考察

　　《古小说钩沉》是鲁迅辑佚的第一部中国唐前小说专集，成书于1909年6月至1911年末①，最早刊行于1938年出版的《鲁迅全集》中。该书考证严谨，体例周密，收罗宏富，取舍得当，反映出鲁迅扎实的文献功底和严谨的治学精神。鲁迅在辑录古小说方面所进行的大规模拓荒性工作，具有重要的开创意义和极高的学术价值，也为研究历史、宗教、民俗等方面的学者提供了丰富的史料。关于《古小说钩沉》所取得的成就，前人已作过大量评论，兹不赘述。由于《古小说钩沉》是鲁迅尚未整理完毕的遗稿，1938年收入《鲁迅全集》时编辑工作又较为粗糙，因此，难免会存在一些不足和瑕疵。顾农曾指出《古小说钩沉》不足之处有四：一是各卷小序未及写出；二是辑佚尚有可补；三是三十六种小说排序还有问题；四是版本和校勘方面尚有欠缺。②周叔迦在《试读鲁迅整理的〈古小说钩沉〉及其不足》一文中，也指出《古小说钩沉》中一些校订不精之处：一是辑录《裴子语林》时，误引了《类林杂说》的材料；二是《裴子语林》中人物时代颠倒错乱；三是鲁迅似未见《何氏语林》、《玉函山房辑佚书》和《绿窗新话》等书，因为这些书中有若干《古小说钩沉》漏辑和引证失误的条目；四是《古小说

---

① 林辰：《关于"古小说钩沉"的辑录年代》，《人民文学》1950年第12期。
② 参见顾农《〈古小说钩沉〉的成就及遗留问题》，《社会科学辑刊》1984年第3期；《〈古小说钩沉〉的成书过程》《东北师范大学学报》1985年第1期；《关于〈古小说钩沉〉》（上、下），《鲁迅研究月刊》1990年第12期、1991年第1期等论文。

钩沉》中有文字讹夺以及所辑条目与原书体例不符之处。①

以往学者多着眼文史文献，对《古小说钩沉》征引宗教文献方面的问题，尚未论及。其实，《古小说钩沉》中有不少辑自佛教文献的材料，所用佛教典籍主要为《高僧传》、《续高僧传》、《法苑珠林》、《开元占经》和《辩正论》等。本文拟以《辩正论》为中心，考察《古小说钩沉》用书版本及校勘问题。

《古小说钩沉》中辑自《辩正论》的条目，列表如下：②

条目名称	小说名称	页码	备注
张应	灵鬼志	第 154 页	全文辑自《辩正论》
李通	幽明录	第 266 页	全文辑自《辩正论》
康阿得	幽明录	第 266 页	全文辑自《辩正论》
石长和	幽明录	第 267 页	全文辑自《辩正论》
孙皓	宣验记	第 275 页	全文辑自《辩正论》
王正辩	宣验记	第 275 页	全文辑自《辩正论》
孙祚	宣验记	第 276 页	全文辑自《辩正论》
毛德祖	宣验记	第 277 页	全文辑自《辩正论》
李儒	宣验记	第 277 页	全文辑自《辩正论》
郭宣	宣验记	第 277 页	全文辑自《辩正论》
王袭之	宣验记	第 278 页	全文辑自《辩正论》
郭铨	宣验记	第 278 页	全文辑自《辩正论》
俞文	宣验记	第 278 页	全文辑自《辩正论》
程道慧	宣验记	第 278 页	全文辑自《辩正论》
蒲坂城失火	宣验记	第 278 页	全文辑自《辩正论》
张氏（陈玄范妻）	宣验记	第 278 页	全文辑自《辩正论》
王氏（张导母）	宣验记	第 279 页	全文辑自《辩正论》

---

① 周叔迦：《试读鲁迅整理的〈古小说钩沉〉及其不足》，《鲁迅研究月刊》2000年第 6 期。

② 参见林辰、王永昌编校《鲁迅辑录古籍丛编》，人民文学出版社 1999 年版。

续表

条目名称	小说名称	页码	备注
郑鲜	宣验记	第 279 页	全文辑自《辩正论》
刘式之	宣验记	第 279 页	全文辑自《辩正论》
刘遗民	宣验记	第 279 页	全文辑自《辩正论》
佛佛房	宣验记	第 279 页	全文辑自《辩正论》
竺长舒	冥祥记	第 410 页	全文辑自《辩正论》
僧洪	冥祥记	第 410 页	全文辑自《辩正论》
史俊	冥祥记	第 411 页	全文辑自《辩正论》
张氏（陈玄范妻）	冥祥记	第 411 页	全文辑自《辩正论》
赵泰	幽明录	第 255 页	参校《辩正论》
吴兴失火	宣验记	第 270 页	参校《辩正论》
车母	宣验记	第 271 页	参校《辩正论》
沈甲	宣验记	第 271 页	参校《辩正论》
高荀	宣验记	第 271 页	参校《辩正论》
史隽	宣验记	第 272 页	参校《辩正论》
丁零	宣验记	第 280 页	参校《辩正论》
王练	冥祥记	第 369 页	参校《辩正论》

《古小说钩沉》中全文辑自《辩正论》的条目有 25 条，参校《辩正论》的有 8 条，共计 33 条。

《辩正论》是唐代有名的佛教护法论著。唐武德九年（626），太史令傅奕第七次上疏，请求废佛。道士李仲卿著《十异九迷论》，刘进喜著《显正论》，乘机煽风，联合反佛，形成了对佛教的两面夹击之势。为了抵御针对佛教提出的种种诘难，维护佛教形象和利益，法琳撰写了这部著作。[①] 法琳事迹见《续高僧传》[②]、《开元释教

[①] 参见（后晋）刘昫等撰《旧唐书》卷七九《傅奕传》，中华书局 1975 年版，第 2714—2717 页。

[②] （唐）道宣撰：《续高僧传》卷二四《唐终南山龙田寺释法琳传》，《大正藏》第 50 册，第 636 页中—639 页上。

录》以及《唐护法沙门法琳别传》①，其中以《续高僧传》卷二十四本传，最为详细。《辩正论》共八卷，成书于唐贞观元年（627）至贞观十三年（639）之间。②收录于《宋藏》、《金藏》、《元藏》、《明南藏》、《明北藏》、《清藏》、《丽藏》和《大正藏》等藏经中。③

  在阅读《古小说钩沉》时，发现其行文有不少令人费解之处。限于篇幅，本文重点以《幽明录》之"石长和"条为例，作简要说明。《幽明录》"石长和"条，记述了佛教徒石长和巡游冥间的故事。兹按《鲁迅辑录古籍丛编》，将其原文辑录于下：

  石长和死，四日苏，说初死时东南行，见二人治道，恒去和五十步，长和疾行亦尔。道两边棘刺皆如鹰爪，见人大小群走棘中，如被驱逐，身体破坏，地有凝血。棘中人见长和独行平道，叹息曰："佛弟子独乐，得行大道中。"前行，见七八十梁瓦屋，中有阁十余，梁上有窗向。有人面辟方三尺，著皂袍，四纵披，凭向坐，唯衣襟以上见。长和即向拜。人曰："石贤者来也，一别二十余年。"和曰："尔。"意中便若忆此时也。有冯翊牧孟承夫妻先死，阁上人曰："贤者识承不？"长和曰："识。"阁上人曰："孟承生时不精进，今恒为我扫地；承妻精进，晏然与官家事。"举手指西南一房，曰："孟承妻今在中。"妻即开窗向，见长和问："石贤者何时来？"徧问其家中儿女大小名字平安不，"还时过此，当因一封书。"斯须见承阁西头来，一手捉扫帚粪箕，一手捉把筴，亦问家消息。阁上人曰："闻鱼龙超修精进，为信尔不？何所修行？"长和曰："不食鱼肉，酒不经口，恒转尊经，救诸疾痛。"阁上人曰："所传莫妄。"阁上问都录主者："石贤者命尽耶？枉夺其命耶？"主

---

① （唐）智升撰：《开元释教录》卷八，《大正藏》第55册，第554页上—555页中；（唐）彦琮撰：《唐护法沙门法琳别传》，《大正藏》第50册，第213页中。
② （后晋）刘昫等撰：《旧唐书》卷四七《经籍志》，中华书局1975年版，第2030页；（宋）欧阳修、宋祁撰：《新唐书》卷五九《艺文志》，中华书局1975年版，第1526页。
③ 陈士强主编：《中国学术名著提要》（宗教卷），复旦大学出版社1999年版，第132页。

者报:"按录余四十年。"阁上人敕主者:輂车一乘,两辟车骑,两吏,送石贤者。须臾,东向便有车骑人从如所差之数,长和拜辞,上车而归。前所行道边,所在有亭传吏民床坐饮食之具。倏然归家,前见父母坐其尸边,见尸大如牛,闻尸臭,不欲入其中。绕尸三匝,长和叹息,当尸头前,见其亡姊于后推之,便踏尸面上,因即苏。①

此条见载于《古小说钩沉》诸种异本之中,各本引文,亦有出入。有些语句表述,始终令人迷惑难解:

"石长和"条各版本之异

鲁迅辑录古籍丛编	鲁迅全集②	汉魏六朝笔记小说大观③	古小说钩沉④	幽明录⑤
前行,见七八十梁瓦屋,中有阁十余,梁上有窗向。有人面辟方三尺	与《鲁迅辑录古籍丛编》同	与《鲁迅辑录古籍丛编》同	与《鲁迅辑录古籍丛编》同	前行,见七八十梁瓦屋,中有阁十余梁,上有窗向。有人面辟方三尺
著皂袍,四纵掖,凭向坐,唯衣襟以上见	著皂袍,四缝掖,凭向坐,唯衣襟以上见	与《鲁迅辑录古籍丛编》同	与《鲁迅全集》同	与《鲁迅辑录古籍丛编》同
有冯翊牧孟承夫妻先死	与《鲁迅辑录古籍丛编》同	与《鲁迅辑录古籍丛编》同	与《鲁迅辑录古籍丛编》同	有冯翊牧孟承夫妇先死
承妻精进,晏然与官家事	与《鲁迅辑录古籍丛编》同	与《鲁迅辑录古籍丛编》同	与《鲁迅辑录古籍丛编》同	承妻精进晏然,无官家事
阁上人敕主者:輂车一乘	与《鲁迅辑录古籍丛编》同	与《鲁迅辑录古籍丛编》同	与《鲁迅辑录古籍丛编》同	与《鲁迅辑录古籍丛编》同

---

① 林辰、王永昌编校:《鲁迅辑录古籍丛编》,人民文学出版社1999年版。
② 鲁迅先生纪念委员会:《鲁迅全集》,人民文学出版社1973年版。
③ 王根林、黄益元等校点:《汉魏六朝笔记小说大观》,上海古籍出版社1999年版。
④ 鲁迅校录:《古小说钩沉》,齐鲁书社1997年版。
⑤ (南朝·宋)刘义庆撰,郑晚晴辑注:《幽明录》,文化艺术出版社1998年版。

1."前行，见七八十梁瓦屋，中有阁十余，梁上有窗向。有人面辟方三尺"句中，"梁上有窗向"不合常理，即使是阴曹地府，梁上也不当开窗。上表所列其余四种版本引文，皆与此同①。郑晚晴辑注本的标点稍有改动。

2."著皂袍，四纵掖，凭向坐，唯衣襟以上见"一句，在《鲁迅全集》中"四纵掖"作"四缝掖"，两者意思相差甚远。《鲁迅辑录古籍丛编》和《鲁迅全集》皆由人民文学出版社出版，令人不知所从。

3."有冯翊牧孟承夫妻先死"句中，"冯翊牧"似人名，又似一种官职，或有别解。总之，感觉此处似有歧义。上表所列其余四种版本的引文，亦与此同。

4."承妻精进，晏然与官家事"，至郑晚晴辑注本，此句成了"承妻精进晏然，无官家事。""与"（與）字变成了"无"（無）字，一字之差，句意则完全相反。另，"徧问其家中儿女大小名字"中，郑本"徧"字作"偏"，一字不同，句意亦发生了重大改变。

5."阁上人救主者：辘车一乘"，"辘"同"轆"，据《汉语大词典》，"辘车"指独轮车。结合上下文意，"阁上人"送石长和的应是可以乘坐的车，而不当是用以推载物品的车。郑晚晴也发现此处似文意不通，故辑注云：辘车："辘"，当为"犊"字之误，但未见其版本依据。

这样的情况还有不少，详见下文列表。歧义句过多，会给读者造成一定的阅读障碍。将《古小说钩沉》的通行版本进行比勘，这样的问题仍较难解决。本文试图通过对鲁迅《古小说钩沉》所用《辩正论》版本的考察，来解决这一问题。关于《古小说钩沉》所用《辩正论》之版本，鲁迅未曾明言。以前的学术规范和当今有所不同，我们不能苛责鲁迅没有在《古小说钩沉》中注明辑录文字的详细出处以及引书版次。不过，这也不免使读者想要搞清《古小说

---

① 鲁迅先生纪念委员会编：《鲁迅全集》，人民文学出版社1973年版，第435页；王根林、黄益元等校点：《汉魏六朝笔记小说大观》，上海古籍出版社1999年版，第746—747页；鲁迅校录：《古小说钩沉》，齐鲁书社1997年版，第207页；（南朝·宋）刘义庆撰，郑晚晴辑注：《幽明录》，文化艺术出版社1998年版，第172—173页。

钩沉》的版本来源而大费周折。《辩正论》的单行本很少，且不易
得。鲁迅曾说过，他研究文学史所用的大抵是通行之本，易得之
书。① 所以，鲁迅所用《辩正论》当出自藏经。在《古小说钩沉》
成书以前，藏经中通行、易得者也不是很多。首先，从卷次编排来
看：在通行的藏经中，只有《永乐北藏》、《嘉兴大藏经》和《乾
隆大藏经》与鲁迅所用《辩正论》的卷次编排相同。如鲁迅《古小
说钩沉》所辑"李通"、"康阿得"、"石长和"等条，均注曰：出
自《辩正论》卷八，而其余版本的藏经则大多将其编于卷七。其
次，从版本源流来看：《永乐北藏》最为早出，其主要为颁赐名山
大寺而造，民间较为少见；《嘉兴大藏经》较为晚出，因其印刷便
利，所以流通最广；而《乾隆大藏经》最为晚出，在《古小说钩
沉》成书之前，只印行了132部，在民间流传也不广泛。② 鲁迅在
留日归国不久（1909年6月），就开始了辑录《古小说钩沉》的工
作。他当时担任浙江绍兴府中学堂学监，曾频繁光顾浙江省图书馆
借阅资料。③《乾隆大藏经》较为少见，且无在江浙地区流传的记
载，故鲁迅辑录《古小说钩沉》，不大可能取材于《乾隆大藏经》。
巧合的是，浙江省图书馆既藏有明万历十九年（1591）印造的一部
《永乐北藏》也保存着《嘉兴大藏经》。④ 再次，从文字比勘来看：
将上文所列33条辑自《辩正论》的小说条目与《永乐北藏》进行
比对，可以发现其内容几乎与《永乐北藏》完全相同。而《嘉兴大
藏经》以收罗宏富著称，分正藏、续藏和又续藏三部分，《辩正论》
被编入其正藏。⑤《嘉兴大藏经》正藏则完全是依据《永乐北藏》

---

① 顾农：《关于古小说钩沉》（下），《鲁迅研究月刊》1991年第1期。
② 李富华、何梅：《汉文佛教大藏经研究》，宗教文化出版社2003年版，第527—528页。
③ 周叔迦：《试读鲁迅整理的〈古小说钩沉〉及其不足》，《鲁迅研究月刊》2000年第6期。
④ 李富华、何梅：《汉文佛教大藏经研究》，宗教文化出版社2003年版，第459、465页。
⑤《嘉兴大藏经》续藏和又续藏部分的内容是此前历代藏经均没有收录的中国佛教著述。《辩正论》早在唐代道宣所撰《大唐内典录》中就已被录入，所以当归于《嘉兴大藏经》正藏。参见（唐）道宣《大唐内典录》卷五、卷十，《大正藏》第55册，第279页上、332页下。

刻造，其收录内容几乎与《永乐北藏》完全一致。① 从流通广泛、版本易得的情况来讲，鲁迅更有可能使用《嘉兴大藏经》。不过若仅从校勘《辩正论》的角度来讲，这两种藏经版本并无任何实质性差别。

现今通行的藏经中，《中华大藏经》（下称《中华藏》）在版本方面，具有其他藏经所不具备的优点。《中华藏》是在国务院古籍整理出版规划小组领导下，由任继愈主持编撰的。从1984年起，就由中华书局开始陆续出版。《辩正论》被编于《中华藏》正编，其正编主要以《赵城藏》为底本，还补入《房山云居寺石经》、《崇宁藏》、《毗卢藏》、《资福藏》、《碛砂藏》、《普宁藏》、《洪武南藏》、《永乐南藏》、《龙藏》、《高丽藏》及《至元录》等所收经籍。用《中华大藏经》校勘《古小说钩沉》所用《辩正论》，并参校《大正藏》②，以上所列问题便基本得到了解决：

1．"前行，见七八十梁瓦屋，中有阁十余，梁上有窗向。有人面辟方三尺"，"向"当依《中华藏》和《大正藏》作"内"字③。由这一字的改变，带来了相应断句和文意的改变。原文当改为"前行，见七八十梁瓦屋，中有阁十余梁，上有窗，内有人，面辟方三尺"。"梁"字也由名词变为了量词。经如此修改，语句大为通畅，且符合常理。上表所列五种版本引文，均当据改。

2．"著皂袍，四纵掖，凭向坐，唯衣襟以上见"，"四纵掖"当依《中华藏》和《大正藏》作"四缝腋"。上表所列五种版本引文，均当据改。

3．"有冯翊牧孟承夫妻"，"牧"当依《中华藏》和《大正藏》作"收"字，"翊"字《中华藏》和《大正藏》无，当系衍文。原文当为"有冯收、孟承夫妻"。上表所列五种版本引文，均当据改。

4．"承妻精进，晏然与官家事"，《中华藏》和《大正藏》均与

---

① 李富华、何梅：《汉文佛教大藏经研究》，宗教文化出版社2003年版，第498页。

② 《大正藏》以《高丽藏》为主要底本，又汇集了印度、中国、日本的其他佛教著作，以及一些古逸、疑伪经典。由日本高楠顺次郎、渡边海旭、小野玄妙等人主持，以大正一切经刊行会的名义编辑印刷。于大正十三年（1924）开印，至昭和九年（1934）完成。

③ 《中华藏》第62册，第577页中；《大正藏》第52册，第538页中。

原文同。故郑晚晴辑注本误，"无"当依《中华藏》和《大正藏》作"与"字；另，"徧问其家中儿女大小名字"，《中华藏》和《大正藏》也与原文同，郑本误。"偏"当依《中华藏》和《大正藏》作"徧"字。

5．"阁上人救主者：辕车一乘"，"辕"当依《中华藏》和《大正藏》作"独"。郑本辑注亦误，"辕车"不应改为"犊车"，当依《中华藏》和《大正藏》作"独车"。上表所列五种版本引文，均当据改。

由于参校《辩正论》的小说条目，在《古小说钩沉》中仅录个别字句，与原文核对不易。现将《古小说钩沉》中全文辑自《辩正论》（除"石长和"之外）的24条，与《中华藏》相比校，将原文和校记，列于下表：

《古小说钩沉》中 24 条之校记

条目名称	原文	校记	辑录古籍丛编页码	中华藏页码
张应《灵鬼志》	1. 历阳县张应	1."阳"下《中华藏》有"郡"字	154 页	62 册 577 页上
	2. 移居芜湖	2."芜湖"二字《中华藏》作"无瑚"		
	3. 君当一心受持身戒耳	3."君"上《中华藏》有"但"字；"持"下原有"身戒"二字，《中华藏》无		
	4. 应梦见一人	4."应"下《中华藏》有"暮"字		
	5. 此家寂寂	5."寂"下原有"寂"字，《中华藏》无		
	6. 未可一一责之	6."一一"二字《中华藏》作"一二"		

续表

条目名称	原文	校记	辑录古籍丛编页码	中华藏页码
李通《幽明录》	皆与《中华藏》同		266页	62册 537页中
康阿得《幽明录》	1. 见北向黑暗门	1. "黑"下原有"暗"字，《中华藏》无	266页	62册 577页上
	2. 边有三十余吏	2. "三"字《中华藏》作"二"		
	3. 于是遂而忆之	3. "遂"字《中华藏》作"笑"		
孙皓《宣验记》	1. 形象丽严	1. "丽"字《中华藏》作"明"	275页	62册 579页中
	2. 中宫有一宫人，常敬信佛，兼承帝之爱，凡所说事，往往甚中	2. 此句《中华藏》作"中宫有一婇女，先奉佛法，内有所知，凡所记事，往往甚中"		
	3. 即于康僧会受五戒	3. "会"下《中华藏》有"请"字		
	4. 起大市寺	4. "市"字《中华藏》作"佛"，当据改		
王正辩《宣验记》	1. 陈兵围守	1. "守"字《中华藏》作"寺"	275页	62册 579页上
	2. 会乃请斋	2. "请"字《中华藏》作"清"		
	3. 期七日现神	3. "神"下《中华藏》有"变"字，当据补		
	4. 歌唱日	4. "歌"字《中华藏》作"高"；"日"字《中华藏》作"丹"		

续表

条目名称	原文	校记	辑录古籍丛编页码	中华藏页码
	5. 诚运距慈氏	5."距"字《中华藏》作"踲"		
	6. 辉采充盈	6."盈"字《中华藏》作"楹"		
	7. 有大光从四层上	7."大"字《中华藏》作"火";"从"字《中华藏》作"侠"		
	8. 随其进止不断其夕	8."不断其夕"应作"不详其名",当据《中华藏》订正		
孙祚《宣验记》	少子稚,字法辉	"辉"字《中华藏》作"晖"	276页	62册 576页中
毛德祖《宣验记》	初投江南偷道而遁,逢虏骑所追	"遁"字当依《中华藏》作"道",此句重新断句后应为"初投江南偷道,而道逢虏骑所追"	277页	62册 576页下
李儒《宣验记》	1. 一心念观世音 2. 贼马忽然自惊走	1."音"下《中华藏》有"焉"字 2."忽"上原有"贼马"二字,《中华藏》无;"惊"下原有"走"字,《中华藏》无	277页	62册 576页下
郭宣《宣验记》	1. 如是数遍 2. 与上明寺作功德	1."遍"字《中华藏》作"过" 2."明"下《中华藏》有"西"字	277页	62册 576页下
王袭之《宣验记》	1. 养一双鹅 2. 夜忽梦鹅口衔一卷书	此二句中,"鹅"字《中华藏》作"鹜"	278页	62册 578页中

续表

条目名称	原文	校记	辑录古籍丛编页码	中华藏页码
郭铨《宣验记》	1. 女婿刘凝之家	1."凝"字《中华藏》作"疑";"之"下原有"家"字,《中华藏》无	278页	62册578页中
	2. 言讫忽然不见	2."忽"上原有"言讫"二字,《中华藏》无		
俞文《宣验记》	值黑风	"值"下原有"黑"字,《中华藏》无	278页	62册578页中
程道慧《宣验记》	1. 旧不奉佛,世奉道法	1."佛"下《中华藏》有"法"	278页	62册578页中
	2. 穷理尽性,无过老庄	2."老庄"二字《中华藏》作"庄老"		
	3. 后因疾死	3."疾"字《中华藏》作"病"		
蒲坂城失火《宣验记》	及白衣家	"及"字《中华藏》作"反"	278页	62册578页中
张氏陈玄范妻《宣验记》	1. 有愿皆从	1."皆"字《中华藏》作"莫"	278页	62册579页上
	2. 金像连光五尺见高座上	2."尺"下原有"见"字,《中华藏》无		
王氏(张导母)《宣验记》	辉映食盘	"辉"《中华藏》作"晖"	279页	62册579页上
郑鲜《宣验记》	皆与《中华藏》同,无需改者		279页	62册579页上

续表

条目名称	原文	校记	辑录古籍丛编页码	中华藏页码
刘式之《宣验记》	同上		279页	62册 579页上
刘遗民《宣验记》	体常多病	"体常"二字《中华藏》无	279页	62册 579页上
佛佛庞《宣验记》	霹雳其棺，引尸出外	"引"字《中华藏》作"烈"	279页	62册 579页中
竺长舒《冥祥记》	时有凶恶少年	"少年"二字《中华藏》作"年少"	410页	62册 576页中
僧洪《冥祥记》	像若圆满	1."圆"前原有"像若"二字，《中华藏》无	410页	62册 576页下
	禁在相府	2."相"字《中华藏》作"于"		
	心念观世音	3."心"字《中华藏》作"一"；"观"下原有"世"字，《中华藏》无		
	感得国家牛马	4."国"上原有"感得"二字，《中华藏》无		
史俊《冥祥记》	1. 史俊有学识	1."有"字《中华藏》作"者"	411页	62册 578页下
	2. 佛福第一	2."佛"字《中华藏》作"灌像"		
	3. 梦观音	3."梦"下《中华藏》有"见"字		
张氏陈玄范妻《冥祥记》	录文与《宣验记》"张氏"条同。	校记与《宣验记》"张氏"条同	411页	62册 579页上

总之，由于当时的诸多局限，鲁迅在辑录《古小说钩沉》时，一些版本并未选择最优、最精者，这是《古小说钩沉》辑录工作的瑕疵。但瑕不掩瑜，鲁迅《古小说钩沉》在小说辑录方面的开创之功是毋庸置疑的。当代古籍整理取得的进展，为完善前贤的遗作提供了可能。现有学术成果应当被积极利用，以进一步完善前人之学术著作。

附录二

《古小说钩沉》校勘一则

《古小说钩沉》中《幽明录》之"赵泰"条，辑自《太平广记》卷一〇九，并参校《辩正论》卷八注。人民文学出版社1999年版《鲁迅辑录古籍丛编》，第一卷《古小说钩沉》第255页，录有此文。

在《太平广记》中，此文有误；鲁迅将其辑入《古小说钩沉》时，校语又误；后有学者考此二误，非但未能考正原误，反而新增错讹。有鉴于此，本文拟就此问题作一考辨。

《幽明录》"赵泰"条，记赵泰暂死入冥事。原文开头如下：

> 赵泰字文和，清河贝邱人，公府辟不就，精进_{亦见辩正论八注引邱作丘，}_{进作思。}典籍，乡党称名。年三十五，宋太始五年七月十三日夜半，忽心痛而死，心上微暖，_{宋论注作晋，误。又无十字，作七月三日。又忽作卒，微作故。}身体屈伸。停尸十日，气从咽喉如雷鸣，眼开，索水饮，饮讫便起。①

赵泰入冥的时间为："宋太始五年七月十三日夜半。"在此句下，鲁迅有校语云："宋论注作晋，误。"

文中的"太始"即"泰始"为西晋武帝年号，五年是269年；宋明帝年号亦有"泰始"，五年为469年。《幽明录》的作者刘义

---

① 林辰、王永昌编校：《鲁迅辑录古籍丛编》，人民文学出版社1999年版，第255页；（宋）李昉等编：《太平广记》，中华书局1961年版，第740页；《辩正论》卷八注，《中华大藏经》第62册，第577页下。

庆，卒于元嘉二十一年（444），《幽明录》不可能载记宋明帝泰始五年之事，故《太平广记》卷一〇九"赵泰"条中，称"宋太始五年"，误；而《辩正论》注中所引"晋太始五年"，是。但鲁迅校语正好做出了相反的判断，故误。

郑晚晴在辑注《幽明录》时，注意到了此问题。书中"赵泰"条后有注云：

> 此则记宋太始五年（公元469年）事，已在刘义庆死后二十五年。《法苑珠林》卷十二、《太平广记》卷三百七十七均云出《冥祥记》，鲁迅《中国小说史略》亦以为《冥祥记》中语，但《古小说钩沉》中仍辑入《幽明录》，宋《珠林》卷十二、《广记》均作晋太始五年（公元269年），则刘义庆生前仍得采录。今依《古小说钩沉》辑入而附卷末。①

其注亦误。该误显系混淆《幽明录》"赵泰"条与《冥祥记》"赵泰"条为一条所致。鲁迅在《古小说钩沉》中，将辑自《法苑珠林》卷七②、参校《太平广记》卷三七七的"赵泰"条，辑入《冥祥记》③。与该书所录《幽明录》之"赵泰"条，实为两条。此两条情节虽大体一致，但行文多有不同。故鲁迅《中国小说史略》所指与《古小说钩沉》之《幽明录》所辑，各有所本，互不相同。

郑晚晴《幽明录》辑注本既以鲁迅《古小说钩沉》为底本，非但对此二条未加详辨，反指鲁迅前后矛盾，错将"赵泰"条归于不同书目，实非允当。

在《唐前志怪小说史》中，李剑国云："《幽明录》必不能记

---

① （南朝·宋）刘义庆撰，郑晚晴辑注：《幽明录》，文化艺术出版社1998年版。
② 中华书局版《法苑珠林校注》将《冥祥记》"赵泰"条，编于卷七，卷十二未见与"赵泰"相关之内容，郑晚晴辑注本云卷十二，未知其所用版本。参见（唐）道世撰，周叔迦、苏晋仁校注《法苑珠林校注》卷七《地狱部·感应缘》，中华书局2003年版，第255—258页。
③ 参见林辰、王永昌编校《鲁迅辑录古籍丛编》，人民文学出版社1999年版，第317—320页。

宋明帝泰始五年之事，《广记》卷三七七称宋太始五年必误"[1]。《广记》卷三七七所引为《冥祥记》内容，文中未见"宋太始五年"之说。故，此按语亦属张冠李戴，将《幽明录》之误混入于《冥祥记》之中。

综上所述，《太平广记》卷一〇九"赵泰"条中，将"晋太始五年"作"宋太始五年"，其误在先；鲁迅《古小说钩沉》辑录《幽明录》时，又误校在后；后人考此二误时，又混淆《古小说钩沉》中所辑《幽明录》"赵泰"条和《冥祥记》"赵泰"条，再生新误。故笔者不揣浅陋，特作此文，以求正于方家。

---

[1] 李剑国：《唐前志怪小说史》，天津教育出版社2005年版，第375页。

参考文献

（唐）白居易著，朱金城笺注：《白居易集笺校》，上海古籍出版社1988年版。

（晋）葛洪著，王明校：《抱朴子内篇校释》，中华书局1985年版。

（晋）葛洪著，杨明照校：《抱朴子外篇校笺》，中华书局1991年版。

（五代）孙光宪撰，贾二强点校：《北梦琐言》，中华书局2002年版。

高明校注：《帛书老子校注》，中华书局1996年版。

［印］室利·阿罗频多著，徐梵澄译：《薄伽梵歌论》，商务印书馆2003年版。

（唐）谷神子、（唐）薛用弱撰：《博异志·集异记》，中华书局1980年版。

（晋）张华撰，范宁校证：《博物志校证》，中华书局1980年版。

（清）阮葵生：《茶馀客话》，中华书局1959年版。

《陈寅恪集·读书札记一集》，生活·读书·新知三联书店2001年版。

《陈寅恪集·读书札记二集》，生活·读书·新知三联书店2001年版。

《陈寅恪集·读书札记三集》，生活·读书·新知三联书店2001年版。

《陈寅恪集·金明馆丛稿初编》，生活·读书·新知三联书店2001年版。

《陈寅恪集·金明馆丛稿二编》，生活·读书·新知三联书店2001年版。

《陈寅恪集·寒柳堂集》，生活·读书·新知三联书店2001年版。

《陈寅恪集·柳如是别传》，生活·读书·新知三联书店2001年版。

《陈寅恪集·元白诗笺证稿》，生活·读书·新知三联书店2001年版。

《陈寅恪集·讲义及杂稿》，生活·读书·新知三联书店2002年版。

陈垣：《陈垣学术论文集》，中华书局1982年版。

（梁）僧祐著，苏晋仁、萧炼子点校：《出三藏记集》，中华书局1995年版。

陈子展：《楚辞直解》，江苏古籍出版社1988年版。

《辞源》，商务印书馆1988年版。

夏征农主编：《辞海》，上海辞书出版社2000年版。

［日］高楠顺次郎等编：《大正新修大藏经》，台北：新文丰出版公司1983年版。

中国古典文学出版社编：《大唐三藏取经诗话》，中国古典文学出版社1954年版。

（唐）玄奘、辨机著，季羡林等校注：《大唐西域记校注》，中华书局1985年版。

（唐）慧立、彦悰著，孙毓棠、谢芳点校：《大慈恩寺三藏法师传》，中华书局2000年版。

赵毅衡：《当说者被说的时候：比较叙述学导论》，中国人民大学出版社1998年版。

《道藏》，文物出版社、上海书店、天津古籍出版社1988年版。

任继愈主编：《道藏提要》，中国社会科学出版社1991年版。

潘雨庭编：《道藏书目提要》，上海古籍出版社2003年版。

王宗昱：《〈道教义枢〉研究》，上海文化出版社 2001 年版。
卢国伦：《道教哲学》，华夏出版社 1997 年版。
李申：《道教本论》，上海文化出版社 2001 年版。
詹石窗：《道教文化十五讲》，北京大学出版社 2003 年版。
葛兆光：《道教与中国文化》，上海人民出版社 1987 年版。
王永平：《道教与唐代社会》，首都师范大学出版社 2002 年版。
刘增惠：《道家文化面面观》，齐鲁书社 2000 年版。
李显杰：《电影叙事学：理论和实例》，中国电影出版社 2000 年版。
方一新：《东汉魏晋南北朝史书词语笺释》，黄山书社 1997 年版。
（唐）杜甫著，（清）仇兆鳌注：《杜诗详注》，中华书局 1979 年版。
荣新江：《敦煌学十八讲》，北京大学出版社 2001 年版。
高国藩：《敦煌俗文化学》，上海三联书店 1999 年版。
段文杰主编：《敦煌石窟鉴赏丛书》，甘肃人民美术出版社 1990—1992 年版。
张鸿勋：《敦煌俗文学研究》，甘肃人民出版社 2002 年版。
萧登福：《敦煌俗文学论丛》，台北：商务印书馆 1988 年版。
饶宗颐编：《敦煌吐鲁番本文选》，中华书局 2000 年版。
任半塘：《敦煌歌辞总编》，上海古籍出版社 2006 年版。
张鸿勋：《敦煌讲唱文学作品选注》，甘肃人民出版社 1987 年版。
黄永武、施淑婷：《敦煌的唐诗续编》，台北：文史哲出版社 1989 年版。
黄征：《敦煌俗字典》，上海教育出版社 2005 年版。
季羡林编：《敦煌学大辞典》，上海辞书出版社 1998 年版。
杜斗城：《敦煌本佛说十王经校录研究》，甘肃教育出版社 1989 年版。
郑阿财：《敦煌文献与文学》，台北：新文丰出版公司 1993 年版。
项楚：《敦煌变文选注》，巴蜀书社 1990 年版。
王重民等编：《敦煌变文集》，人民文学出版社 1957 年版。

黄征、张涌泉编：《敦煌变文校注》，中华书局 1997 年版。
潘重规编：《敦煌变文集新书》，台北：文津出版社 1994 年版。
蒋礼鸿：《敦煌变文字义通释》，上海古籍出版社 1981 年版。
项楚：《敦煌变文选注》，中华书局 2006 年版。
萧登福：《敦煌俗文学论丛》，台北：商务印书馆 1988 年版。
王昊：《敦煌小说及其叙事艺术》，安徽人民出版社 2005 年版。
余英时著，侯旭东等译：《东汉生死观》，上海古籍出版社 2005 年版。

（唐）释道世撰，周叔迦、苏晋仁校注：《法苑珠林校注》，中华书局 2003 年版。

（东晋）法显撰，章巽校注：《法显传校注》，上海古籍出版社 1985 年版。

（汉）应劭撰，王利器校注：《风俗通义校注》，中华书局 1981 年版。

（唐）封演撰，赵贞信校：《封氏闻见记校注》，中华书局 2005 年版。

（东晋）法显：《佛国记》，上海商务印书馆 1937 年版。
张曼涛主编：《佛教与中国文化》，台北：大乘文化出版社 1978 年版。

张曼涛主编：《佛教与中国文学》，台北：大乘文化出版社 1978 年版。

张曼涛主编：《佛教与中国思想及社会》，台北：大乘文化出版社 1978 年版。

文史知识编辑部编：《佛教与中国文化》，中华书局 1983 年版。
方立天：《佛教哲学》，人民大学出版社 1986 年版。
俞晓红：《佛教与唐五代白话小说研究》，人民出版社 2006 年版。

蒋述卓：《佛经传译与中古文学思潮》，江西人民出版社 1990 年版。

王立：《佛经文学与古代小说母题比较研究》，昆仑出版社 2006 年版。

丁福保：《佛学大辞典》，上海书店 1991 年版。

陈士强：《佛典精解》，上海古籍出版社 1992 年版。

萧登福：《佛道十王地狱说》，台北：新文丰出版公司 1996 年版。

［荷兰］许理和：《佛教征服中国》，李四龙等译，江苏人民出版社 1998 年版。

赖永海主编：《佛道要籍》，中国青年出版社 2000 年版。

罗伟国：《佛藏与道藏》，世纪出版集团 2001 年版。

吴信如：《佛教缘起——印度古代思想述要》，中国藏学出版社 2007 年版。

（梁）慧皎撰，汤用彤校注，汤一玄整理：《高僧传》，中华书局 1992 年版。

隋树森编著：《古诗十九首集释》，中华书局 1957 年版。

（清）杜文澜辑，周绍良校点：《古谣谚》，中华书局 1958 年版。

（清）沈德潜：《古诗源》，中华书局 1963 年版。

程毅中：《古小说简目》，中华书局 1981 年版。

陈允吉：《古典文学佛教溯缘十论》，复旦大学出版社 2002 年版。

饶宗颐：《固庵文录》，辽宁教育出版社 2000 年版。

钱钟书：《管锥编》，中华书局 1979 年版。

王国维：《观堂集林》，河北教育出版社 2003 年版。

董志翘：《〈观世音应验记三种〉译注》，江苏古籍出版社 2002 年版。

（汉）班固撰，（唐）颜师古注：《汉书》，中华书局 1962 年版。

任继愈：《汉唐佛教思想论集》，人民出版社 1981 年版。

罗竹风主编：《汉语大词典》，汉语大辞典出版社 1994 年版。

［日］渡边欣雄：《汉族的民俗宗教——社会人类学的研究》，周星译，天津人民出版社 1998 年版。

白化文：《汉化佛教法器服饰略说》，商务印书馆1998年版。

白化文：《汉化佛教与佛寺》，北京出版社2003年版。

姜生：《汉魏两晋南北朝道教伦理论稿》，四川大学出版社1995年版。

王运熙：《汉魏六朝唐代文学论丛》，复旦大学出版社2002年版。

李富华、何梅：《汉文佛教大藏经研究》，宗教文化出版社2003年版。

（唐）韩愈著，屈守元、常思春主编：《韩愈全集校注》，四川大学出版社1996年版。

（唐）韩愈著，钱仲联集释：《韩昌黎诗系年集释》，上海古籍出版社1994年版。

（唐）韩愈著，阎琦校注：《韩昌黎文集注释》，三秦出版社2004年版。

（清）王先慎集解，锺哲点校：《韩非子集解》，中华书局1998年版。

（唐）殷璠编，李珍华、傅璇琮整理：《河岳英灵集研究》，中华书局1992年版。

胡适：《胡适集》，中国社会科学出版社1995年版。

欧阳哲生编：《胡适文集》，北京大学出版社1998年版。

胡颂平编著：《胡适之先生年谱长编初稿》，台北：联经出版事业公司1984年版。

（西汉）刘安编，刘文典集解，冯逸、乔华点校：《淮南鸿烈集解》，中华书局1989年版。

刘健民编：《黄约瑟隋唐史论集》，中华书局1997年版。

（南朝·宋）范晔，（唐）李贤等注：《后汉书》，中华书局1965年版。

［英］马克·科里：《后现代叙事理论》，宁一中译，北京大学出版社2003年版。

（唐）房玄龄等撰：《晋书》，中华书局1974年版。

陈垣撰：《校勘学释例》，中华书局1959年版。

[美]米勒:《解读叙事》,申丹译,北京大学出版社 2002 年版。

(后晋)刘昫等撰:《旧唐书》,中华书局 1975 年版。

赵毅衡:《苦恼的叙述者——中国小说的叙述形式与中国文化》,北京十月文艺出版社 1994 年版。

饶宗颐:《老子想尔注校证》,上海古籍出版社 1991 年版。

陈鼓应注译:《老子今注今译及评介》,台北:商务印书馆 1970 年版。

(清)何文焕辑:《历代诗话》,中华书局 1981 年版。

丁福保辑:《历代诗话续编》,中华书局 1983 年版。

刘叶秋:《历代笔记概述》,北京出版社 2003 年版。

(唐)李白著,(清)王琦注:《李太白全集》,中华书局 1977 年版。

(唐)李商隐著,刘学锴、余淑诚集解:《李商隐诗歌集解》,中华书局 2004 年版。

(唐)李商隐著,刘学锴、余恕诚校注:《李商隐文编年校注》,中华书局 2002 年版。

(唐)姚思廉撰:《梁书》,中华书局 1973 年版。

[古希腊]柏拉图:《理想国》,郭斌和、张竹明译,商务印书馆 1986 年版。

徐复观:《两汉思想史》,华东师范大学出版社 2001 年版。

(唐)刘禹锡撰,卞孝萱校订:《刘禹锡集》,中华书局 1990 年版。

(唐)柳宗元:《柳宗元集》,中华书局 1979 年版。

吴功正:《六朝美学史》,江苏美术出版社 1994 年版。

鲁迅先生纪念委员会编:《鲁迅全集》,人民文学出版社 1973 年版。

鲁迅辑录,林辰、王永昌编校:《鲁迅辑录古籍丛编》,人民文学出版社 1999 年版。

杨伯峻译注:《论语译注》,中华书局 1980 年版。

(东汉)王充著,黄晖校释:《论衡校释》,中华书局 1990 年版。

（北魏）杨炫之撰，周祖谟校释：《洛阳伽蓝记校释》，中华书局 1963 年版。

（战国）吕不韦著，许维遹集释：《吕氏春秋集释》，中国书店 1985 年版。

吕澂：《吕澂集》，中国社会科学出版社 1995 年版。

李泽厚：《美学四讲》，生活·读书·新知三联书店 1989 年版。

李泽厚：《美学三书》，安徽文艺出版社 1999 年版。

李泽厚：《美的历程》，广西师范大学出版社 2000 年版。

杨伯峻译注：《孟子译注》，中华书局 1960 年版。

（唐）唐临、戴孚撰，方诗铭辑校：《冥报记·广异记》，中华书局 1992 年版。

（唐）郑处诲、裴庭裕撰，田廷柱点校：《明皇杂录·东观奏记》，中华书局 1994 年版。

孙诒让撰，孙启治点校：《墨子间诂》，中华书局 2001 年版。

蒲慕州：《墓葬与生死：中国古代宗教之省思》，台北：联经出版公司 1993 年版。

（梁）萧子显撰：《南齐书》，中华书局 1972 年版。

（唐）李延寿撰：《南史》，中华书局 1975 年版。

（晋）郭象注，（唐）成玄英疏：《南华真经注疏》，中华书局 1998 年版。

普慧：《南朝佛教与文学》，中华书局 2002 年版。

（宋）欧阳修著，李逸安点校：《欧阳修全集》，中华书局 2001 年版。

葛兆光：《屈服史及其他：六朝隋唐道教的思想史研究》，生活·读书·新知三联书店 2003 年版。

（清）严可均校辑：《全上古三代秦汉三国六朝文》，中华书局 1958 年版。

（清）彭定求等编：《全唐诗》，中华书局 1960 年版。

（清）董浩等编：《全唐文》，中华书局 1983 年版。

陈尚君编：《全唐诗补编》，中华书局 1992 年版。

李时人编校，何满子审定：《全唐五代小说》，陕西人民出版社1998年版。

顾炎武著，黄汝成集释：《日知录集释》，世界书局1936年版。

《文史知识》编辑部编：《儒佛道与传统文化》，中华书局1990年版。

［德］马克斯·韦伯：《儒教与道教》，王容芬译，商务印书馆1995年版。

（晋）陈寿撰，陈乃乾校点：《三国志》，中华书局1959年版。

孔凡礼撰：《三苏年谱》，北京古籍出版社2004年版。

白化文：《三生石上旧精魂》，北京出版社2005年版。

袁珂校译：《山海经校译》，上海古籍出版社1985年版。

陈兵：《生与死——佛教轮回说》，内蒙古人民出版社1994年版。

林辰：《神怪小说史》，浙江古籍出版社1998年版。

贾二强：《神界鬼域——唐代民间信仰透视》，陕西人民教育出版社2000年版。

（汉）司马迁撰，（南朝·宋）裴骃集解，（唐）司马贞索隐，（唐）张守节正义：《史记》，中华书局1959年版。

（清）阮元校刻：《十三经注疏》，中华书局1980年版。

陈子展：《诗经直解》，复旦大学出版社1983年版。

（晋）王嘉、（梁）萧绮录，齐治平校注：《拾遗记》，中华书局1981年版。

（南朝·宋）刘义庆撰，余嘉锡笺疏，周祖谟、余淑宜整理：《世说新语笺疏》，中华书局1983年版。

（汉）刘向撰，向宗鲁校证：《说苑校证》，中华书局1987年版。

（明）陶宗仪撰：《说郛》，中国书店1986年版。

（东汉）许慎撰，（清）段玉裁注：《说文解字注》，上海古籍出版社1981年版。

张曼涛主编：《四十二章经与牟子理惑论考辨》，台北：大乘文化出版社1978年版。

（晋）干宝撰，汪绍楹校注：《搜神记》，中华书局 1979 年版。
（宋）陶潜撰，汪绍楹校注：《搜神后记》，中华书局 1981 年版。
（梁）沈约撰：《宋书》，中华书局 1974 年版。
（宋）赞宁撰，范祥雍点校：《宋高僧传》，中华书局 1987 年版。
（清）王文诰辑注，孔凡礼点校：《苏轼诗集》，中华书局 1982 年版。
（宋）苏轼著，孔凡礼点校：《苏轼文集》，中华书局 1986 年版。
（宋）苏辙著，陈宏天、高秀芳点校：《苏辙集》，中华书局 1990 年版。
邹同庆、王宗堂校注：《苏轼词编年校注》，中华书局 2002 年版。
郭朋：《隋唐佛教》，齐鲁书社 1980 年版。
汤用彤：《隋唐佛教史稿》，中华书局 1982 年版。
侯忠义：《隋唐五代小说史》，浙江古籍出版社 1997 年版。
（唐）魏徵、令狐德棻撰：《隋书》，中华书局 1973 年版。
（唐）刘餗、张鷟撰，赵守俨点校：《隋唐嘉话·朝野佥载》，中华书局 1979 年版。
李道和：《岁时民俗与古小说研究》，天津古籍出版社 2004 年版。
王明编：《太平经合校》，中华书局 1960 年版。
（宋）李昉等编：《太平广记》，中华书局 1961 年版。
（宋）李昉等撰：《太平御览》，中华书局 1960 年版。
钱钟书：《谈艺录》，生活·读书·新知三联书店 2001 年版。
汤用彤：《汤用彤集》，中国社会科学出版社 1995 年版。
（元）辛文房撰，傅璇琮等校笺：《唐才子传校笺》，中华书局 1987—1995 年版。
郁贤皓：《唐刺史考全编》，安徽大学出版社 2000 年版。
江守义：《唐传奇叙事》，安徽人民出版社 2006 年版。
刘开荣：《唐代小说研究》，商务印书馆 1955 年版。
杨公骥：《唐代民歌考释及变文考论》，吉林人民出版社 1962 年版。
陈寅恪：《唐代政治史述论稿》，上海古籍出版社 1997 年版。

傅璇琮：《唐代诗人丛考》，中华书局1980年版。

荣新江主编：《唐代宗教信仰与社会》，上海辞书出版社2003年版。

傅璇琮、罗联添主编：《唐代文学研究论著集成》，三秦出版社2004年版。

陈允吉：《唐音佛教辨思录》，上海古籍出版社1988年版。

傅璇琮等：《唐五代文学编年史》，辽海出版社1998年版。

李剑国：《唐五代志怪传奇叙录》，南开大学出版社1993年版。

上海古籍出版社编，王根林、黄益元、曹光甫点校：《唐五代笔记小说大观》，上海古籍出版社2000年版。

周勋初：《唐五代笔记小说叙录》，凤凰传媒出版集团2008年版。

李剑国辑释：《唐前志怪小说辑释》，上海古籍出版社1986年版。

李剑国：《唐前志怪小说史》，天津教育出版社2005年版。

周绍良：《唐传奇笺证》，人民文学出版社2000年版。

（后周）王溥撰：《唐会要》，中华书局1955年版。

（唐）长孙无忌等撰，刘俊文点校：《唐律疏议》，中华书局1983年版。

吴志达：《唐人传奇》，上海古籍出版社1981年版。

周勋初主编：《唐人轶事汇编》，上海古籍出版社1995年版。

王仲镛：《唐诗纪事校笺》，巴蜀书社1989年版。

鲁迅校录：《唐宋传奇集》，鲁迅全集出版社1941年版。

高步瀛选注：《唐宋文举要》，上海古籍出版社1982年版。

王锳：《唐宋笔记语辞汇释》，中华书局1990年版。

袁闾琨、薛洪绩主编：《唐宋传奇总集·唐五代》，河南人民出版社2001年版。

贾二强：《唐宋民间信仰》，福建人民出版社2002年版。

赵克尧、许道勋：《唐太宗传》，人民出版社1984年版。

吴云、冀宇校注：《唐太宗全集校注》，天津古籍出版社2004年版。

荣新江主编：《唐研究》（第1—13卷），北京大学出版社1995—2007年版。

（明）胡震亨：《唐音癸签》，上海古籍出版社1981年版。

（东晋）陶渊明著，袁行霈笺注：《陶渊明集笺注》，中华书局2003年版。

张继禹：《天师道史略》，华文出版社1990年版。

（唐）杜佑撰，王文锦等点校：《通典》，中华书局1988年版。

（唐）王维撰，陈铁民校注：《王维集校注》，中华书局1997年版。

（汉）王粲著，俞绍初点校：《王粲集》，中华书局1980年版。

（魏）王弼著，楼宇烈校释：《王弼集校释》，中华书局1980年版。

张锡厚校辑：《王梵志诗校辑》，中华书局1983年版。

项楚校注：《王梵志诗校注》，上海古籍出版社1991年版。

（北齐）魏收撰：《魏书》，中华书局1974年版。

周一良：《魏晋南北朝史论集》，中华书局1963年版。

唐长孺：《魏晋南北朝史论拾遗》，中华书局1983年版。

王国良：《魏晋南北朝志怪小说研究》，台北：文史哲出版社1984年版。

周一良：《魏晋南北朝史札记》，中华书局1985年版。

高步瀛选注，陈新点校：《魏晋文举要》，中华书局1989年版。

唐长孺：《魏晋南北朝隋唐史三论》，武汉大学出版社1992年版。

朱大渭等：《魏晋南北朝社会生活史》，中国社会科学出版社1998年版。

王青：《魏晋南北朝时期的佛教信仰与神话》，中国社会科学出版社2001年版。

（清）魏禧著，胡守仁等点校：《魏叔子文集》，中华书局2003年版。

（宋）李昉等编：《文苑英华》，中华书局1966年版。

杜泽逊撰：《文献学概要》，中华书局2001年版。

（元）马端临：《文献通考》，中华书局1986年版。

《五十奥义书》，徐梵澄译，中国社会科学出版社1984年版。

（宋）普济著，苏渊雷点校：《五灯会元》，中华书局1984年版。

吕澂：《西藏佛学原论》，上海商务印书馆1933年版。

张曼涛主编：《西域佛教研究》，台北：大乘文化出版社1979年版。

王青：《西域文化影响下的中古小说》，中国社会科学出版社2006年版。

（明）吴承恩：《西游记》，人民文学出版社2005年版。

[美]王德威：《想像中国的方法：历史·小说·叙事》，生活·读书·新知三联书店1998年版。

[英]爱·摩·福斯特：《小说面面观》，吴炳文译，花城出版社1984年版。

[捷克]米兰·昆德拉：《小说的艺术》，孟湄译，生活·读书·新知三联书店1995年版。

格非：《小说叙事研究》，清华大学出版社2002年版。

逯钦立辑校：《先秦汉魏晋南北朝诗》，中华书局1983年版。

（宋）欧阳修、宋祁撰：《新唐书》，中华书局1975年版。

吕澄编：《新编汉文大藏经目录》，齐鲁书社1980年版。

[美]戴卫·赫尔曼主编：《新叙事学》，马海良译，北京大学出版社2002年版。

（晋）干宝、（宋）陶潜撰，李剑国辑校：《新辑搜神记·新辑搜神后记》，中华书局2007年版。

王泰来等编译：《叙事美学》，重庆出版社1987年版。

申丹：《叙述学与小说文体学研究》，北京大学出版社1998年版。

（唐）牛僧孺、（唐）李复言：《玄怪录·续玄怪录》，中华书局1982年版。

[法]保尔·利科：《虚构叙事中时间的塑形：时间与叙事卷二》，王文融译，生活·读书·新知三联书店2003年版。

无名氏、（晋）葛洪撰：《燕丹子·西京杂记》，中华书局1985年版。

（北齐）颜之推著，王利器集解：《颜氏家训集解》，中华书局1993年版。

王小盾：《原始信仰和中国古神》，上海古籍出版社1989年版。

［英］爱德华·泰勒：《原始文化》，连树声译，上海译文出版社1992年版。

（宋）张君房撰辑，蒋力生等校注：《云笈七鉴》，华夏出版社1996年版。

《印度三大圣典》，糜文开译，台北：中国文化大学出版社1980年版。

［英］渥德尔：《印度佛教史》，王世安译，商务印书馆1987年版。

李伟昉：《英国歌特小说与中国六朝志怪小说比较研究》，中国社会科学出版社2004年版。

（唐）欧阳询撰，汪绍楹校：《艺文类聚》，上海古籍出版社1982年版。

［古希腊］荷马：《伊利亚特》，陈中梅译，花城出版社1994年版。

［美］太史文：《幽灵的节日——中国中世纪的信仰与生活》，侯旭东译，浙江人民出版社1999年版。

（南朝·宋）刘义庆撰，郑晚晴辑注：《幽明录》，文化艺术出版社1988年版。

（唐）段成式撰，方南生点校：《酉阳杂俎》，中华书局1981年版。

（唐）元稹撰，冀勤点校：《元稹集》，中华书局1982年版。

（南朝·陈）徐陵编，（清）吴兆宜注，陈琰删补，穆克宏点校：《玉台新咏笺注》，中华书局1985年版。

（宋）郭茂倩编：《乐府诗集》，中华书局1979年版。

吴礼权：《中国笔记小说史》，商务印书馆1993年版。

《中华大藏经》编辑局编：《中华大藏经（汉文部分）》，中华书局1984年版。

张继禹主编：《中华道藏》，华夏出版社2004年版。

王运熙：《中古文论要义十讲》，复旦大学出版社 2004 年版。

吴海勇：《中古汉译佛经叙事研究》，学苑出版社 2004 年版。

卿希泰主编：《中国道教史》，四川人民出版社 1996 年版。

傅勤家：《中国道教史》，上海辞书出版社 1984 年版。

[日] 小南一郎：《中国的神话传说与古小说》，孙昌武译，中华书局 1993 年版。

张曼涛主编：《中国佛教史论集·汉魏两晋南北朝篇》，台北：大乘文化出版社 1977 年版。

张曼涛主编：《中国佛教史论集·隋唐五代篇》，台北：大乘文化出版社 1977 年版。

张曼涛主编：《中国佛教寺塔史志》，台北：大乘文化出版社 1978 年版。

石峻等编：《中国佛教思想资料选编》，中华书局 1981 年版。

李泽厚：《中国古代思想史论》，人民出版社 1985 年版。

[法] 谢和耐：《中国 5—10 世纪的寺院经济》，耿昇译，甘肃人民出版社 1987 年版。

比丘明复编：《中国佛学人名辞典》，中华书局 1988 年版。

任继愈主编：《中国佛教史》，中国社会科学出版社 1985—1988 年版。

戴蕃豫：《中国佛典刊刻源流考》，书目文献出版社 1995 年版。

宿白：《中国石窟寺研究》，文物出版社 1996 年版。

赖永海：《中国佛教文化论》，中国青年出版社 1999 年版。

赖永海主编：《中国佛教百科全书》，上海古籍出版社 2000 年版。

陈垣：《中国佛教史籍概论》，世纪出版集团 2001 年版。

方立天：《中国佛教哲学要义》，中国人民大学出版社 2002 年版。

赖永海：《中国佛教与哲学》，宗教文化出版社 2004 年版。

潘桂明：《中国居士佛教史》，中国社会科学出版社 2000 年版。

[韩] 文镛盛：《中国古代社会的巫觋》，华文出版社 1999 年版。

阴法鲁、许树安主编：《中国古代文化史》，北京大学出版社 1989 年版。

齐裕焜主编:《中国古代小说演变史》,敦煌文艺出版社 1990 年版。

万晴川:《中国古代小说与方术文化》,中国社会科学出版社 2005 年版。

吴光正:《中国古代的小说与母题》,社会科学文献出版社 2002 年版。

刘文英:《中国古代的时空观念》,南开大学出版社 2000 年版。

王平:《中国古代小说叙事研究》,河北人民出版社 2001 年版。

石昌渝主编:《中国古代小说总目》,山西教育出版社 2004 年版。

杨义:《中国古典小说史论》,人民出版社 1998 年版。

[美]夏志清:《中国古典小说史论》,胡益民等译,江西人民出版社 2001 年版。

沈善洪、王凤贤:《中国伦理思想史》,人民出版社 2005 年版。

丁乃通:《中国民间故事类型索引》,中国民间文艺出版社 1986 年版。

姜斌主编:《中国民间文化——民间仪俗文化研究》,学林出版社 1993 年版。

马西沙、韩秉方:《中国民间宗教史》,上海人民出版社 1992 年版。

冯左哲、李富华:《中国民间宗教史》,台北:文津出版社 1994 年版。

廖群:《中国审美文化史》,山东画报出版社 2000 年版。

叶舒宪:《中国神话哲学》,中国社会科学出版社 1992 年版。

宁稼雨撰:《中国文言小说总目提要》,齐鲁书社 1996 年版。

柳诒徵撰:《中国文化史》,上海古籍出版社 2001 年版。

郑鹤声、郑鹤春撰:《中国文献学概要》,上海古籍出版社 2001 年版。

胡怀琛:《中国小说的起源及其演变》,正中书局 1934 年版。

鲁迅:《中国小说史略》,人民文学出版社 1973 年版。

孟昭连、宁宗一：《中国小说艺术史》，浙江古籍出版社 2003 年版。

石昌渝：《中国小说源流论》，生活·读书·新知三联书店 1994 年版。

王汝梅、张羽：《中国小说理论史》，浙江古籍出版社 2001 年版。

陈平原：《中国小说叙事模式的转变》，上海人民出版社 1988 年版。

杨义：《中国叙事学》，人民出版社 1997 年版。

［美］浦安迪（Andrew H. Plaks）讲演：《中国叙事学》，北京大学出版社 1996 年版。

郁龙余：《中国印度文学比较》，中国社会科学出版社 2001 年版。

任继愈主编：《中国哲学发展史》，人民出版社 1983 年版。

冯友兰：《中国哲学史新编》，人民出版社 1998 年版。

牟钟鉴、张践：《中国宗教通史》，社会科学文献出版社 2000 年版。

葛兆光：《中国宗教与文学论集》，清华大学出版社 1998 年版。

（唐）令狐德棻等撰：《周书》，中华书局 1971 年版。

周叔迦：《周叔迦佛学论著集》，中华书局 1991 年版。

周叔迦：《周叔迦集》，中国社会科学出版社 1995 年版。

潘启明：《周易参同契解读》，光明日报出版社 2004 年版。

金克木：《梵竺庐集》，江西教育出版社 1999 年版。

何新：《诸神的起源》，光明日报出版社 1996 年版。

（清）郭庆藩集释，王孝鱼点校：《庄子集释》，中华书局 1961 年版。

蒲慕州：《追寻一己之福——中国古代的信仰世界》，台北：允晨文化实业股份有限公司 1995 年版。

（宋）司马光编著，（元）胡三省音注：《资治通鉴》，中华书局 1956 年版。

［德］韦伯：《宗教社会学》，康乐、简惠美译，广西师范大学出版社 2005 年版。

吕大吉：《宗教学通论新编》，中国社会科学出版社 1998 年版。

王立：《宗教民俗文献与小说母题》，吉林人民出版社 2001 年版。

后　记

本书是在我的博士学位论文基础上增删修改而成的，又先后得到教育部人文社会科学研究青年基金项目"地狱观念与中古文学"（项目批准号11YJCZH012）和山西省高校重点学科建设专项"佛教与中古文学研究"（项目编号20141011）的资助，因此本书也是以上两个项目的研究成果，首先在这里向以上单位表示感谢！

十年前我有幸考入西北大学文学院，师从张弘（普慧）教授攻读博士学位。感谢张弘先生对于本书的悉心指导，并为本书赐序。其实，早在攻读硕士学位期间，我已经受惠于张先生的学术著作。一部《南朝佛教与文学》，引发了我探索宗教与文学关系的兴趣，也为我搭起一座由文学通向宗教学的桥梁。入学后，更深切地体会到张先生严谨求实的治学态度和温和诚恳的处事作风。感谢张老师和师母给予我学习、生活等诸多方面的支持和关心。

感谢我的硕士生导师朱玉麒教授，他以胜于"言传"的"身教"，在诸多方面为我作出表率，使我获益终身。感谢青岛大学刘怀荣教授和新疆师范大学栾睿、姚维、李建生等教授长期以来的教导和关心。感谢陈尚君、李浩、阎琦、韩理洲、贾三强、李芳民、孙尚勇、傅绍良、张新科、霍有明、李立安、吕建福等专家学者，从开题到答辩，给予我的博士论文的多次指点。

感谢我的父母和兄长，有了他们不计回报的付出，我才得以心无旁骛地完成学业，完成本书写作。感谢我的爱人张宇，从山西到新疆，从新疆到陕西，从陕西到山西，有她一步步陪我走来。家人的理解和支持，始终是我前进的动力和勇气。

感谢刘林魁、储晓军、马新广等师兄对我学习中所遇到问题的指点，感谢王伟、李雷东、李小山、亓娟莉、葛红等同级同学以及康庄、王娟等师弟师妹给予本书的帮助。

在本书即将付梓之际，还要感谢尚在北京忙碌备展的恩师刘锁祥教授为本书慨然题签，感谢中国社会科学出版社和本书责编王琪编辑，感谢我就职的忻州师范学院领导和同事们的关心和支持，感谢十年中所有关心和帮助过我的师友！

时光如电，岁月如歌。2016 年 9 月，本书即将出版。回想从动笔至今，已是十年之久。十年之中岁月蹉跎，只可惜学业并无寸进。由于本人学养和能力所限，本书还有诸多不能令人满意之处，恳请大方之家批评指正。

陈　龙
2016 年 6 月